青味·文从

青味文丛编委会 //

主　编：梁永周

副主编：许新栋　李振凤

编　委：（按姓氏笔画排序）

王建忠　王梅梅

刘存玲　刘　莲

许新栋　李振凤

李永福　陈旭东

周庆吉　梁永周

有一种生活叫田园

陈旭东 / 著

中国文史出版社
CHINA CULTURAL AND HISTORICAL PRESS

图书在版编目（CIP）数据

有一种生活叫田园 / 陈旭东著 . -- 北京：中国文
史出版社，2022.10
（青味文丛 / 梁永周主编）
ISBN 978-7-5205-3643-1

Ⅰ．①有… Ⅱ．①陈… Ⅲ．①散文集－中国－当代
Ⅳ．① I267

中国版本图书馆 CIP 数据核字（2022）第 156247 号

责任编辑：方云虎

出版发行：中国文史出版社
社　　址：北京市海淀区西八里庄路 69 号院　邮编：100142
电　　话：010-81136606　81136602　81136603（发行部）
传　　真：010-81136655
印　　装：临沂市昱昇印刷有限公司
经　　销：全国新华书店
开　　本：32 开
印　　张：9.25
字　　数：130 千字
版　　次：2022 年 10 月北京第 1 版
印　　次：2022 年 10 月第 1 次印刷
定　　价：396.00 元（全 8 册）

自　序

　　笔者从事文字工作多年，尽管笔耕不辍，却总是在为他人做嫁衣，"一支笔杆，两袖清风，三更不眠，四季挨累"，如同深谷幽兰，默默地散发着芳香，无人问津。后来，更换了工作，读书、写作成了一种习惯。

　　亲情、爱情，是文学永恒的题材。这部文集中，写亲情，表达感恩，直抒胸臆。怀旧是一张网，童年往事像是尘封在记忆中的毛毛虫，不经意间蜕变成蝶。苦涩的童年，一把酸楚的泪，从最初的苦日子一路走来，付出常人几倍的努力，才逐步走向今天的岁月静好。童年已远去，犹如树叶落尽，只剩下精瘦的枝条，守望着故乡，苦苦地等待春天的来临。

　　故乡热土是本人漂泊人生中难以忘却的港湾，一草一木皆有情，乡愁符号长成了一棵没有年轮的树。我写故乡，表露了真实自我，故乡情怀，反映了我坚如磐石的生活信念。故乡风烟漫过的地方，总会有原生态的风景，一半烟火，一半清欢，诗意的背后，就是一碗人间烟火。文集中采风作品较多，是因为我对大自然情有独钟，对父老乡亲有着深厚的感情。文学采风是文化创新的源泉和动力，深入生活，贴近群众，多一些"脚沾泥"，才能让文字带露珠、接地气。

每个人内心深处都有一个梦。在我青春年少时，就有了文学梦、作家梦。如今步入中年，梦虽淡了，可初心还在，于是我把写作当成养生的一种方式，心有阳光，便是晴天。在闲暇时光，伴着书香琴韵，禅意入墨，书写有阳光味道的文字，给时光一个清浅的回眸，从中享受创作的快乐，享受文字变成铅字的喜悦。多年的坚持，才有了这本文集付梓。

我时常想着能在乡间建一方庭院，用平和的心境过简单的生活，期盼阳光暖一点，日子慢一点，以淡泊之心审视浮躁，回归自然，所以文集取名为《有一种生活叫田园》。

一直以来，就有文友鼓励我把作品整理一下，出一本书。我总是一笑了之，怕自己粗糙的文字辜负了大家的美意。今天，机缘巧合，我便挑选了近几年发表过的作品集结成册，给朋友一个交代，给自己一份慰藉，将文字当作一盏明灯，照亮前行的方向。

这部文集的问世，要感谢我身边的亲人和朋友，尤其是青藤文学编辑部的同仁，是他们的鼓励和支持，才让我下定决心出版自己的文集。在此致以深切的谢意！

二零二一年元月于兰陵

目　录

自序　　　　　　　　　　　　　　　　　　01

家乡的老石磨　　　　　　　　　　　　　1

地瓜，那一抹绿色的梦　　　　　　　　4

火红的高粱　　　　　　　　　　　　　10

乡村香椿　　　　　　　　　　　　　　18

一树槐花一树梦　　　　　　　　　　　22

杏子黄，麦上场　　　　　　　　　　　27

九月菊花傲秋霜　　　　　　　　　　　31

夏季又品荠菜香　　　　　　　　　　　34

故乡的小巷　　　　　　　　　　　　　37

吆喝声声故乡情　　　　　　　　　　　43

秋天，拾起一片记忆　　　　　　　　　46

梦回芦苇荡　　　　　　　　　　　　　52

怀旧是一张网　　　　　　　　　　　　55

童年拾炭，捡拾一地温暖　　　　　　　58

童年拾柴火，燃烧无奈的岁月　　　　　　63

泥巴，捏出童年的精彩　　　　　　　　　69

乡村露天电影　　　　　　　　　　　　　76

记忆深处有盏煤油灯　　　　　　　　　　79

想起面灯　　　　　　　　　　　　　　　83

第一次给母亲洗头　　　　　　　　　　　86

月近中秋，红尘有梦　　　　　　　　　　91

叶落归根，魂归故里　　　　　　　　　　96

阳光下，陪孩子一起成长　　　　　　　　102

苦瓠子的毒与爱　　　　　　　　　　　　108

毕业三十年，共忆同学情　　　　　　　　112

匆匆忙忙到中年　　　　　　　　　　　　114

人生一盘棋　　　　　　　　　　　　　　119

一池残荷醉风景　　　　　　　　　　　　124

半池睡莲半池禅　　　　　　　　　　　　128

书香琴韵醉流年　　　　　　　　　　　　131

听蝉悟人生　　　　　　　　　　　　　　136

咫尺之石蕴乾坤　　　　　　　　　　　　140

书画清高重人品　　　　　　　　　　　　145

心若淡然，岁月清浅　　　　　　　　147

夏天，飘来一片紫色的云　　　　　　151

相约兰陵，向阳花开　　　　　　　　156

乡约兰陵　梦圆乡愁　　　　　　　　162

"兰陵·中国知青村"走笔　　　　　　167

邓王山采风行　　　　　　　　　　　172

漫步压油沟　　　　　　　　　　　　186

齐鲁水乡，山水下村　　　　　　　　191

会宝湖畔槐花香　　　　　　　　　　197

走进白家沟湿地　　　　　　　　　　202

蒹葭苍苍，芦花似梦　　　　　　　　206

漫步苏堤　　　　　　　　　　　　　209

晨练，登上锦屏山　　　　　　　　　211

金秋重坊采风行　　　　　　　　　　216

独具匠心"木匠坊"　　　　　　　　　223

亮美嘉走笔　　　　　　　　　　　　228

城投开元采风行　　　　　　　　　　234

走进茶艺馆，静享慢时光　　　　　　238

尊重教育，善待自己　　　　　　　　244

魅力神山，我的家   247

教室"变脸"见证时代变迁   253

兰陵村名标志独成景   257

我的入党故事：不忘初心牢记宗旨   262

绿色交通自行车   265

品味年俗里的美好向往   267

年俗里的人间烟火   273

有一种生活叫田园   279

家乡的老石磨

　　每次回老家，总要看看家乡那盘老石磨。看见石磨，抚摸着、阅读着、联想着这个转过茫茫时空而带走无限遐想的符号，仿佛又把自己带到了过去的岁月，走进一段久远的历史。

　　记忆中，转动的石磨已成为历史的剪影，定格在乡亲们的心中。斗转星移，日月如梭，如今石磨停止了呐喊与歌唱，退出了历史舞台。石磨的退役不仅结束了那段无止境的磨难，也结束了那些年代沧桑的岁月。石磨安详地沉睡在岁月的残墙断垣之间，连同那淳朴、憨厚和困苦一起淹没在时间的风尘里。

　　过去，石磨是农家不可少的工具。在我老家沂蒙山区，父老乡亲们用石磨磨糊子，烙煎饼。记忆中的那盘石磨，是由石匠师傅用硬度适中的优质花岗岩精雕细凿而成。老石匠把磨盘先平分成八瓣，在这八瓣中，用钢钎凿出八道斜磨齿来。仔细观察，你会发现上下两扇阴阳凹凸磨齿，正好包含着八八六十四卦。有人说阴阳是中国文化的基石，石磨上下两扇鱼纹，就有古人的智慧在其中，"动而生阳"与"静而生阴"，揭示了中国人对生命循环的理解。"底起磨"，通常用古老的方法黏合在磨台上，仰面朝天，中心有一柱磨棋，其形状如同象棋的棋子，四周是一圈光芒般的磨齿，磨齿痕迹走向如同书写的"人"字美文，让人感受到老石匠将那一方浓缩而象征厚德载物的大地，写满了人的生存与绵延的妙语。

石磨盘上有学问，也有奥妙，妙就妙在人们在不断地使用与发展当中，将天父地母，天地衍生万物的原始观念巧妙地带入石器中，融修持与悟道于生活劳作之中。石磨的上片相对凿有两个横眼，嵌上磨把，人们推磨时，将磨绳套在磨把上，把磨棍套在磨绳里，运用杠杆的原理，阴阳两扇石磨相互摩擦加工粮食，天、地、人合一，阴阳相克，使粮食从磨眼里进，从两片磨齿凹槽间流出。阳动而阴不动，天转而地不转。如果两人或多人共同推磨，有一人不用力或放慢脚步想偷懒，磨棍就会掉下来。

现在，在农村很少见到石磨了，退到幕后的石磨自甘寂寞，任凭人们冷落和处置。也许，石磨明白，它们完成了应尽的历史使命，适时地谢幕就是最大的幸福。虽然走出了历史的舞台，却走不出人们记忆的长河，它永远记录着乡亲们无法言说的酸甜苦辣。

在童年的印象中，石磨总是和母亲密切联系在一起的。那沉重的石磨，多半是由母亲去推动。石磨很沉重，母亲弓着腰，一只手握紧磨杆，另一只手将苦难的日子一勺一勺喂进磨眼，推动老石磨一圈一圈磨出那些艰辛、无奈和沉重的生活，用古老的风箱再将红火的生活吹燃，升起希望。

小时候，曾听过一个故事。传说伏羲和女娲是孪生兄妹，天降洪水，兄妹俩爬进一个大葫芦里，躲过了劫难，然而，万物毁灭，只有山石。兄妹俩想结为夫妻，延续生命，又觉得不合适，便商量说各自在一个山头上点起烟火以测天意，若两股烟合二为一就结为夫妻。烟火点起来，升腾的烟雾在空中合在了一起。兄妹俩又自觉羞耻，便又想出一个办法，就在昆仑山顶各造一扇石磨，二人同时往下推，如果石磨滚到山脚分开了，则说明老天不允许他们结合，人类再也不能生息繁衍；如果石磨滚到山下，二者相合，则兄妹成婚便是天意。于是，两人在山顶上各自用心造了一扇石磨，选了一个天晴的日子，闭上眼睛，同时将石磨推下山，也许是天意，也许是兄妹的诚意感动了天地，石磨滚到山下，两扇石磨天衣无缝地结合在一起。

传说终归是传说，但至少说明了一个深刻的道理，"磨合"的重要性，这也是一种哲学比喻，所有的生命都会在磨合中诞生，在磨合中成长，最后在磨合中老去。我们可以放弃有形的石磨，但切不可以丢失无形石磨上的哲学准则。

地瓜，那一抹绿色的梦

在我的书房里，有一株朴素而又清新的小盆栽——发芽的地瓜，在干净的瓷盘上托着造型别致的绿植，绿油油的叶子在阳光下，生机盎然，那一团绿色几乎就是一片别致的风景线。相比于花鸟市场上千篇一律的盆栽，地瓜盆景，简单自然，经济实惠，给这炎炎夏日，带来一抹清凉。

记得小时候，刻子河（俗称燕子河）边故乡的黑土地是地瓜生长的乐园，那一望无际的碧绿的瓜秧，无时不在叙说着苦涩的童年和希望的梦境。

初冬的阳光，安恬地洒在乡间小院角角落落，锅屋里冒出缥缈而柔美的炊烟，一股股香甜的气息弥漫在天井里，母亲轻轻移开高粱秸秆锅盖儿，煮熟了的地瓜热气腾腾，那种甜甜的清香扑鼻而来，诱惑着人的食欲。大地瓜一般是"干面"，越是地瓜秧上结出的小地瓜才又软又甜。我顾不上地瓜热得烫手，便抓起一个小地瓜，从这手放到那手里，边哈气边吃起来。在那个年代，能吃上热乎乎的煮地瓜，也是一种幸福，那份温馨与缠绵，让人陶醉，给忙碌而疲惫的身心带来一种松弛和舒畅。

秋后，正是地瓜收获的季节。听说生产队里要到村北湖分地瓜了，社员们纷纷狂热起来，仿佛中了大奖一样兴奋，奔走相告。男女老少全家出动，独轮胶车子、大抬筐、粪箕子、小提篮，大铁叉、小爪钩、镬头、镰刀等农家工具全部派上用场。庄稼成熟给农家人带来的不仅仅是丰收和喜悦，还带来了紧张与劳累。

二十世纪七十年代，生产队分地瓜是按工分和人口分的，生产队长、会计事先做好阄，让社员们一一抓阄。然后，妇女和儿童将抬筐拾满，男劳力们开始用大称一筐一筐地称着地瓜分堆儿，有人再把阄号贴在地瓜上。全部分完，一公布号码，大家就疯了似的，叫喊着，奔跑着，寻找自家的收成。那时我家八口人，在我们生产队八口之家共有两户，分地瓜时，最多的那一堆，准是我们的。那时我们还很小，家里没有多少劳动力，挣不了工分，只能吃到平均以下的口粮。父母将刨来的地瓜用独轮胶车子先推运回自家院子里，堆积得如小山似的，镬镬晒晒、捡捡拾拾，一干就是半个月。那时的地瓜大部分要切成地瓜干，晒干贮存，另一部分挖地瓜窖子冬藏起来，留着慢慢吃。秋收冬藏，演奏着生活的乐章，累并快乐着。

切地瓜是一种体力活儿。切地瓜用的工具不是菜刀，而是地瓜镬子，就像现在厨房里萝卜"镬子"那种工具的放大版，拿一块地瓜不停地在上面用力擦来擦去，下面就出现一堆雪白的鲜地瓜片儿。定刀儿是一种技术活儿。镬得厚了，一两天晒不干，镬得薄了，晒干了又易碎，所以定刀儿是关键。小孩子是不能用镬子切地瓜的，镬子上的刀片锋利得很，小手一触上去，就有血流出来，寒光四射的刀子切片，想一想就让人心里发怵。切成片的地瓜要及时运出去晾晒，晒在麦田里干得慢，晒在收获后的豆茬里排摆瓜干时又扎手，晒在未种庄稼的土坷垃地里最好。黑黑的土地，白白的瓜干，干得快，好收拾。大人们将切好的地瓜片儿用手推车推到田地里，一抱一抱地抛撒开来，我们小孩子就蹲在地上，犹如用扑克牌算命一样，把成堆的鲜地瓜片儿均匀地排开，没有人去想自己的命运何去何从，只是想着晒好瓜干，年关就能吃上饭。村外到处是晒的瓜干，一大片，一大片，如白茫茫的雪。赶上连阴天，推磨时，吃的准是烂地瓜，过滤掉红水，摊出煎饼，吃起来，一样香甜。

拾地瓜干是紧张的活儿。白天没有时间干，多数是就着月光在夜里收拾地瓜干儿。要是赶上天气差，半夜三更的就被大人喊起来，去抢拾瓜干。月黑加阴天，又困又累，眯着眼睛，摸瓜干，有时一打盹，一头栽倒在地上就睡着了。第二天清早不论下过雨，还是没下雨，都要再回来捡拾那些遗漏的小边边角角地瓜干，做到颗粒归仓。

拾地瓜是一种有趣的活儿。地瓜干收回家里，闲着没事，大人小孩，都背着粪箕子，带着爪钩，到大田地里捡拾遗漏的地瓜。拾地瓜光靠力气不行，需要用心动脑子，要到别人没有刨过的地方去。那时，野兔子特别多，在拾地瓜的时候，经常遇到野兔子出现，不论大人，还是小孩，都会停下手中的活儿，追一阵兔子，不论抓到没抓到，图的就是那个乐字。在拾地瓜的休息空当，做野味地瓜大餐，也是快乐的事。在地里挖一个小坑，放上干地瓜秧、干牛粪、小石块等一起点燃，用余火焖烤地瓜，时间不长，熟地瓜的香味就冒出来，即使焖烤的地瓜半生不熟的，吃起来也是有滋有味。

冬贮地瓜是一种技术活儿。为了让地瓜一个冬天不冻坏，唯一的办法就是将地瓜放在地窖里保存。那个年代，家家都挖贮存地瓜的窖子。在空地上挖一处两米多深的坑，但很窄，将地瓜整齐地叠放好，上面搭上几根短棒作横梁，盖上高粱秸或玉米秸，再盖一层土，留一个出口，出口处留有台阶，再用干的地瓜秧盖上洞口。在我老家附近，是生产队的牛屋，牛屋前有块公共的空地，大家都在那里挖地窖，放上满满的地瓜，整个冬天的口粮就有了着落。冬天里到地窖取地瓜，下地窖是小孩子的事，大人一般从窖口进不去。小时候，我虽然瘦小，但活泼，爬墙上树很顽皮，帮各家下地窖拿地瓜也是经常的事。雪地里，脱下小破袄头，下到地窖里，感觉很暖和。有一次，帮邻居下地窖拾地瓜，打开洞口，一股霉味令人作呕，下到窖里，盖的玉米秸上滴着水，长着毛，地瓜与泥土的味道，掺杂着一股霉味，让人喘不过气来，原来是地瓜贮存过热，通风不好，出现了黑疤和黑眼，快烂掉了。地窖还有一个额外功能，那就是捉迷藏最好的去处。春天来了，各家的地窖就空了，也成了孩子们游戏的天堂。

地瓜，平平凡凡的地瓜，尽管我不知道它的渊源和身世，只知道它在泥土里生长，和泥土相濡以沫，那顽强的生命力，是农家人的生活希望。地瓜，这种块根的农作物，在幅员辽阔的华夏大地上，习俗丰富，各地的叫法也有差异。比如，山芋、番薯、白薯、甘薯、红薯、红苕。反正在我们齐鲁大地称它为地瓜，当作一种"瓜"来吃，说明了它的珍贵和益处。在台湾也将它称为地瓜，隔海相望的两个地方，对一种农作物有着相同的称谓，应该是有着一样的渊源，更有着同一种乡愁吧。

卑微的地瓜，现在很少有人把它作为养家活口的粮食了，可它的价值却让人刮目相看。它比那些农药化肥残留超标的蔬菜、水果少了对健康的侵害，它的药用价值和对身体的保健功效，越来越受到更多人的重视。过去，地瓜的吃法有好多种，在我们沂蒙山区，除了蒸煮、烧烤、油炸、拔丝之外，最多的吃法就是将地瓜干用石磨磨成糊，摊制成煎饼，或将地瓜干磨成面粉蒸窝头，或是煮成地瓜粥，或加工成粉条做菜吃。现在煮一锅地瓜干粥当早餐，却成了一种奢侈，一种时尚。

地瓜是一种药食兼用的健康食品。医药学家李时珍在《本草纲目》记载中，它有"补虚乏，益气力，健脾胃，强肾阴"的功效。中医认为，地瓜"味甘，性平，归脾，肾经"，"补中和血，益气生津，宽肠胃，通便秘。主治脾虚水肿、疮疡肿毒、肠燥便秘"。它含有膳食纤维、胡萝卜素、糖质、维生素ABCE以及钾、铁、铜、硒、钙、镁等十几种人体需要的微量元素，营养价值很高，被营养学家称为营养最均衡的保健食品。现代医学研究发现，地瓜还具有一定的抗癌作用。特别是地瓜叶子，具有提高免疫力、止血、降糖、解毒、防治夜盲症等保健功能，被称为"蔬菜皇后"。在高级饭店里，人们会品尝到用地瓜制作的高级菜肴和点心；在超市里，淀粉、糖、糖浆、薯片、薯干、果脯、罐头等地瓜系列产品已进入人们的视线，走向城里人的餐桌。

普通的地瓜，看起来，不好看，也没有啥艺术感可言。

但是放在玻璃瓶里或瓦罐里，做成盆景，效果就不一样了。将地瓜盆景放在家中，既是家中的景观亮点，又能摘其叶子用于饮食，饮食与美景共享，何乐而不为？一个盆栽就是一个小花园，点缀着阳台、窗边、墙面、桌角，半藏半露的地瓜在泥土里生芽、长叶，青藤般快乐成长，如清纯少女走出闺阁，抖落一身的泥土，发出醉人的清香，也让烦躁的心情跟着晴朗起来。

火红的高粱

美国作家、记者海明威有句名言："不幸的童年是作家的摇篮。"对此，我心有感触。我在农村长大，经历的苦难与磨炼，也许是上苍对我的恩赐，成为我人生的财富，更是写作时取之不尽的源泉。虽然现居闹市，却时常梦回故里。前几天小长假，我回到老家，看见耄耋之年的老母亲正坐在小院里，用高粱莛子串锅盖顶子。年近半百的我便搬个马扎如同小孩子一般，坐在老母亲身边看二行（方言：热闹），顺便聊起有关高粱的事来。

高粱与故乡涝洼湖地上的父老乡亲有着很深的情缘。老家临沂一带，在过去相当长的岁月里，主要粮食以谷子、高粱和地瓜为主，小麦种植都很少，因而有"谷子、高粱，亲如爹娘"的俗语。《庄农杂字》开篇就是"人生天地间，庄农最为先"。农耕是人类生存的根本大计，家乡人民在漫长的岁月中，不但积累了丰富的生产经验，也形成了灿烂的农耕文化。以渔樵耕读为代表的农耕文明，是千百年来华夏儿女以不同形式延续下来的精华浓缩并传承至今的一种文化形态。农耕文化的内涵"应时、取宜、守则、和谐"已广播人心，农耕文化就是中国文化之根。农谚说得好：清明高粱谷雨花（棉），立夏谷子小满薯。古书《岁时百问》云："万物生长此时，皆清洁而明净。故谓之清明。"清明一到，气温升高，雨量增多，正是春耕春种的大好时节，因此有"清明前后，种瓜点豆""椿芽鼓，种秫秫；椿芽发，种棉花。"的农谚。

我对故乡的高粱有一种永远无法释怀的情结，每次看到高粱，总是那么亲切，心中总有一种说不出的感动。高粱是世界四大谷物之一，也是我国最早栽培的禾谷类作物之一。有关高粱的出土文物及农书史籍证明，最少有 5000 年栽培历史，自古就享有"五谷之精、百谷之长"的盛誉。

在老家山东临沂方言中，把高粱称为"秫秫"，有关秫秫的乡村文化极具乡土味道。秫秫全身都是宝，秫米是粮食，也是酿造高粱白酒的主要原料；脱粒后的秫穗叫"秫挠子"，能扎饭帚、笤帚；莛子可串锅盖顶子、箅子、箅梁子、饭筐、鳖盖笊篱头，还可扎鸟笼、蝈蝈笼、箸笼子和灯笼；秫秸可以织箔晾晒东西、扎屋把子建房、做顶棚打吊铺、夹障子当墙、夹篱笆种菜园；破成篾子后还可编织成席、席笼子、折子、席夹子；秫叶能作饲料、编蓑衣、织提包、勒坐垫、打苫子；就连高粱根秫疙瘩都是烧锅做饭的好柴火。在农村每家每户随处可见高粱秸秆制品，劳动者把聪明才智发挥到了极致，为展现才华和智慧开辟了广阔的空间。利用自家拥有的资源自制日用品，不仅方便实用，还为家里节省了一些"不必要"的开支。

拉耩子耩秫秫是一项最累的体力活。二十世纪八十年代初期，实行家庭联产承包责任制，分田到户后，各家纷纷置办车、犁、耙、耩四大件种地必备工具。家有牲口的只是极少数，绝大部分还是靠人力拉耩子种秫秫。斜桦斜眼的耩子，古老的农具，播种机的祖先，一次就能完成开沟、下种、覆土等作业。

耩高粱绝对是一项技术活。父亲在世时，就是耩地的行家，能插指定耧，还能打制耩子。不但耩子掌得稳、晃得匀，还能保证耩得不多不少、不深不浅，基本上不用间苗。可惜父亲英年早逝，50多岁就去了天堂。以后每年耩地，都是我们叔伯兄弟三家合伙拉耩子，10多岁的我就参与其中。拉耩子是一项最累的力气活，步调要一致，不然耩垄曲里拐弯，白费地力。一架耩子，两条腿穿着铁质耩铧插进地里，在耧斗梆咯梆咯的响声中，六七个人拼命劳力地脚蹬土地，身体前倾，状如纤夫，一个来回就累得气喘吁吁，满头大汗，肩膀红肿。坐在地头休息时，心中不由得默默祈祷上苍：风调雨顺、四季平安、苗全禾旺、五谷丰登。时光荏苒，当年"搁了蛋子梆梆响，南湖北湖把地耩"的岁月已远去，留下的只有伤感印记。

砍秫秫，纬秫穗，技巧与智慧同在。四季轮回，经过炎热夏天的煎熬，秋天悄然而至。"立秋三日遍地红"，高粱熟了，红透了田野，也醉了乡间。一望无际的高粱地俨然是一幅大自然风景画，一株株秫秫犹如亭亭玉立的妙龄少女，又恰似苗条模特，朴素而不失美丽，热情而略带羞涩。阵阵秋风拂过，高粱举着火红的穗子，追随着秋风，似一面面飘扬的战旗在向人们招展；叶子沙沙作响，宛如舒袖洒脱，舞姿翩翩。火红的高粱，沉甸甸的穗儿，透红了脸，笑弯了腰。有的窃窃私语，有的飒飒风姿，还有的如待嫁的新娘以谦卑的姿态等待农人的开镰。

"立秋三天镰刀响"，父老乡亲收获完谷子以后，就可以收割秫秫了。砍秫秫有技巧，也是力气活。最先使用的工具是镰刀，粗壮的秫秸会伤刀刃，就改用像老木匠手锛一样的镢镰子。左手揽过三五棵高粱秸秆，就着沉甸甸的秫穗头顺势摽在肩上，右手拿短柄镢镰子，一镢刨一棵。砍倒的高粱要两趟头对头放置，方便集中纬秫穗。纬秫穗是一项技术活，专用工具纬刀子，状如刮刀，是用大约 10 厘米长的薄铁板制成，一边磨出刀刃，大多是由铁匠打制的。秫穗子拿法有技巧，左一穗右一穗，来回颠倒，直到胳膊上积攒够一层才放下。记忆中，独自一人拉扯我们兄弟四人长大的母亲，曾将钎下来的高粱穗子交叉摆放捆成一个秫秫头个子，坚强地背在肩头扛回家，如同一双红色的翅膀在汗水中飞翔。

记忆中的"秫秸全"，是故乡秋季特有的一道风景。老话说得好，"立秋三天见秫秸全"，方言中"秫秸全"就是"秫秸攒"。秫秫成熟后，割掉穗头剩下的秫秸秆捆上三道捆儿站立起来，围聚成一个"A"字形的垛，既透风又采光，方便晾晒。在秋高气爽、风轻云淡的日子，一堆堆高粱全远远地望去好似一个个小型的"金字塔"，散乱地耸立在村边场沿地头空闲处，寂寞地站成乡村特有的一道风景，宛若无语沉思的思想者，凝望天空，静守家园。每当大风吹起，秫秸全发出悠长而又尖锐的响声，时而千回百转，时而婉转悠扬，仿佛向人们诉说着流年岁月的无奈。这些秫秸全，曾是秋冬季节小孩与小鸟儿们的乐园，和小伙伴们捉迷藏玩游戏，蹿进蹿出如进了迷宫，有时惊得小鸟儿恋恋不舍地飞起飞落。但也有些路人常在秫秸全里方便，有"吃屎的狗离不开秫秸全"的乡野俗语，证实着江山易改，禀性难移。在萧条的深秋里，秫秸秆儿经风吹日晒，生命的表象慢慢褪尽，最后成为编席、建房的好材料。随着经济作物的增加，种秫秫日益减少，这"秫秸全"也不常见了，悄悄地变成故土乡愁里难忘的记忆符号。

打秫叶，编蓑衣，风雨人生路漫漫。在那个缺衣少食、穷困潦倒的年代，乡亲们买不起雨伞，更买不起雨衣，一般都是打秫秫底叶编成扇形的蓑衣来防雨，那可是当时最好的防雨工具了。高粱成熟前的半月二十天，把高粱下半截的叶子逐棵打去，让青纱帐通风透光便于晒米，只有晒好米才能有好收成，故有"打了老叶耪一遍，高粱粒子眼瞪圆"的农谚。在我朦胧的记忆里，在高粱地里打叶子，都是男人的活儿，恐怕溻湿了唯一的汗衫，索性全身赤裸着掰秫叶，秫叶表面平滑，不刺挠人，就是天热得受不了，喘不过气来。打完叶子，到河沟里洗一澡，再背着秫叶走回家。掰回来的秫叶，捆好放在屋内阴干，利用农闲时间，将十分柔韧的叶子取出来，编织成内里光滑外面刺毛带着菱形花纹的蓑衣。一棵长大的高粱有十几个成熟的叶子，上边的叶子太青，下边的叶子已老，用中间的叶子编出的蓑衣色相最好最耐用，披在身上凉爽爽的，还散发着清香。俗话说"寸草遮丈风"。秫叶蓑衣既挡雨露又避风寒，田间劳动遇上下雨，披一袭蓑衣、戴一顶席夹子，蹲在地上也淋不湿身体。夜间看护庄稼，蓑衣可防寒。记忆中的老家没有风扇也没有蚊帐，夏季夜晚都是在打麦场里纳凉，蓑衣铺地，既柔软又隔潮，躺在上面遥望星空，放飞梦想，听着远处传来的蛙鸣虫唱，不一会儿就能进入甜蜜的梦乡。

历代文人墨客似乎都有着蓑衣情结。张志和"青箬笠，绿蓑衣，斜风细雨不须归"抒写着悠闲自在的乡村生活；王士祯"一蓑一笠一扁舟"心装渔父情怀，向往生活恬静；崔道融"两足高田白，披蓑半夜耕"道出了农民靠天吃饭的艰辛；苏轼"一蓑烟雨任平生"，蓑衣伴他孤独与悠然；柳宗元"孤舟蓑笠翁，独钓寒江雪"更是给蓑衣平添了多少浪漫。身披蓑衣的侧面和背影，钓的也许就是一抹孤独与寂寞，永远钓着质朴厚实的人生。男耕女织的农业文明，蓑衣算是一个重要的象征。尽管各地蓑衣材料不同，但遮风挡雨的功能却是一样的。风雨人生，蓑衣是福，几千年来，蓑衣背负着全家人的吃饭和希望。如今，蓑衣这种古老的防雨编织物已渐渐淡出人们的视线，变成难得一见的老物件工艺品，它的欣赏价值已远远地超出了实用价值。

扎笤帚，勒紧腰带过日子，减轻着生活中的开销。高粱笤帚是农家不可缺少的清理卫生工具，在农村几乎家家都会扎饭帚刷锅，扎笤帚扫地。用秫秸挠子扎饭帚和笤帚的手艺，技术含量不高。现如今，每年春节前，老母亲还下功夫集中扎一次，够我们兄弟姊妹用一年的，在老母亲的潜移默化中，我也学会了扎笤帚。先用耪地的大锄倒放着，将高粱穗一个一个地刮苗脱粒，制成秫挠子，取一根稍粗一点的尼龙绳，一端系在腰间，另一端系一根短木棍，用双脚掌部蹬着。捋顺一把秫挠子用尼龙绳绕一圈，双脚前蹬，上身后挺，来回滚动秫挠子就勒出深深的一道沟儿来，用麻绳顺势绑扎起来，节节缚紧，一把饭帚只扎两三道就行。将秫挠子提前浸泡后，按同样的工序就可以扎成笤帚，一把把的边扎边续，扎五六把就成笤帚了，犹如一朵超大的鸡冠花。家乡一带的笤帚一般是用六把，扎九道线绳，有"南京到北京，六缕笤帚九道经"之说。普普通通的秫挠子笤帚，在别人眼里是微不足道的，但它却承载着我苦涩的童年，记录着老母亲背负全家人生活的艰辛与不易。

用秫秸编席是一门古老的工艺，也是一项苦力活。二十世纪八十年代，是我家最困难的时期。父亲英年早逝，我们兄弟四人又没有长大成人，倔强的母亲以女性特有的柔韧，用瘦小的脊梁重新撑起了这个家，也顶起了整片田野与天空。"炕上没有席，脸上没有皮"，为了减少开支，母亲将年轻时学会的编席手艺重新拾了起来。家里用的花席、折子、席夹子、席笼子等等都是娘自己动手织的。将连根带叶的秫秸散开，枕着木墩，用剁刀剁去根，刮去秫秸裤子，用弯弯的篾刀将整棵秫秸一分为二破篾子，还要趁湿用碌碡压扁，刮去内瓤，做成扁平篾子。编席先纵向铺好经篾，从席子的中心对角线开始依次横向编织，通过多道工序，好几天才织成一张席子。娘虽然不识字，却凭借灵活的双手和织席口诀，用红秫秸和白秫秸混合，依然能编织出"双喜""寿福""龙凤呈祥""富贵满堂"等吉祥字样和花纹图案，别具文化韵味。在工作学习中，带"席"字的成语有好多，如：席不暇暖、孔席墨突、席地而坐等等。虽然这秫秸席不起眼，但它产生的事物却相当重要，如"主席"。《警世通言》中就有"伯牙推子期坐于客位，自己主席相陪。"从当初只是"席子上的主要座位"，逐渐成为官御、职位的代称，直到今天的"出席""列席"等等都来源于席子。

秫秸夹障子，见证了农村的贫困与辛酸。用秫秸和苘绳扎成把子，再就着梁头夹障子，是乡间最简易的房间隔墙。记忆中，老屋夹障子上常常挂着镰刀、辣椒，挂着盛有白菜萝卜种子的葫芦，贴着木刻日历年画。

童年时光，记录了我的人生痕迹，记忆的碎片已成限量版。秫秸玩具，曾玩出童年的花样。记得当时，取一节节的个档子（秫秸棍），擗成秫秸瓤子和篾碎儿，可以做出眼镜、手枪、风车、弓箭、小马等惟妙惟肖的小玩具。特意挑选红秫秸做篾条编漂亮的笼子，能关住翠绿的蝈蝈，却关不住故乡田野最原始的歌谣：高粱秆儿，秫秸棍儿，扎个笼子逮蛐蛐儿。这些玩具，为乡村贫乏的童年生活增添了几多妙趣与快乐，至今还感觉那匹玩具小马依然奋蹄扬鬃驰骋在我的梦中；高粱灯笼，依然光芒四射地照亮十五的月亮；秫秫颗子填枕头，似乎枕着故乡的天空，耳边时常响起风吹田野、雨后拔节的天籁。

老家的秫秫一如沂蒙老区人的性格，不讲条件，不择地势，不怕旱，不怕涝，在贫瘠的涝洼地上，依然倔强地发芽、生长、拔节、开花、抽穗，一如既往地结着饱满的种子，向人们奉献着食粮，尽管"秫秫煎饼两手捧，秫秫糊涂照人影"，却也填饱了肚子。

回忆是痛苦的，如同倒在掌心的水，无论你摊开还是紧握，终究会从指缝中一滴一滴流失，让人痛彻心扉。我想，与其回忆过去，不如拼搏现在，趁岁月静好，现世安稳，活成一株站直了的高粱，相信太阳每天都是新的。

乡村香椿

那年那月那个年代，因物质匮乏、生活无奈，"吃春头"的时光便是乡亲们最清贫、最难熬的日子，也是乡亲们不能忘怀、不愿意提起的心灵老伤。在那段日子里，庄稼青黄不接，越是粮囤见底，越感觉"春脖子"特别长，于是，各种野菜便成了记忆里最初的人间美味。

民间有句谚语："春吃芽，夏吃瓜，秋吃果，冬吃根"。在我的印象中，春天里的荠菜、榆钱、洋槐花、香椿芽……是当时最好的下饭菜。在所有的树叶当中，能当作菜长期吃的，也许只有香椿芽。香椿芽是香椿树的幼枝嫩叶，尽管是树的叶子，但那也是留在童年心灵中永不泯灭的一道绿色风景，更是童年乡村生活中延续的记忆。

现如今，生活条件好了，随着人们尊崇自然、向往自然、回归自然，几乎百姓家家有的香椿，在城里倒成了蔬菜圈里的"土豪"，名副其实的"贵族菜"。

"雨前椿芽嫩无丝，雨后椿芽生木质"，谷雨前后吃香椿是最佳时节。在汉字中，"时节"二字，有所为，也有所不为。谷雨前后，种瓜点豆，香椿似乎也跟着忙碌起来，在一夜之间吐出了新芽，一种奇异的香味传遍大街小巷。吃香椿嫩芽，让人品尝到的不仅仅是美味，还有大自然的味道、春天阳光的味道。

春天来了，一场春雨滋润着万物萌发。香椿的生命之芽，历尽严寒冬雪，便将积蓄了一整个冬天的精华全部集中到春光里释放。不知从何时起，香椿悄悄地在枝头抽出嫩芽，一簇簇，红艳艳，亮灼灼，不娇媚，不做作，不炫耀，不张扬。此时的香椿芽，雨前作秀，撩醉春色，椿芽细嫩，芽尖叶厚，色翠诱人，犹如玛瑙，恰似翡翠，天然清香，在时令的温馨中散发出春天的味道，阵阵香气在时空中蔓延而悠长。最嫩的香椿芽，连同筷子粗细的嫩枝，都可当菜吃。那些嫩芽也就需要两三天的时间成长，时间再长一些，便会"老"去。如果采摘后的香椿存放时间长了不处理，当叶子一碰就掉时，说明已经老了。香椿散发出一种奇特而浓郁的异香，有的人避之不及，可有的人却最爱这种春天应有的味儿。

有人说，中国是世界上唯一将香椿嫩芽当作美食的国家，还有人专门为香椿芽制作了美食纪录片，登上了电视节目《舌尖上的中国》。

香椿，一岁一枯荣，岁岁发新枝，民间素有"门前一树椿，春菜不担心"的说法。香椿不但营养丰富，而且还远高于其他蔬菜，被称为"树上蔬菜""天然蔬菜"，也曾被列为"小八珍"之一。这种颇受人们青睐的木本蔬菜，生食、熟食皆可，还能做出多种美味菜肴。特别是刚冒出嫩芽的香椿，叶厚芽嫩，绿叶红边，裹上鸡蛋面糊，油炸而成的椒盐香椿鱼，颜色金黄，口口生津；切碎后，香椿炒鸡蛋、香椿拌豆腐、香椿拌蒜薹，色彩相映成趣，芳香浓郁诱人，吃一口，满嘴留香。香椿虽然是时令菜，但在我的老家却四季不缺，尽管不能随时吃到鲜嫩的，但是腌制的香椿，依然是香味浓郁，别有风味，几乎年头吃到年尾。乡亲们开玩笑常说，随时都可弄四个菜招待客人：香椿芽、韭菜花，大蒜泥、辣疙瘩，那种唇齿留香的感觉，皆是乡村烟火的美味。

大自然，并不永远眷顾人类。只有当人们对自然和时序怀着不变的信任和尊重时，才会得到最朴实的回报。

在那个时代，每一个人都经历着太多的痛苦，乡亲们总会将苦涩藏在心里，而把小小的幸福转化成食物，呈现在简陋的饭桌上。生火、做饭，用食物联结着家人，在平淡无奇的锅碗瓢盆交响中，演奏着人生百味。

香椿，既可单独食用，也可作为佐料，创造出新的美味。比如，晒伏酱时加香椿，自制香椿酱。阳光和温度，造就美味，更造就多彩的世界。"中国的酱"，在人类的发酵史上独树一帜，数千年来，乡亲们晒酱有着独特的诀窍，为餐桌上的味道增添了浓厚的一笔。曾有学者说，人类的历史都是在嗅着盐的味道前行。在吃的法则里，风味重于一切。人们总是怀着对食物的理解，一直在尝试中寻求"鲜与味"的灵感。

在汉字里，神奇的"味"字，似乎永远充满了无限的可能性。除了舌之所尝、鼻之所闻，还有心之所感。

香椿不但营养丰富，而且还具有较高的药用价值、食疗价值和经济价值。

香椿的果实香椿籽，就是一味中药材，民间自古就有"食用香椿，不染杂病"之说。香椿含钙、磷、钾、钠等成分，有补虚壮阳固精、补肾养发生发、消炎止血止痛、行气理血健胃、抗衰老和补阳滋阴作用。

乡间常见的香椿树也算得上是一种比较名贵的树木，有着不错的经济价值。香椿木来自大自然，素有"中国桃花心木"的称号，木质坚硬，不易开裂，耐腐蚀性强。打磨后的香椿实木家具，不易渗水，遇水也不变形；天然本色，材色红润，纹理清晰；散发出沁人肺腑的清香，让人心神宁静。

有人分不清香椿与臭椿，其实，区别还是很明显的。香椿，属于楝科，树干斑驳脱落，谷雨前的叶芽浓香，紫红鲜嫩，果实为蒴果。臭椿，学名樗（chū）树，属于苦木科，树干光滑，叶子有异臭，果实为翅果。古人对香椿和臭椿辨别就很清楚，多现于诸多先秦文学中。比如，《庄子》的名篇《逍遥游》中有"上古有大椿者，以八千岁为春，八千岁为秋。此大年也"，故至今仍称长寿者为"椿寿"。在《诗经·小雅》中有"我行其野，蔽芾（fèi）其樗"。白居易诗作《林下樗》："香檀文桂苦雕镌，生理何曾得自全。知我无材老樗否，一枝不损尽天年。"一首充满哲理的诗。告诉我们做人要知足常乐，辩证地对待境遇，"失之东隅，收之桑榆"。

一树槐花一树梦

　　"小槐树，槐树槐，槐树底下搭戏台，你带我，我不来，你不带我就打秋鼓台。"槐花飘香的季节，让我想起小时候的一首歌谣。

　　洋槐树，也叫"刺槐"，每年的春夏之交，是故乡槐花盛开的好时节。不管您忙与不忙，在不在意，季节到了，槐花总是悄悄地开放，不娇媚，不做作，不炫耀，也不张扬。一朵朵玲珑剔透的花瓣，淡淡的翠绿，略显晶莹如玉，簇拥在嫩枝上，编成一串串丰满的花穗，重叠悬垂，远远望去，仙境似的梦幻缭绕，让人有一种洒脱、飘逸的感觉。遇上风调雨顺的年景，槐花开满大街小巷，开满小河两岸，犹如乡间清纯的女子，尽管没有漂亮的衣衫装扮，却有乡野粗犷而又不失风情之美！

　　今年五一期间，我回到故乡，一到村口，便又闻到淡淡槐花的清香。抬望眼，高大的洋槐树上长满了绿色的叶子，青翠欲滴。走近细看，串串槐花如同婷婷秀美的舞者，在葳蕤蓊郁的树叶间，若隐若现，娇羞含情。在旖旎风光中，在绿白相间里，朵朵槐花悄悄地羞涩开放，洁白如素，如雪如梦，一树槐香，一树芬芳，醉人心田，沁人心扉。偶尔一阵微风拂过，片片花瓣儿随风舞起，飘落在古老的村庄街巷，也落在游子的身上。一串一串挂着粉白色的小花，那是暮春时节农村最美丽的一道风景。桃花、梨花、杏花已落败，唯有此时的槐花肆意地开放。花有花香，树有树香，此时的故乡，槐树、香椿、月季、栀子等等，各种天然香味糅合在一起，组成了这个时节特有的植物生长的味道。

眼望满树槐花，不由得打开记忆的闸门，仿佛回到那年那月那时光。

"捋槐花"见证了生活的艰辛与无奈。采槐花不是一件轻松的活儿，但都乐意干。槐花盛开的日子，正是那个年代乡亲们青黄不接的时候，吃春头的日子最难熬。粮囤快要见底，是过去最清贫的时光，盛开的槐花，就成了充饥解馋的美味。槐花可蒸、可炒、可凉拌，美味可口，令人生津，回味无穷。槐花成熟了，家家户户采槐花吃，我们当地人称采槐花叫钩洋槐花，钩下带有枝条的洋槐花，再一把一把地捋下槐花洗净做菜吃。记得那时家院里的洋槐树很高，采槐花要用粗一点的竹竿，顶端绑上一把锋利的镰刀，看准槐花多的那一树枝，将竹竿高高举起，用力向下一削，带着清香的串串槐花纷纷落地。摘下一串细看，槐花像一颗颗翡翠玛瑙，玲珑剔透，极诱惑人。其实钩洋槐花并不是一件轻松的活儿，不但精力要集中，还要注意安全，长时间地举着竿儿重复同一个姿势和动作，肩酸、眼痛、手麻、头晕。

采摘大自然赐给我们的礼物，却是小伙伴们乐此不疲的事儿。我和小伙伴们经常以钩洋槐花做幌子，相约去村东十拱桥那里玩。十拱桥小河是我们童年的乐园，小河两岸生长着高高矮矮错落有致的洋槐树，矮一点的树，槐花触手可及，遇到粗壮一些的树，爬上树杈，踩着晃晃荡荡的树枝，享受登高望远的风景，时而摘满一把槐花扔在地上，时而捋一把槐花毫不顾忌地塞往嘴里尝尝鲜。槐花生吃，味道醇正，有一股淡淡的清香和甜味，味淡而持久，清香而久远。小伙伴们除了采槐花，更多的时间都是玩乐耍皮猴子。我们男孩子有时会捋下大把大把的槐花"打雪仗"，抛向天空，投向对方，花瓣儿像雪花一般纷纷扬扬地落下，落到身上、落到地上，更落到童年的心坎里。那串串笑声回荡在空旷的原野上，也随同小河流向远方。爱美的女孩子摘下一串串槐花，有的做成耳坠，有的做成项链，还有的做成桂冠戴在头上，宛如小仙女下凡。

用洋槐树叶做抽光棍藏树叶游戏，凭的是运气，藏的却是智慧。按人头采摘几枝带柄的树叶，其中一根捋去叶片，只剩光棍儿，一人用手捧着树叶捂得严丝合缝的让大家抽取，抽到带叶的是藏家，抽到光棍的小伙伴是寻家，必须去寻找大家所藏的树叶儿。大家藏好树叶，对着"光棍儿"拍着手，边跳边唱：香油、豆油吐了吧！香油、豆油吐了吧！实在找不到，才会"吐香油"（吐唾液）认输。午后的太阳光被那浓密的枝叶筛成一地碎金，斑斑驳驳地洒落在我们身上和地上，开心极了。在树上采槐花经常碰到马蜂窝，有时候还有可能被蜇得鼻青脸肿。但洋槐花的清香与美味，让我们忽视了这些曾经的伤痛，依然乐不思蜀地年年钩洋槐花馇渣豆腐吃。无忧无虑的童年，纯真可爱的面孔，现已成为永生不忘的温馨记忆。尽管这些土掉渣的游戏早已淡出了人们的视野，但它带给我们童年的美好回忆，却永远留在了我们这一代人的心中，依然活跃在记忆深处。

花香引蝶，花蜜引蜂。槐花一开，整个乡间弥漫着一种淡淡的槐花香。香味儿无处不在，家里家外，大街小巷，田间地头，这种纯净的甜甜清香，让人忍不住要多深呼吸几下。南方来的放蜂人如约而至，在村外的打麦场里搭上简易的帐篷，摆起长长的蜂箱。一座帐篷就是一个家，一只蜂箱就是一群蜂的王国，一片槐林就是一个花的世界。欣赏蜜蜂采蜜，也许是一种美的享受。花如海，蜂如潮，勤劳的蜜蜂成群结队，嗡嗡而来，专采盛开的花朵，不仅采蜜，而且还采集花粉，口脚并用，采满"花粉篮"又嗡嗡而去，有时还顽皮地在人家的鼻子上停留片刻。小时候的我们，经常宁可不吃饭，也要看养蜂人割蜂巢，搅蜂蜜，眼巴巴地瞅着满桶的蜂蜜，羡慕得很。虽说指头抹蜜，饱不了人，可指头抹蜜却是童年幸福而甜蜜的记忆。偶尔有看二行（方言：热闹）的大人把食指伸进桶内抹一指头蜜放在嘴里咂摸，我们小孩子有模有样地也学着抹一棒子蜜尝一尝，养蜂人不但不怪罪，还瞅着我们笑。蜜蜂在酿蜜，也是在酿造生活，为人类酿造最甜蜜的生活。

那时吃槐花，出于生活的无奈。如今，吃槐花却是图新鲜、改口味，甚至作为养生菜，登上了大雅之堂。

小美美在境，大美关乎命。槐花之美，不仅在于她的繁盛、她的洁白、她的清香，更美的是在于她的食用品质和养生价值，所以，槐花应该列为大美之列。洋槐花茶，不但能提神降火，更多的还是让人回味乡村的悠闲与恬静。把洋槐花晒干，配上菊花茶一起泡水喝，一片一片的槐花瓣漂浮在茶水上面，如同一条条精致的小船，梦幻似的氤氲在香气中，也构成一种人生境界。听老中医讲，洋槐花性味苦凉，无毒。泡水喝具有清热泻火、凉血止血的作用，被历代医家视为"凉血要药"。

也正是槐花独有的大美，让历朝历代的文人雅士把它当成了文学作品抒意的对象。"槐林五月漾琼花，郁郁芬芳醉万家"是古人对槐花的赞美，而更多的却是对槐花的感伤，比如白居易的"夜雨槐花落，微凉卧北轩""黄昏独立佛堂前，满地槐花满树蝉"使人顿感凄凉。

洋槐树，洋槐花，故乡曾经的记忆，身居庙堂，可当梁作栋，为民撑起一片天地，身处乡野也不卑不亢，淡泊名利，绿荫一片。由于槐树生长慢，已跟不上时代发展的步伐，种槐树的越来越少了，被速生杨所代替，到了五月，到处散发出恼人的扬絮，让人心生烦恼。

时光静流，岁月经年。离开家乡多少年，在外打拼与工作，可那质朴、倔强、坚韧、随和的洋槐树，却永远让人们感悟到人性的善良和纯真的回归。

杏子黄，麦上场

枣花开，割小麦。杏子黄，麦上场。在杏子成熟上市的时节，麦口也随之到来。

站在故乡麦田地头远远望去，热腾腾的空气下麦浪起伏，似铺天盖地的一片金黄。掐几穗饱满的麦穗头儿，双手合十搓一搓，吹去麦糠，掌心中剩下一小堆肉敦敦的麦粒儿，扔进嘴里慢慢地嚼，一股股诱人的、醇厚的清香散发开来，我知道麦口要来了。

农谚说：芒种忙，麦上场。芒种前后麦上场，男女老少昼夜忙。为什么忙呢？因为应了那句古训：蚕老一时，麦熟一晌。早晨还泛着许多绿意的麦田，烈日下，经过一阵又一阵的热浪吹烤，下午就改变成金黄色的容颜，麦子熟掉了头，时不我待。昔日，过一个麦口，抢收抢种，人累不惯，也会蜕层皮，瘦一圈。

用镰刀割麦子是农活中时间性较强也较累的活儿。割过麦子的人，都对割麦子那种受刑般苦与累的劳作心有余悸。麦收天，孩子的脸，说变就变。老农们都懂"紧收麦子慢收秋"的道理，麦收时节，要的就是一个"紧"字。九成熟，十成收；十成熟，一成丢。麦子收割晚了，到手的粮食就会丢掉一些，白白浪费了一年的血汗。

麦收有五忙：割、拉、打、晒、藏。在我的记忆中，打麦场记录了那个年代农家人团结协作、艰苦奋斗的劳动场景，给走过那个年代的人们留下丰收的喜悦和希望。

按场是麦收前的序曲。趁麦子还未收割，在一场小雨过后，趁着地湿，人们纷纷在空地里撒上一层碎碎的老麦糠和麦穰，拉着碌碡，一遍一遍地辗轧，直到地面平平整整、结结实实，用作打麦场所。如果天气好，太阳把打麦场晒裂了口子，还要在清晨再泼上一层水"杠场"，再一次辗轧，把裂缝碾平。打麦场是庄稼人丰收的寄托，麦收期间的大部分时间，都在打麦场上度过。

挥镰收割是麦田里丰收的合唱。太阳还没冒出地平线，农家人就趁着凉爽挥镰收割了，一人一把镰刀，大人小孩全上阵。正午时分，太阳火辣辣地炙烤着大地，空气中弥漫着炎热的味道，透不过气来的农家人直一直腰，提起泥罐子喝一气从家里装来的井水，顾不上欣赏丰收的风景，又弯下腰，用长满老茧的手，一把攥住麦子，挥镰割下，放到一堆，再捆成麦个子。席夹子、草帽子遮挡不住骄阳的燃烧，镰刀割麦子的嚓嚓声、滴下汗水的啪啪声、推拉麦车的吱吱声，汇成丰收的合唱。

打麦场演绎着丰收的交响。收割后的麦子，用独轮老胶车子或地排车运进场里，分批摊开，晒过麦穗头儿之后，老黄牛或小毛驴带着牛兜嘴拉着碌碡打场了。暴晒下的麦子在碌碡的辗轧下噼啪直响，在碌碡吱吱悠悠单调的节奏中，轱辘轱辘地转了一圈又一圈，诉说着一年的希望。没有牲口碾场的农户，几家拉帮结伙，把新收割来的麦子用铡刀铡去麦腿，摊成一个薄薄的圆环，几个劳力用人工拉着碌碡碾场，一圈不变样，两圈不变样，力气与麦穗儿抗争着，在人们的坚持下，麦穗儿终于投降缴"贡"了。

扬场是乡村特有的一道风景。被辗轧后的麦子，用木杈和挡耙除去麦穰，只剩麦粒夹杂着的麦糠。要在有风的时间段里扬场，男女配合得当，一唱一和，成为一道和谐的风景。妇女头戴席夹子，拿着扫帚掠场，接受麦雨的洗礼。男人们用木锨迎风向上挥洒刚刚打下来的麦粒，麦子雨仿佛一道道抛物线从妇女的头上划过，劈头盖脸落下来，女人不停地用扫帚在麦堆上扫去麦糠。"扬场"是一门技术活，更像一门艺术，只有力度、幅度、高度、节奏、风速恰到好处，才能扬走麦糠，收获希望。

看场是农家人抹不去的老伤。扬好后的麦子如小山，一袋袋装好放在场里等着明天晾晒。盛夏之夜，月朗星稀，麦香四溢，没有了白天的繁杂喧嚣和滚滚热浪，热闹一天的打麦场也渐渐地安静下来。半截席子、几只袋子、一件破袄头子、一把手电成为男人守护一年收成的重要工具。劳累了一天的人们，静静地躺倒在地铺上，惬意地闭目养神，盘算着明天的劳作。听着远处传来的蛙鸣虫唱，不一会儿就进入了甜蜜的梦乡。

打麦场见证了从当初人力拉着碌碡打场、牲口拉着碌碡打场、拖拉机拉着震动器打场，再到脱粒机半机械化打麦场的演变，同时也见证了农家人斗天斗地的拼搏精神。如今麦收，农家人只需站在麦田地头，等待联合收割机到来自动操作，再将收获下来的新麦子运到水泥路上或农家平房上晾晒。有的收获后直截了当将新麦子卖掉,省了晾晒和存贮的环节。

沧海桑田,随着时代的变迁,曾经的打麦场,早已完成了它的历史使命,淡出了人们视野,销声匿迹了。连同麦场里曾经的故事和热闹场景也渐去渐远,那种热火朝天的场面已经成为遥远的记忆。

九月菊花傲秋霜

国庆期间放假，回到乡下老家，我又一次见到了盛开的野菊花。在老剡子河（燕子河）边长大的故乡，没有奇花异草，在这秋高气爽、万物凋零的季节，唯有野生野长的菊花，傲霜绽放，芬芳、质朴、天然，浓郁的香气中带着微微的苦味，沁人心脾。落叶知秋，大雁南飞，无情的秋霜染黄了树叶，唯有秋菊不畏寒风，一花独秀天下秋色，成为故乡最美的原始风景。

菊花是我国花卉史上栽培最早的一种花，距今已有3000多年的历史了，它与梅、兰、竹一起合称花中四君子。中国文学史上对菊花影响最大的，莫过于不为五斗米折腰的田园诗人陶渊明了。他的名句"采菊东篱下，悠然见南山"以自由自在的生活情态，衬托出菊花不屈不挠，敢于迎寒风、斗霜雪的无畏气概。

千百年来，无论在贫瘠的山地，还是肥沃的原野，菊花不择地而生，却择时绽放。它清雅淡泊，不畏霜寒，不惑不悔、不卑不亢的气质和不趋势而动的孤高品格受到文人雅士的钟爱和枭雄豪客的赞誉。今天的菊花品种繁多，千姿百态，各种花色应有尽有，早已不是古代那个单一的"黄花"了。大花朵富贵，开得落落大方；小花朵雅致，开得羞羞答答。

据药物书中记载：白菊和黄菊可入药，也可泡茶。其味甘、苦，气清香，香味让人醒脑益神，平肝明目，清热解毒，具有很高的药用价值。于是，为了菊花茶，我在老家就种有几棵千头菊，白色与金黄色的千头菊，竞相开放，开的是那样的随意、那样的清纯，又是那样的野性，尽情地展示着自己的婀娜与娇媚。

俗话说：闹中酒，闲时茶。其实，秋后饮茶正适宜。穿过红尘阡陌，饮一盏菊花茶，品一段茶里人生。将数朵洗净晒干的菊花放在透明的玻璃杯中，注入沸水，看菊花在杯中摇曳、慢慢盛开。菊花茶，鹅黄清澈，浓郁宜人，宛如一群少女，在绿草茵茵之上，轻歌曼舞，撩人情怀。菊花茶，淡雅，清新，飘逸，回甘绵长，细腻醇和，仔细品读，宛如贵妃沐浴，楚楚动人。

我不懂茶道，但深知饮茶也是一种艺术，要细细品味才知茶的真正滋味。沏茶细品，那股清香游走在唇齿间，顿觉心旷神怡，一切释然。

有人说：茶如人生，第一道茶苦如生命，第二道茶香如爱情，第三道茶淡如清风。是啊，一杯清茶，三味一生。人生如茶，上上下下，跌宕起伏，但总有一天，会归于平静，底蕴厚实，展示清香。茶有沸腾和张扬，人有矫饰与浮躁。茶有平和，人有静心。"茶里乾坤大，壶里日月长"。看开了，成败得失，功名利禄，如过眼烟云。品茶如人生，滤掉尘世的纷扰，拂去尘俗杂念，淡看沉浮，恍然感悟：多一片浓，少一片淡，无论浓烈与清淡，全凭个人的品味，苦乐年华，都是滋味。拥一份淡泊，守一份宁静，心境安然，岁月静好，原来幸福如此简单。

人生如茶，生活之苦不可能苦一辈子，但总会苦一阵子。敞开心扉，接纳阳光，让清苦贯穿于整个生命的全过程，慢慢地品尝淡淡的苦涩之后，一定会满口生津，耐人寻味，苦尽甘来，让人生飘逸出淡淡的茶香。

上善若水，厚德载物。世事艰难，人生多桀，生活如此浮躁，不妨学一学菊花的品质，在逆境中奋发，为一片萧条的大自然带来无限生机和活力，在寒风中独自站成一番美丽的风景！

乡村九月菊花黄，不是春光，却又更胜春光。菊花不随百花同枯，不与百花争宠，淡泊名利，独标傲世。菊花采天地之灵气，汲日月之精华，清隽芬芳，凌霜盛开，以其高尚情怀，香飘人间。我从盛开的菊花中，深深感受到生命的灿烂，经过冬的孕育、春的沐浴、夏的积累，菊花在瑟瑟秋风中怒放着生命的辉煌。菊花的顽强坚贞，蓬勃向上，为我们诠释了生命的真谛。

夏季又品荠菜香

快到大暑了，天气闷热，让人烦躁。在这炎炎夏日却吃上了爱人做的荠菜豆腐汤，心情一下子好了许多。爱人说，看电视节目《健康之路》，说夏天喝荠菜汤清热明目，还能治高血压，就将春天没吃了的荠菜晒干保存了起来，专门留着夏天吃。真的感谢爱人的良苦用心。

荠菜，在许多人看来，它是乡野里最卑微的植物，它跟爱情无关，跟吉祥无关，跟富贵也无关。荠菜就像庄户人家的孩子，对自己的生存环境要求不高，在田野、路边、沟沿、房前屋后，都可随性生长。儿时在乡村长大，挖野菜的酸楚与欢乐，成为苦难岁月里的悲伤记忆。

记得小时候，过了二月二，就可约一群小伙伴挎着篮子，拿着小铲子去挖荠菜了。一出家门，像一群活蹦乱跳的小鹿，向广阔无垠的田野撒欢似的奔去。到了田野，先玩上一阵子再干活，无忧无虑地躺在春地里或麦田里仰望蓝天白云，享受阳光的恩赐，尽情呼吸清新的空气，感触大自然的怀抱，体味自由的无穷乐趣。

小时候，只知道吃荠菜，不知道荠菜还有许多营养价值和药用价值。民间有"三月三，荠菜赛灵丹"之说。现代医学研究证明，荠菜有清热解毒、降低血压、消肿利尿、抗癌等作用。荠菜的味道微甘，细品有一种泥土的气息，令人回味。

古代的文人雅士也很喜欢荠菜。《诗经》里就有："谁谓茶苦，其甘如荠"之句。苏东坡说荠菜是"天然之珍"；南宋大诗人陆游对它情有独钟，"残雪初消荠满园，糁羹珍美胜羔豚"；元代诗人杨载的《到京师》一诗中写有"城雪初消荠菜生，角门深巷少人行"的句子；清代扬州八怪之一的郑板桥作画题诗云"三春荠菜饶有味，九熟樱桃最有名"。可见古人是多么喜欢荠菜了。

我喜欢荠菜，不仅喜欢它身上那种充满泥土气息的味道，更喜欢它旺盛的生命力。

荠菜的生命力非常强，吸吮地气，沐浴阳光，常吃荠菜可壮阳，延年益寿。荠菜花不起眼，星星点点的小白花，几乎没有香味，它既没有牡丹的富贵，也没有桂花的浓香，更没有蜡梅的傲气，但就是这样毫不起眼的小花，却是野地里的报春使者。辛弃疾的"城中桃李愁风雨，春在溪头荠菜花"就是对荠菜不畏初春的寒冷，旺盛生命力的赞歌，让人们对它充满了无限的遐想。

数千年来，不论是人类挖采和车马糟蹋，还是自然干旱与灾害，荠菜都能生生不息，旺盛地生长着。荠菜生于晚秋，长于严冬，春寒料峭，开花结籽，生命的整个过程都充满了严峻地挑战。让人感动生命的不凡、生命的崇高和生生不息的魅力。

荠菜还有一个美丽的传说。那就是唐朝王宝钏和薛平贵的爱情中荠菜水饺的故事。我想，王宝钏十八年的坚守，一定与春天有关。因为春天来了，不仅有绿色的荠菜，更有荠菜一般绿色的希望。

"三春戴荠花，桃李羞繁花。"这是周作人文中的句子，青黄不接之季，荠菜花开放，给人以春天来到的向往与踏青的冲动。柔弱的荠菜，都在顽强地传递着春的气息，向人们展示大自然中生命的律动。

作为人，为什么不好好珍惜生命、享受阳光、热爱生活呢？荠菜的顽强和乐观，一如人类积极向上的生活态度，值得我们思考与学习。

故乡的小巷

"故乡的小巷深又长，青石板路上木屐响，贴着那古老的墙根去寻萤火虫，月亮下我的童心给了纺织娘……"每次听女中音歌唱家关牧村演唱版《故乡的小巷》，心绪久久难以平静。

就着假期，我回到故乡，去看一看家中青丝白发的老娘，看一看生我养我的乡村。忙中偷闲，游走几趟故乡的小巷，心中释然了许多。

有娘才有家，有家的地方是故乡。在每个人的灵魂深处，也许故乡是最美的地方，那里有母亲伫立村口守望的目光，那里的一草一木，都是最亲切最温馨的回忆。

故乡，是人的生命之根，也是梦绕魂牵的人生港湾。故乡人善良淳朴，随和亲切，日出而作，日落而归，生生不息，仿佛连故乡泥土里也悠荡着古老乡村憨厚的气息，那是一种阳光与汗水掺杂在一起的味道。村西剡子河（燕子河），曾经清澈见底，宛如老人在滔滔不绝地讲述着村庄古老的历史；村东大洼子，蒹葭苍苍，临风摇曳，野趣横生，掬一捧河水乡韵让我醉在故乡的风景里！

不必说村头畅通的京沪高速、宽广的 206 国道、坚固的石拱桥，也不必说宁静的乡村、盈盈的河塘和深浅不一的老围沟，单说村内那窄窄的小巷，就构成了故乡诗意的轮廓。

故乡，那些原生态的小巷，虽已破旧不堪，但那里却有我心灵的依靠，有我成长的印迹，更有我对爱的诠释。从小生活在乡村的我，对小巷有一种挥之不去的深刻记忆，恰似一坛陈年老酒，在心灵深处放置时间越久，味道越醇香越浓烈。

有人说，巷是城市建筑艺术中一篇飘逸恬静的散文，一幅古雅冲淡的图画。但乡村的陋巷，却独具乡村的风味，又长又窄的小巷，一个人静静地耐心走去，要走好长时间才能拐到大街上。

在老家乡村小巷简单地走一走，不求诗和远方，只求心灵贴近自然，让紧张的心弦得到调整，让疲倦的身心得到放松，找回流失的童年，也有一种淡然的境界。

老巷老宅是故乡的缩影，那些弯弯曲曲的老巷，浑身烙满岁月沉重的脚印。犹如时光老人饱蘸血汗与泪水，无序记录成的一条条乡村生活的纪事，不仅仅有清晰的历史和传说，还有模糊的乱码与苦楚，读懂它们，不光要用眼睛，还要用心。

我的童年有缘与家乡的小巷共处多年，小巷是我生命旅程中一个重要的组成部分。正如泰戈尔的一句诗：这条街道，虽然没有留下我的脚印，但我曾经从这里走过……

当年求学，离开老家时，没有觉出有多么不舍，可如今在外漂泊多年，看惯了车水马龙的街道、礼让行人的抓拍和夜景下声音嘈杂的广场……总想着，有朝一日要回到清静、自然、淳朴的故乡，返璞归真。

等待是一个过程，似乎每一种坚守都是幸福。

　　小巷两侧，是不高不矮的屋后墙和前院墙，有的是老土墙，有的是石头墙，还有的是半截石头地基半截土坯砌成。秋季的院墙上总是披挂着一墙开花正盛的秋米豆、丝瓜、葫芦……低矮的门楼上，有的爬满层层叠叠的木香花，有的爬满串串苍翠欲滴的紫藤萝，有的是杂乱无章缠绕的何首乌，还有的是茂密生长的爬山虎，简直像古朴的屏风，更多还是岁月留下的斑斑驳驳的苦痕。时间打磨过的土墙，让人仿佛穿越时空，给人以宁静悠远的感觉。偶尔有牵牛花从小巷墙缝里钻出来，顽强地开着喇叭花，彰显着生命的静美，给人无尽的舒适惬意。感觉中，小巷里的色色彩彩似乎都是对目光的一次次挑逗。

　　故乡小巷的道路尽管是泥土路，但却丝毫没有影响到我对家乡的热爱。漫步于绵长幽深的小巷，时光在深巷里缓缓流淌，感到格外的清宁。时不时地传来鸡叫、犬吠和鸟鸣，似是一支动听的歌谣，更像一首精彩的田园小诗，让人心灵陶醉在灵动之中。那种自然、那种和谐、那种宁静，像风一样，慢慢地飘进心里。

　　小巷曲折，走着走着，眼看前面出现一面墙，好像死胡同，堵塞了，可等走了过去，就会发现旁边又有一条小巷接过去，依然是巷陌深深，幽静深沉，犹如山穷水尽，却是柳暗花明。故乡的小巷不完全像个迷宫，慢慢走，总能找到村出口。

　　朴实的乡亲们，为了出入家门少踩泥，多数人家在小巷里自家的门前，铺垫半张席子那么大的一小片石板路，原本有棱有角的石头，被村里人经年累月行走的脚步磨去了尖锐，变得光滑起来。

如今，小巷老了，和时不时出现的新房子相比，显得更加苍老。各条小巷里，年轻人大多数已搬进了村外的新居，空壳而古老的街巷里多数是老年人居住、留守。小巷屋后的青苔，一个劲儿地疯长，密密麻麻的，蔓延成一个陌生的家园，宛若大地铺开的绿信笺，带着泥土的清香，混杂着破旧门窗潮湿的味道，传递着阴晴圆缺的信息。

我老家门前的巷子，当年连接着一片场，曾有两个生产队的牛屋在那里。在我童年的记忆里，老牛拴在木桩上，或站立或静卧反刍着，牛犊儿甩着尾巴依靠着老牛，撒娇的样子很可爱。那场不是打麦场，只是一处宽阔一点儿的地方。在没有电的岁月里，那里几乎成了庄户人长期单调生活中为数不多的新闻发布和消遣场所。夏季来临，晚饭后的人们很少在家里点灯熬油，多数人习惯蹓到场上，脱下一只鞋子垫在腚下，摇着蒲扇拉大呱；冬闲时节，又都习惯猫在牛屋里，听念过私塾的老人侃大山、讲汉书。

记忆中，那片巷子，的确是我们童年的乐园。那个年代，人穷孩子多，总觉得大人有干不完的活儿，把孩子当小狗小猫一样散养着。小伙伴们自娱自乐，一块小石头、一根小树枝都能玩得风生水起，跳房子、打腊门、蹦闸、摔泥、"藏马蒙""张大亮，扛大刀"等等五花八门的游戏，惹得阵阵笑声，几乎要撑破小巷的天空。

小巷里热闹的时候，当属炸米花的老头来了，炮声一响，传遍小半个村子。老头儿一手摇着中间大肚子鼓鼓的炸米花机，一手拉着老风箱，炉火烧得旺旺的，看到时间差不多了，压力到了，我们赶紧捂住耳朵，"轰"的一声巨响，冒出许多白气，热烘烘、香喷喷的玉米花"蹦"进破铁箱子里，有的也落在地上，小巷里的孩子们一哄而上，抢着拾起来，分着吃。货郎来了，焗锅匠来了，拨浪鼓一响，长长的吆喝此起彼伏，小巷里又一阵子热闹。炸米花、货郎、焗锅匠……曾为寂寞的小巷带来无限的乐趣。

小巷里老屋高高低低，错落有致，当初的流光溢彩已消失殆尽，只剩下风雨沧桑，以及屋脊坚韧的气魄。行走在小巷里，时常有蹲在门槛上，瞅出门外干杂活的老人，我似乎感受到她们心里深藏着的那份淡然、守望，或是孤独与无奈……

回到老家，我也静坐在老宅天井中，敞开大门，看着熟悉的小巷，煎饼卷着韭菜花、嫩豆角，津津有味地吃起来，就着蒜瓣喝凉水，回味当初的香甜，只为守望心中的那份宁静，那份童真。日子在这里得到还原，浮躁因此而远离。岁月从指尖滑过，苍老的是容颜，遗忘的是故事，可不变的依然是小巷陈旧的模样和熟悉的乡音，每每想起，总会有一种心旷神怡的快慰。

岁月如水，如同小巷拐角处一汪清澈的老井水。井是小巷明亮的眼睛，也是小巷深邃的灵魂。小巷一天的喧闹从水井开始。早起的人们取水做饭，是老水井最忙活的时候。推动石磨碾出生活的希望，吱呀声声，惊扰了小巷的早梦。谁家挑水时水桶或泥罐子掉进井里，打捞时最能看出人心的温暖。水井不深，大多时候用一支钩担就能提到水，每年要在最干旱时人工挖淘一次水井。清淤后，直到露出方形木头榫卯而成的方框底盘为止。吃水片的小巷人自觉地凑点东西给淘井人作补偿，心特别齐。

巷子里的人纯朴、勤劳、善良，一家有事万家帮。有人盖房，一听到上梁鞭炮声，如同奏响了号角，纷纷放下手中的活儿，拿把铁锹就去帮工了。人们心态开放得很，家与家之间相处和谐，帮忙照看一下小孩，下雨了帮着收拾一下东西，走家串门是常有的事。钥匙大都放在门口石头底下，成了人人皆知的秘密，从点点滴滴中，诠释着"远亲不如近邻"的道理。

故乡的小巷从来就没有一个响当当的名字，其实就根本没有人给它们起名字。大都是同宗同族毗邻而居形成，没有一家对着门居住的，"门当户对"，在这里似乎行不通。

弯弯曲曲的小巷，犹如老树上的枝杈与叶脉，显得苍老、陈旧，连风进了老巷，似乎也找不到出口，只会七拐八弯，把一些树叶打起旋。行走在其中，古老的树枝分割着秋后的阳光，一地碎金，一道濒临消失的风景线，透着辛酸与寂寥。我站在巷口回头望，小巷还在，土墙还在，只是再也找不到那份曾经的纯真。

读懂小巷，就意味着悟透了人生。家中的老屋仿佛告诉我，不忘初心，故乡在这里，根在这里，乡愁也在这里。

此时，我似乎理解了诗人席慕蓉那句话，"乡愁是一棵没有年轮的树，永不老去。"

吆喝声声故乡情

"磨——剪——子来——戗——菜——刀——"一声悠长的乡音从楼下传来，顿感儿时飘荡在老家大街小巷的吆喝声仿佛又在脑海中响起……

二十世纪八十年代的临沂苍山（现更名为兰陵）老家那一带，就像段子里说的一样：通讯基本靠吼，行路基本靠走，看门基本靠狗。黄昏时分，谁家丢了鸡，乡亲们大多走上大街，用极具穿透力的原生态嗓子喊几声：俺的老母鸡，冲谁家去了，给俺放出来……几遍吆喝过后，走失的鸡又出现在街上了。

那时的乡村似乎很清闲，无论大人，还是小孩只要听到吆喝声，就像中了彩票一样兴奋，从各自家中跑出来"看二行"，看客心态已成为人们心中永远抹不去的老伤。

故乡人勤劳节俭，有"新三年，旧三年，缝缝补补又三年"的习惯，这种习惯既是美德，也是无奈。催生了一拨民间能人、艺人，凭借一技之长养家糊口。

货郎的吆喝最馋人。记忆中，常到村里的货郎是位手有残疾的人，外号"独锤"。"独锤"最先是挑着担子溜乡卖货，后来有了一辆独轮车，配有两只铁丝网笼子，笼子里面放着针头线脑、瓶瓶罐罐，笼子外挂着用地瓜糖稀和着大米花制作成的糖团子，一串串的，如同沙和尚的佛珠，惹人眼馋。货郎放下小车，一阵拨浪鼓之后，亮起大嗓门吆喝起来，"拿破烂换糖……"再后来，独锤货郎的车架上多了一个打彩用的木转轮，上面贴着一道道小纸条，用力一发，轮子就转起来了，用手一掀机关，有针射出去，打中什么，就奖什么，打不中，也给一块糖。货郎嘴里念念有词："北京到南京，打彩不落空，落了空，吃块糖。"小伙伴们纷纷跑回家，拿来头发、破布鞋帮、棉花套子、碎铁烂铜等废品或来打彩，或来换东西。

锔锅的吆喝最热闹。当地人把锔锅匠称作"小锔漏"。如今，沂蒙山区还流传着"小锔漏担挑"这种民间小调。"扒锅哩——扒盆来"，几声长长的吆喝不一会就传遍半个村子。"扒泥盆、扒泥罐"简单，锔瓷器可得有真本事，"没有金刚钻，别揽瓷器活"，也许说的就是他们。过去百姓家中，大多使用泥盆、泥罐，有瓷器之类的算是富户了。有钱人家拿来瓷器让修补，小锔漏算是走大运了，挣钱多。小锔漏先是找碴、对缝，将破损的器具恢复原状，再定位点记号，根据瓷器的纹饰确定钉子数量和位置，再用钻打孔和锔钉。钻孔是对小锔漏的一大考验，锔钉更体现手艺的水平，即不能打穿，也不能打碎，决定着器具的使用寿命，最后抹上特制的粉膏，防止漏水。小锔漏好开玩笑，常常惹得看二行的人哄堂大笑。

扎簸箕的吆喝最难得。扎簸箕的老手艺人是外乡人，一个月来不了一次，骑一辆老式的自行车，后货架两侧各挂一个方箱，里面放着丝网、竹片、荆条、柳条、麻绳等物品，车把上挂着几个罗圈。进了村子，老艺人一手推车，另一只手取出一尺多长的铁片鞭子，摇得哗啦啦作响。然后气运丹田："扎椽子——扎篱笆——。"铁鞭声与吆喝声此起彼伏，老艺人沧桑的老脸上透出憨厚的笑容，一干活就是一个上午。

卖豆腐的吆喝最简洁，"卖"字都省去了，直接喊："豆——腐！"还有"喝热粥——""烧——饼""豌豆馍馍"等吆喝回味悠长。

那五花八门的吆喝声，随四季的轮回，像跳动的音符，曾给贫困的乡村带来无限的喜悦和希望。那一声声吆喝就是一支支美妙的乡村歌谣，每一声吆喝都演绎着不同的故事。如今，许多老手艺渐渐淡出人们的视野，淡出人们的记忆，原生态的吆喝已如明日黄花，已成为我们遥远的记忆。

秋天，拾起一片记忆

一场大雨，似乎一夜之间把秋天推到了我们身边，秋风、秋色、秋景，田野风光多彩而美丽；秋收、秋耕、秋种，三秋生产忙碌而充实。

中秋节前夕，回到老家，尽情感受秋的味道。秋天，是一个多彩的季节，真实地展现着大自然清新淡雅的色调。秋风恰似一位油画大师，在广袤的田野上，尽情地调色渲染，每一笔润色都是那么丰富、那么生动、那么诱人。庄稼地里，成熟的玉米一片连着一片，如列队的哨兵，等待主人的检阅；高粱穗儿已成熟，在微风中轻歌曼舞，犹如待嫁的新娘掀起了红盖头，露出羞涩的笑脸；那方大豆，远远望去，满地尽带黄金甲，偶尔还有片片绿叶点缀其间，相映成趣。在这瓜果飘香的季节，不必说果园枝头上大个儿的核桃、火红的山楂、脆生生的枣儿，也不必说菜园田垄上韭菜花开、秋葵向阳，单是一串一串成熟的葡萄，就让人垂涎欲滴了。硕果累累的秋天，透着丰收的喜悦，尽显物华天宝，留给人们饱满殷实的收获。

行走在故乡收获的田野上，看着乡亲们忙忙碌碌收秋的身影，不由自主地迈进一方正在用大型机械收割玉米的庄稼地，与泥土亲近，与成熟的庄稼零距离接触，亲眼目睹农民劳作的辛苦和收割机械的变迁。路过一片刚刚收完花生的土地，地表层上时而有遗漏的花生露出小脑袋，诱惑着我的双眸。一边走，一边捡起来，剥出花生米，放在嘴里慢慢地嚼着，品味大自然恩赐的快乐。不禁让我想起小时候拾秋。童年的记忆，犹如每个人内心深处那一串串动听的风铃，稍有风动，就会敲痛那根最柔软的神经。

拾秋，是给秋天画上一个圆满句号的户外劳动。二十世纪七十年代，计划经济，农村以生产队为单位集体劳动、独立核算，农民只有一点点自留地。那时，生产队分下来的粮食，人都不够吃的，更不用说有节余养猪了。于是，一到秋天，家家户户，大人、小孩就一窝蜂似的到秋收后的大田里，捡拾生产队收获时丢落的庄稼，补充口粮。村庄附近的粮食，拾没了，就跋山涉水到外村地里去捡漏，能吃的粮食，留下来人吃，不能吃的粮食，用来喂猪、喂鸡，我们称此项农活儿叫"拾秋"。老话说得好，不当家不知柴米贵，不养儿不知父母恩。在那一天工值一块两毛五的年代，虽说拾秋做到了颗粒归"筐"，勉强渡过了难关，体验了"粒粒皆辛苦"的真正内涵，可一直也是乡亲们心中一道苦难的老伤。那吃不饱的滋味，现在回想起来，依然是泪湿衣襟梦不成，另一种酸楚，油然而生。

那年那月，十多岁的我，无论是放了秋假，还是放了学，经常背着一把半人高的粪箕子，里边放着一把类似猪八戒钉耙样子的三齿小爪钩，和小伙伴们一起到田里拾秋。拾秋的活儿多种多样，捡豆粒、玉米穗、谷穗头，连拇指盖大小的地瓜干边边角角也不放过，有时实在捡拾不着粮食，就连豆茬根、秫秸疙瘩、干地瓜秧儿也捡拾起来，装满筐，背回家，当柴火，烧火做饭。在我印象中，干得时间最长、干得最多的活儿还是野外拾花生和拾地瓜。我们村地瓜种得多，似乎丢落的也多。要是拾花生，就要走很远的路，专门到周边村庄大田地里捡漏了。

到外村去拾秋，是一件累并快乐的活儿。秋雨过后，提前约好小伙伴，带上一个煎饼，卷上咸菜，天一放亮就出发。披着太阳洒下的第一道晨光，温馨而甜蜜。树上的鸟儿犹如凡尘间的精灵，叽叽喳喳地鸣叫着、嬉闹着。在刚刚开启的晨曦里，我们离开家门，沿着老公路，走很远很远的路，才来到村西面的老刹子河（燕子河），在河西那片广阔的土地上拾花生。茅草丛生的地块上，还残留着零零碎碎的干花生秧。原本隐藏在泥土里的花生，经过大雨的冲刷，若隐若现地暴露在我们眼前，一阵惊喜过后，小伙伴争先恐后地捡起表层上的花生来，无论是饱满的，还是半瘪的，统统捡起来。秋天，像一支歌，总有遗失在季节里的音符。一颗颗花生，就似秋天不小心遗漏在大地上的珍珠，攥在手里，笑在心里。一会儿工夫，没动一下家什，捡到的花生就盖过了提篮底。擦擦额头的汗珠，心里美滋滋的。

听大人们讲，拾花生有窍门：垛过花生秧的垛底子下面花生多；位置偏僻的地块，别人没拾过；黑土地，黏性大，地块越硬，丢得越多；懒散人家收花生丢三落四……这些方法，着实让我有了收获。举起爪钩刨下去，有饱成的花生露出来，有时一爪钩下去，就会有两三个花生，甚至有一墩花生呈现在眼前，如获至宝。拾花生上瘾，越拾越有劲，甚至忘记了时间与疲劳。不到晌午，就有了大半提篮花生的收获。累了，渴了，我们几个小伙伴相约到刹子河里玩上一阵子。那时的刹子河（燕子河）没有污染，河水清清的，浅浅的，能清楚地看到河底的细沙和游动的小鱼小虾。我们在水边沙滩上，找出突突冒水的泉眼，先用沙围起来，再向下挖，攉掉混水，不一会儿，清清的泉水就泉满了一小汪，捧一捧泉水喝下去，凉凉的，甜甜的。拿出煎饼吃午饭，就着蒜瓣喝泉水，半天的劳累，一扫而光，幸福的笑容挂在脸上。躺在树下休息，舒服极了。感觉秋天是一个值得仰望的季节，秋高气爽，万里晴空，一碧如洗。飘逸的闲云，悠然自在，令人神往。成群结队的小鸟飞起飞落，煽情般地留下婉转悠扬的情歌。河岸边上，零星的小野菊懒散地开出淡淡的小黄花，给空旷的河堤涂抹上了一丝灵动。我们玩够了，挎起提篮，一路捕着蚂蚱，抄小路走回家。

拾地瓜，是最用体力的活儿。那时，老家临沂一带的农民，似乎天天吃地瓜，变着花样吃。煮地瓜、蒸地瓜、烤地瓜，地瓜干煎饼、地瓜面贴饼、地瓜叶菜团、地瓜面窝头、米豆皮馅瓜干面大饺子，稀饭也是地瓜的，就连地瓜秧和地瓜叶也浪费不了。所以，秋收后，野外拾地瓜，成为农村孩子经常做的一件苦差事。一大早，揉着未睡醒的眼睛，背起粪箕子，扛着小爪钩，就下湖了。深秋早晨的天气好冷，草叶上挂着露珠，空气中掺杂着水汽和浓浓的庄稼味儿，凉凉的，扑面而来。远远望去，湖里已经影影绰绰有了许多人影儿。说是拾地瓜，谈何容易，我们小孩子只能在别人翻过的地里再翻腾一遍，希望捡个"瞎眼漏"。为了不让泥土灌进鞋里，开刨之前，先将布鞋脱下来挂在筐沿上，潮冷的泥土钻心的凉。顺着地瓜垄再刨饬刨饬，刨着刨着，出了一身汗。偶尔有一块地瓜翻腾出来，像中了奖一样开心。地瓜根根和地瓜头头也拾着，滥竽充数。拾地瓜，靠的是韧劲和耐心，地瓜沟上、沟下，边边角角刨个遍。遇到地瓜秧上结的根，算是烧了高香，顺着根追下去，一直追到小地瓜为止。拾地瓜那个苦，无法形容，但也有开心的时候。拾地瓜，追兔子，野趣横生。听到有人喊：野兔子，野兔子！不分大人、小孩纷纷停下手中的活儿，抢起爪钩，追呀追，兔子还是逃脱了，虽然是一场空欢喜，大家却很开心。有时，兔子被狗追到了，狗的主人欣喜若狂，引来许多羡慕的目光，大家围观过来，久久不肯离开。在这些看得见的收获外，那一份拾秋的快乐，是竹篮和筐头无法装载的。

在秋天丰硕的季节里，去捡拾遗失的一些记忆，捡拾到的不仅有快乐，还有生活的无奈与悲哀。苦涩的记忆，仿佛摔碎了一面大镜子，一地碎玻璃碴儿，刺痛着滴血的心，捡起一片来，一不小心还会划伤曾经受伤的心灵。记得那时，饥饿的人们对秋天的田野充满了钟情与渴望，也充满了诱惑与邪恶。每当秋季庄稼进入成熟期,村大队和生产队都会派出若干人"看青"，那些看青的，在村外田野周围天天巡逻。在黄昏的路口，遇到割草的，一般都要检查、翻草筐、摸衣兜。印象中，太阳落山时分，有人趁天黑用草筐作掩护，偷几穗玉米或撸几把豆荚带回家，经常被看青的翻出来。有些看青的，也趁机调戏一下小媳妇，一笑而过。若是遇到男劳力偷庄稼，就麻烦大了。

在嘈杂的大街口，押着游街示众，给美丽的秋天增添了不光彩的一笔。

　　拾秋，也许是城市人心中永远的童话，而对在乡间长大的人来说，却是一种不可缺少的情感财富。拾秋，弯下腰肢，承载着生活的重负，抬起头颅，渴望火红的日子。时光荏苒，食不果腹的日子已成过去。如今，生活富裕的人们，拾秋不再是为了填饱肚子，而是忘却城市的喧嚣与诱惑，感受另一种乡村生活。摘一把酸枣，采几束野菊，或在老柿树下留个影，把"事事如意"的秋景拍下来，把迷人的秋色带回家。把秋游的野趣、童年的回味、未来的憧憬串成美丽的诗行，读给太阳听，感悟韶华远逝的岁月，给收获一个肯定，给生活一种追求。

　　回忆终究是回忆，大自然的秋天是循环往复的，今年去了，明年还再来，人生却是一条单行道。所以。开心地生活，心态最重要。心中若有桃花源，何处不是水云间？我对故乡的情怀，是永远抹不掉的。执笔凝情，最是不忘故乡的原风景。

梦回芦苇荡

上周六，与爱人一同骑车去湿地看秋色，真没想到野草丛生的岸堤挡住了湿地往日的风采，更令人遗憾的是因天旱湿地竟然干了，唯有那大片大片的芦苇还没精打采地晃动着。

提起芦苇，突然想起一句诗来，"蒹葭苍苍，白露为霜。所谓伊人，在水一方"。《诗经》中所说的蒹葭，就是通常所说的芦苇。

芦苇很平凡，不与树木争荣，不与花草斗艳，它的生命力却极强，不管环境多么恶劣，都能旺盛地生长。芦苇，在老一代农家人的心目中，全身都是宝。芦叶、芦花、芦茎、芦根、芦笋均可入药。芦叶可以包粽子，芦花可以编草鞋、扎扫帚、填枕头。用芦苇秆编织成各式各样的生活用品更为实用，如，编成晾晒东西用的苇箔、帘子、筛子，铺床用品席子，鲁南一带遮雨、防晒的"席夹子"（斗笠），还有供人们储备粮食和衣物的折子、席笼子等等，也是乡亲们建房必不可少的材料之一——芦苇把子。到了现代，更有巧匠采用纯天然芦苇创作了芦苇画，装饰居室，美化生活。

望着一团团毛茸茸、雪白的芦苇花，不禁勾起我无尽的遐想和感慨，唤起我内心深处柔软的记忆。

　　记得小时候，在我故乡东大洼也有大片大片的芦苇荡。春天来临，雨后春笋，芦苇发芽冒尖，长成鲜嫩的笋，坚韧不拔破土而出；纯洁无瑕，出淤泥而不染。在芦苇未成熟时，采一枚青青的芦叶，轻卷成哨，比赛着吹奏，看谁能吹出点儿。将芦叶轻撕成条，可以编织成风车、蚂蚱、小鸡之类的玩具，自娱自乐，在阳光下欢快地追逐、奔跑。玩累了，和小伙伴们一起光着小脚丫穿梭在浅水的芦苇荡里，看小鱼、小虾、小蝌蚪，悠闲自在。盛夏时节，芦苇蓬蓬勃勃，临风摇曳，挺拔潇洒，洒脱自在，在朴实中透着灵秀。沐浴阳光，鸟儿们在苇丛中放声歌唱。那歌声袅袅，韵味十足。

　　芦苇与菖蒲相间，竞相成长，别有一番风韵。漫步芦苇荡，一种神秘感油然而生，它是那么的迷离，那么的飘逸，那么的多情。站在岸堤，近看蜜蜂辛勤采花，蝴蝶翩跹起舞，远看湛蓝的天空，飘逸的云朵；俯下身子，倾听鸟儿们的呢喃，水流的韵律和着昆虫的浅唱。那里曾是鸟的天堂，时有几只水鸟从芦苇丛中扑棱棱飞向天空。那一刻，感觉周围的世界，仿佛都隐退了，没有了喧嚣，没有了困扰，天、地、人在这里和谐相处，似有佛家禅味的意境。法国 17 世纪最具天才的哲学家帕斯卡尔曾有一句名言："人是一棵会思想的芦苇"，是啊，人的生命虽然像芦苇一样脆弱，可人的高贵就在于他有灵魂生活。

　　秋天是芦苇花开的季节，踏进芦苇荡，尽情享受大自然的真情，返璞归真。在原始而又自然的芦苇荡里，目光所及，芦花烂漫，飘逸如云。悬在半空中的芦花，与阳光交相辉映，不知疲倦地和着风的节奏，婆娑起舞，摇曳生姿，野趣横生，犹如舞蹈着的精灵。芦苇最美在风雨中，它们比肩而立，前呼后应，根不移，秆不折，如同相爱的人儿"执子之手，与子偕老"，相互守望，不离不弃，风雨无悔。

荏苒流年，如白驹过隙，时光在亦真亦幻中流逝。家乡的东大洼，已经干涸，少了水的灵气，稀疏的旱芦已没有了当年的繁茂。我知道，蝴蝶飞不过沧海，人生走不出红尘。芦苇荡入梦，尘事入心，几许清晰，几许模糊，几许感叹。如今，思念芦苇荡时，只能在野外寻觅几株不成片的野芦苇，慢慢咀嚼，回味失去的时光，更多的时候，在网络上查看芦苇荡图片，独自陶醉，算是给童年的梦一个安慰。

怀旧是一张网

有娘的地方就有家,有家的地方是故乡。

故乡,永远是梦的主题。无论你身居何处,富贵贫贱,听到那浓浓的乡音乡情总会回味。随着年龄的增长,许多儿时的故事渐渐淡忘,唯有童年的游戏在心中永久珍藏。

我的家乡,坐落在老剡子河(又称燕子河)边,村东、村西两条小河给我的童年增添了神话般的色彩。夏天,叫上一群小伙伴,到小河边,十拱桥下,捡一块块薄瓦片儿打水漂,串串笑声激起小河浪花朵朵。在河边树上粘知了,在桑田里摘桑葚,整个儿一群"野猴子"。挖块泥巴,捏成小泥盆窝头,往地上一摔,看谁摔得响,炸得窟窿大,大家再给补上,看谁挣得泥巴多。在村西小河里抓鱼虾、掏螃蟹、洗衣裳。校园里,撕下作业本,折纸飞机,在一折一叠中将理想放飞;挑起洗衣盆中的肥皂泡,一吹一放,在灿烂的阳光下绽放出奇妙的光芒,陶醉在如梦般的幻想中。小朋友们在捉迷藏(藏猫猫)的游戏中培养了诚实守信,在玩打仗的游戏中训练了运筹帷幄、排兵布阵的兵家精神。

童年生活,诗一般的境界,生动有趣的童年游戏,伴我阳光成长。

　　记得滚铁环是当时很流行的游戏。手握着一个带有"U"形弯的铁钩，推着一只铁环在地上滚动。家庭稍微好一点的孩子直接滚动着废旧的自行车圈，或是车轮胎，在街上飞跑，累得满头大汗，推累了，就把铁环斜挎在肩上，极像哪吒，连吃饭时也舍不得摘下来。

　　玩打仗和过家家是模仿性的游戏，体现了战争与和平。打仗游戏是用儿童的视角，把战争电影中的场面重新演绎。在游戏中表现出的创造力真的让大人们吃惊。用木头雕的短枪、长枪，刷上锅底灰，非常逼真。用自行车链条自造的洋火（火柴）枪，属于精品。童年关于枪的记忆印象最深，可以称得上悲壮。那时大哥用喷雾器杆子自制的一把长洋火枪，用拆解鞭炮的火药掺杂着铁沙子装药，拿来棉花塞得紧紧的。生怕家长看见，将长枪藏在腋下，冬天在场里烤火时，不慎走火，"砰"的一声闷响打破了冬天的寂静。大哥腋窝被打穿了一个窟窿，他不顾疼痛，用手在伤口里掏沙子，幸亏家长送医院及时，才未感染，身上却留下记忆中的老伤。

　　打尜是当时比较危险的游戏，我们临沂人称为之打腊门。用腊条或小木棍，将两头削尖，做一个尜，也就是腊门，在地下画一个方框，将尜放进框里，用一根短木棍去敲击尜的尖头，使尜弹起，迅速将尜打向远处。另一方有人去捡这个尜向框里扔。守门的人就拿着棍子往外抵挡，如同现在的垒球比赛，如果压线了，就从后胯"掏裆"打尜，然后用腊门棍量长短，一棍为一丈，后来用步子量，一步一步地数，以步多少论英雄。

　　挤棉油游戏也许是当时冬天最无奈的游戏。为了取暖，

　　小伙伴们在墙根下排成一排向当中挤，被挤出去的人为输，感觉儿时的冬天比现在冷得多。当时玩的游戏还有"占山头"、跳房子、碰拐、老鹰捉小鸡、丢手绢、弹杏仁、抽陀螺、放风筝等游戏；女孩子大多在一起玩翻花绳、跳绳、跳房子、拾子儿、踢毽子之类的小游戏，也自得其乐。童年游戏质朴简单，童年的我们永远散发着无穷的精力和无尽的想象力。

　　怀旧是一张网，企图打捞着过去失去的岁月。

　　其实，失去的一切早已从网眼里溜走。

童年拾炭，捡拾一地温暖

光阴荏苒，日月如梭，生命与岁月共长，与鲜活的记忆同在。已过不惑之年的我时常做梦，梦的主题是故乡。年假，我真的回到故乡，回到老剡子河（燕子河）边那片古老而又贫瘠的土地上。在老家，陪耄耋之年的老母亲，围着小火炉边烤火边聊家常。娘说，先烤个馒头垫补点，等会包水饺给你吃，望着青丝白发的老母亲，我心里咯噔一下，一股酸楚涌上心头，突然想起小时候拾炭烧火烤馒头的事儿来。

童年就像河里的一束束浪花，有时风平浪静，有时微微泛起涟漪，更多的是波涛汹涌澎湃。我的童年如海水般苦涩，不堪回首，一旦提起，那绵长的心事犹如野草般在心底疯长。父亲52岁时因病去了天堂，母亲过度悲伤精神失常，我们头高头低的兄弟四人感觉家里的天塌了，纷纷辍学回家，共同撑起破碎的家，10多岁的我干不了地里的重活，打理家务成了我的责任。

拾炭，童年最心酸的经历，在无奈的忧伤中，捡拾一地温暖。随着笨重老木板门"吱吱呀呀"的开启，在黎明前的黑暗中离开低矮的草屋，睡眼惺忪，用手揉揉迷糊的眼，一边打着呵欠，一边背起拉条筐，拖沓着脚步，跟随着邻居大哥走在黑咕隆咚空寂的路上，步行七八里去村东的汤庄煤矿矸石山上拾炭。煤矸石是煤矿开采过程中掘弃的废渣和矸石，是比煤炭还坚硬的黑灰色岩石。汤庄煤矿早在 20 世纪 20 年代，就有私人开矿过，直到1958年由县办小煤窑发展壮大起来，日积月累，煤矸石堆积得真像小山一样。站在高高的煤矸石山上，翘首相望，矿井架上高擎着滚滚的天轮，炭场院内，从矿井下运上来的煤炭堆积成山，时而有满载煤炭的汽车从煤矿运向远方。煤矿的早晨，灯火通明，机器轰鸣，闪耀在矸石山上的灯光映照着无际的天空，仿佛身临其境在大城市。可饥寒交迫的我，没有闲心欣赏这些景色，只想着在寒流来临之前多拾点炭，解决一冬天家庭取暖和生活问题。那些日子，我们不管天上悬着的是一轮惨淡的月牙还是稀疏的点点星光，总是披星戴月，高一脚、低一脚地奔波在拾炭的路上。

煤矸石山，我们叫它渣子山，第一次爬上去，费了好大的劲，山头上铺设的铁轨直通运料斜井。炭和煤矸石太相似了，年少的我几乎分不出来，是邻居大哥手把手教会了我如何分辨炭和矸石。渣子山上，排放炭渣的情景很壮观但也很危险。听着运送渣子的小绞车哐当哐当地来了，大家急忙闪开，小绞车拉着煤渣子"哐啷"一声倒下来，就像倒出一条黑色的瀑布。拾炭的人们一哄而上，疯抢起来，用锨铲的，用筐扒的，用爪钩刨的，各自忙碌着。不一会儿，所有的人都成了黑的，手上、身上、脸上扑满了煤灰，掺着汗水成了花瓜脸。那时，我年龄小，尽管去得很早仍挤不过大一点的拾炭人，只好跟在别人屁股后面，用一把两齿小铁爪钩边刨边寻找能烧火的炭块。有时小脸冻得通红，手指麻木，边跺跺脚，边把手捧到嘴边哈一哈热气，双手不停地来回搓一搓，原本肉肉的小手却有了几道冻裂的口子，疼得钻心。累了，站起身直直腰，眨眨眼睛看看远方的天空，虽然看不到未来，却因为能帮家里干点活了，偶尔会露出一丝苦笑。身材瘦弱的我拾满筐挎不动，每当拾到大半筐时，就得扯着炭筐顺着渣子山斜坡小心翼翼地跑下来，将炭放置在附近百姓院内墙根，再一次爬上渣子山。上爬下滑，几个来回，腰酸腿软，气喘吁吁，破棉袄里汗津津的，一消了汗，挺难受，带着疲惫的脚步，咬紧牙关硬撑着。从绞车上倒掉的不全是煤矸石，偶尔遇到一车含煤炭渣多一些，我也学着大人的样子，弄一筐炭面子运下来。起早贪黑拾炭一周下来，竟有了一大胶车子炭的收获。拾炭回家，博得母亲无奈中掺杂着爱怜、爱怜中浸着赞许的一笑。

俗话说，靠山吃山、靠水吃水，邻居大哥有时也怂恿我趁人不注意爬进运煤的空绞车内，偷偷打扫未卸干净的煤底子，即使看煤场子的人发现了，见我还是个孩子，大喊几声之后，不再追究，那时的人都很穷，没人觉得不光彩。正是天真烂漫的年纪，如果不是生活所迫，谁会黑着脸皮拾炭呢？

淘炭，累并快乐着。天稍微暖和一点，邻居大哥早早地推着胶车子带着工具到大门口喊上我去淘炭。从渣子山顶一筐一筐地运下含煤多一点的炭渣子，放进渣子山一侧原有的淘炭池内，倒入水，用铁锨不停地搅拌，再用筛子和布包打捞，因为炭粒轻于煤矸石，淘洗出的煤黑亮亮的，全是小煤块粒。这种最原始的、最苦力的劳作，一天下来，让人口干舌燥，精疲力尽，可晚上竟也分得一篓子炭的收成。

推煤泥，记载着贫穷的日子。从煤矿里面排出厂外的黑水常年不断地流着。煤窑排水沟周围的农田里也盖上了一层黑色的煤粉，渣子山附近的沟沟汉汉上时刻漂浮着一层煤粉儿，经年累月变成了煤泥。我和邻居大哥曾一推一拉向家里运煤泥。煤泥单独烧，不着火，但掺上好一点的炭，砸炭泥烧土制炉子，比掺土强多了。

砸炭泥，是和着泪水干的功夫活儿。冬天烧土炉子，砸炭泥是每天必干的活儿。把捡来的炭筛选，铲几锨小炭块和炭面子放在石槽里，掺上一定比例的煤泥土和水，搅和在一起拌匀，然后用铁头棍子如捣蒜泥一样将其捣碎捣黏，不稀不干，封火炉用。大多时候，将砸好的炭泥展开拍平，再切成小方块晒干备用。砸炭泥，真的是一项功夫活儿，炭少、土多，不着火，炉子阴阳怪气的；炭多、土少，不炼火，炉子还光拉肚子。起初一段时间，每天砸炭泥都是流着眼泪完成。

搪炉膛，是一项技术活儿。父亲生前曾用土坯和平时积攒起来的半头砖，在屋内墙角盘了一个带有炉条的土炉台，安有铸铁的炉口，炉台一角还垒进一只小瓷缸，温热水用。冬天启用炉子时，需要重新搪炉膛。搪不好，炉火不旺，四处冒烟。我第一次学着大人的样子，用黄黏土、沙子、细麦穰等掺上盐水和成泥，先在炉内壁浇湿盐水，再用手蘸水将内壁抹平，炉子外面用抹子也抹个严丝合缝，居然一火成功，很好用。北方的冬天，屋外寒风凛冽，屋内红红的炉火燃烧着，尽管贫穷，尽管烟味儿重，可有炉火的家却格外温暖。连续一段时间的苦，换来一冬的暖，心里美滋滋的。在炉口上，烤个凉馒头、干窝头，烧个咸鱼、辣椒，是常有的事。靠近炉火的一面烤得焦黄，发出诱人的香味儿，把发黄的地方吃掉，再烤上，一顿简朴的饭菜就这么凑合了，吃得依然香喷喷的。

苦心人，天不负，一年后，母亲慢慢恢复正常。倔强的母亲以女性特有的柔韧，用瘦小的脊梁重新撑起整个田野，柔弱的肩膀重新担起一家人生活的艰辛，我们又能回到学校读书了。

曾经拾炭的情结，如同这眼前的炉火，有时需要燃烧，有时也要封存。燃烧的是希望，是火热的生活，封存的却是道不尽的温暖。童年的苦难，磨炼了意志，成为我人生永远的财富。

也许生活永远有令人迷惑不解的一面。现在居住在楼房里，不愁冷暖，拾炭的经历已成为遥远的记忆，可想起来，竟还固执地觉得那段岁月虽然很苦却很温暖，让我明白了"穷人家的孩子早当家"的道理，也养成我对家庭的责任与担当。

童年拾柴火，燃烧无奈的岁月

前几天，回老家看望耄耋之年的老母亲，居然在老屋墙角发现了那杆既熟悉而又亲切的破旧竹箅，这魂牵梦萦的竹箅哟，蓦然勾起我童年苦涩的记忆。

二十世纪六十年代，出生于农村的人，大多经历过缺吃、少穿、没柴烧的拮据时光。"暧暧远人村，依依墟里烟"，貌似乡村里的风景，却无奈地见证了乡村饥馑荐臻。童年的记忆里，曾有一段时间，满眼都是羡慕嫉妒恨。每当有钱人家的烟囱里飘出袅袅的炊烟，菜香味儿香喷喷地飘荡在大街小巷时，少不更事的小伙伴们馋猫鼻子尖，不知从何处学来一句恬噪的欺天话：唉唏，谁家的小锅又掉粪坑里去了。

物质匮乏的年代，庄稼地里能烧火做饭的东西并不多，都派上了其他用场。麦子收割后，用独轮胶车推到打麦场上，再拉着碌碡一圈圈地打场，辗轧后的麦穰要喂生产队里的牛。有时偷偷地留下几个成捆的麦个子用手连搓带捧把麦粒弄掉，织成麦秸苫子铺床，相当于买了席梦思。秫秸（高粱秆）最上头的那节独秆莛子，扦下来能串锅盖顶；秫秸是建房扎把子、编席制折、织"苇箔"晾晒东西的好材料，最差的秫秸也舍不得烧火，用来铺床。地瓜秧喂猪都不够用，更不舍得拿来烧火。

仅有的麦茬、豆茬、秋疙瘩等庄稼根捡拾起来当作煮饭、烙煎饼的柴火，还经常受到当年"看青人"的阻拦，因此，阴天下雨经常出现没柴烧的尴尬。

我对拾柴火有着一种刻骨铭心的记忆。柴米油盐，一日三餐的必需品，"柴"是第一位的。搂柴火、拾柴火，便成了那年那月我们小孩子一年四季的"艰巨任务"，几乎从秋搂到冬、从冬拾到春。那时，农家用的都是土灶、铁锅。将拾来的柴火，填进灶膛，起初浓烟呛人，而后才红红火火烧起来，映红锅碗瓢盆生活的交响曲。那种烟熏火燎的特殊味儿，没有在当时农村长大的人是无法体会到的。我仿佛真正弄明白了百姓生活为什么叫"人间烟火"了。

拾麦茬，是乡村岁月永远的伤痛。麦茬是麦子收割后，遗留在地里的根和露在地表上的短茎。麦茬地也许是一种难忘的回忆，一种生命的终结，另一种新生命的开始。炙热的太阳催熟了小麦，也催熟了农家人的渴望和祈盼。蚕老一时，麦熟一晌。看着大片大片的麦子要成熟，生产队长会马上组织社员挥镰收割。裸露的麦田一下子空旷起来，褐色的老土地上，被割过的麦茬在毒辣辣的太阳下一根根直立着，如大地参差不齐的胡须，尽管显得苍凉和落寞，对贫困的农家人来说却充满了神奇的诱惑。年少懵懂的我不明白那时候的村干部和看青人为什么不让老百姓拾麦茬，还放出狠话说，一旦抓到要游街示众。真有人被看青的逮到过，没收了草筐，因不服反骂，还挨了打。眼看着一下雨，麦茬就会烂掉，被缺柴火急绿眼的人们万般无奈之下纷纷趁夜深人静时偷偷出来，带着出蒜的铲子或镢头刨麦茬，一满筐，就神不知鬼不觉匆匆背回家。当时，姐也叫醒睡眼惺忪的我，就着月光陪她半夜三更去家东十拱桥附近刨麦茬，一到地，影影绰绰地看到远处早有人在悄悄地挖麦茬了。一阵提心吊胆、汗流浃背的劳作，赶紧打捆装筐抬回家。那年那月的麦茬，裸露着生命，在燃烧岁月背后，曾记载着故乡人痛苦的记忆。

搂豆叶，拔豆茬，抢字为先。成熟后的豆地，豆叶儿枯黄凋落下来，薄如蝉翼盖满地。一听说放门子了（方言同意），家家倾巢而出。用竹笆子搂豆叶，重在抢先，谁先抢的地盘就是谁的，无人管。听说哪块豆地快割完了，大家扛着搂柴火的竹笆子，背着噶篓（方言［gá lǒu］，用茅草编的网篓包），一窝蜂似的一路小跑，奔到地里，将噶篓随手一扔，急忙双手挥笆，先做"圈地运动"，搂开两边"界线"，画个"圈"，然后再从容地在自己的领地上搂豆叶。豆叶搂干净了，就蹲着去一根一根地薅豆茬。面朝黄土背朝天，腰酸腿疼，或跪或坐在地上用力薅，使劲拔，汗水、泪水混在一起流下来。一天下来，手指带着血迹，伤痕累累，时间长了，小小的年纪，白肉肉的手上竟然磨出了厚厚的茧子。

刨秫疙瘩（玉米和高粱的茎根）是一项累人并需要耐心活儿。农谚说得好，三秋不如一麦忙，三麦不如一秋长。长长的秋天，是拾柴火的最好季节。尽管秋老虎晒人，烤得人火辣辣地疼，可拾来的柴火见个太阳，晒一天就干了。如果老是阴雨绵绵，没晒干的柴火就会烂，真应了那句老话，"阴天晒柴火潮不哒地"。物质匮乏的岁月，似乎秸秆作物也"营养"不良，根系又细又小。等玉米和高粱收割后，用镢头或小铁爪钩连剜带薅把秫疙瘩刨出来，磕掉泥土，扔成小一堆小一堆地晾晒着，一会儿工夫就能拾满筐。刨秫疙瘩有智慧在里面，首先要解决"旱地拔葱"问题。地太干太硬刨不动，地太湿太黏工具上是抠不完的泥。秋收后，到生产队深耕过的玉米地里深一脚浅一脚地去捡拾那些秫疙瘩，省时省力，泥土却灌满唯一的布鞋。如果不掌握时间火候，磨蹭偷懒去晚了，也就被别人拾走了，毕竟家家户户都缺柴火。晒干后的秫疙瘩是比较耐烧的，火力旺，燃烧时间长，火熄后通体辉煌，仿佛在发挥着余热。一直觉得童年拾柴火，虽然是无奈之事，却是让庄稼实现生命最后价值的神圣之举。

　　搂草捉蚂蚱，累并快乐着。在秋高气爽的天空下，除了刨秫疙瘩，拾干地瓜秧外，能捡拾的柴火还有落叶和枯草。用竹笆搂稀薄的杂草和树叶，"个人的笆子上柴火"，在收合、聚拢之间，漫无目的地划拉着，一会儿就是一笆，时间不长就成一大堆。把搂来的树叶和杂草放进噶篓里是暄的，为了多装点儿，插进一只脚用力踩瓷实。在搂柴火的期间也会磨洋工，用车辐条磨尖，绑在小竹竿上串树叶，满一串撸下来。歇歇时，会在田野里捉蚂蚱、逮蟋蟀，用狗尾巴草教唆两只蟋蟀斗着玩，小伙伴们阵阵笑声填满儿时的天空。虎瘦雄心在，人穷志不短，总想着有一天能自由自在地在大自然里行走，摆脱无休止的拾柴火。

　　刨老树根，是一项最累的力气活儿。年好过，春难熬。吃春头正是庄稼青黄不接的时候，柴火也难拾。冒着严寒，背着粪箕子，穿行在刾子河两岸树林里，所有的树木，早已充满春天的期待。用绳子拴上石头，扔到树上砸枯树枝，一根根枯死的树枝，纵身一跃，以柴火的形象，静美落地，可我却无心欣赏这些风景，只关注落在地上能烧火的柴火。干树枝质硬、耐烧、火旺，只需几根就顶一筐杂草。杂草和树叶柴火特别不禁烧，"轰"地一下着完了，化为灰星，但对烧地鏊子烙煎饼来说比较合适，火软、不旺，烙的煎饼不煳顶。每次遇到粗壮的树枝被风刮下来，心中总有一种说不出的喜悦。偶尔遇上被采伐后的烂树桩，如中了彩票般开心。热火朝天地刨树根，挥汗如雨，破棉袄里汗津津的，虽然难受，心里却美滋滋的。一边挖坑，一边刨根，不一会儿就有一筐木头的收获。如今，枯树枝叶早已无人捡拾，寂寞成了游人镜头里的风景。

往家背柴火是最难最苦的差事。太阳快落山的时候，随着收工的人们，一个十来岁的孩子，背着一大筐柴火，趔趔趄趄走在回家的乡村小路上。一路上走走歇歇，前摇后晃，双颊豆大汗珠一串串往下滴，前心后背的衣服全湿透了。歇口气的时候，要特意找一块大石头或找一个沟沿歇脚，把柴火筐篓放到石头上或沟沿上，人先坐下，这样背起来就不太费劲。用肩头背柴火的活儿，现在回想起来心里还打怵。好不容易回到家，肩膀火辣辣的疼，照照镜子，一道道血红红的印子，如狗抓得一般。拾柴火尽管苦，可有火焰的冬天，不再寒冷，不再漫长。

直到二十世纪八十年代初期，农村土地承包到户，家家户户才有了多余的柴火。

如今，随着社会的发展与进步，煤气灶、燃气灶、电磁炉、暖气、空调等等现代化厨具、家电逐步走进家门，再也不用去野外拾柴火了。拾柴火的日子，早已随同那袅袅的炊烟远去，成为历史往事。

那年那月拾柴火，见证了人间岁月的沧桑，也温暖了童年苦涩的记忆。"穷人家的孩子早当家"，成为我童年拾柴火最大的收获。生活俭朴，知足常乐，也成为我珍惜幸福、善待生命一种无法释怀的理由。

泥巴，捏出童年的精彩

前些日子，到兰陵县向城镇采风，目睹了小郭泥塑的风采。

小郭泥塑艺术起源于清咸丰年间（1851 年），其“祖师”李宗标从艺天津的“泥人张”，后学习无锡惠山泥人艺术之长，以捏塑神像和各种娃娃出名。

据记载，当地群众传统手工捏制“小郭泥人”已有近 200 年的历史，他们在泥坯上涂以白粉做底色，以桃红和绿色为主色调，再用黑色勾勒。有的作品背部和底部仍露出泥的本色，呈现出原生态的质朴之美，大地之色，朴实无华。

大多数小郭泥塑造型取材于中国戏曲故事、历史人物、神话传说以及各种动物，展现了兰陵劳动人民非凡的智慧，表达出人们追求吉祥、平安、幸福，向往人间纯洁爱情，祈求五谷丰登、子孙满堂、生活甜美的生活情趣以及对美好生活的向往与追求。如民间泥玩中的“杨家将”“白蛇传”“牛郎织女”“梁祝”“桃园三结义”“唐僧师徒”“财神”“观音菩萨”“寿星”“武松打虎”“麒麟送子”以及抱鸡娃娃、抱鱼娃娃、虎头娃娃等等，它们的造型完整统一，技艺独特，夸张而又逼真，简洁而不粗糙，惟妙惟肖，生动传神。彩绘时以小笔触涂色，很少有较大的色块。墨线纹饰潇洒自如，随意泼辣，让普通的泥巴也有了形态和生命。

看到这些栩栩如生的泥塑小物件，不由得让我想起小时候玩泥巴的事儿来。

在乡村长大的孩子，大都与泥巴有缘。在那个物质生活和精神生活严重匮乏的年代，儿时光阴，差不多就是一个"泥巴童年"，一团小小的泥巴曾为儿时的我们带来了许多欢乐。除了冬天冰天雪地外，其他季节逢着雨天，那都是玩泥巴的天赐良机。

俗话说，"有钱难买五月旱，六月连雨吃饱饭"，到了六月，天总会阴雨连绵。二十世纪七八十年代的乡村老家，没有水泥路，尽管晴天一身土，雨天一脚泥，可土路依旧给父老乡亲们的生产生活带来了便利。

村子里的土路经过几天雨水的浸泡，路面恰似吸足了水的海绵，脚一踩，黏糊糊、水汪汪的。没有路眼的地方，泥黏得很，似乎要把布鞋吸进去。为了珍惜那双唯一的布鞋，不论大人还是小孩一下雨都赤着脚走路。走在泡囊了的路面上，有种踩在半瘪皮球上的感觉，稍不留神，就是一个打出溜滑，甚至摔个仰八叉，弄得浑身上下跟泥猴似的。一旦雨过天晴，大人小孩犹如获得了自由似的撒了欢，纷纷跑出家门，到大街或国道边上去透透气。蓝色的天空，就像被水洗过一样干净，阳光灿烂，空气新鲜，空气中还飘荡着一股股泥土的芳香，心情也随之格外的爽朗起来。

我老家小屯紧靠 206 国道，天一放晴，我们都是到国道边村口小树林里玩。成年人有的边闲聊边搓草绳编织草包，有的一堆一窝地蹲在树下"安六"下棋，还有的干脆找块石头坐下来抽着旱烟闭目养神，我们小孩子却从泥巴中玩出了更多的精彩。

在没有成品玩具的农村寒酸岁月，丝毫没有影响"皮孩子们"的多彩童年。我们会在乐趣的驱动下开启智慧，充分利用大自然的慷慨馈赠，想方设法让快乐挥洒得淋漓尽致。哪怕随便找一片小水洼，或是一根线绳、两三片薄石板，或是四五颗小石子、六七块土坷垃等等唾手可得的小东西，也能将打水漂、翻花绳、跳房子、抓石子、甩泥弹、练准头、占山头等等这些最廉价的游戏玩得风生水起、忘乎所以。这些游戏不但要动手动脚，而且还包含着比赛竞争、战争模拟形式在里面。从各式各样的运动游戏中锻炼了我们的身体，在输赢中磨炼了心理素质，更是在集体活动中培养了我们团结协作精神。泥巴相伴的童年，是天真的，也是快乐的，乐在其中，其乐无穷。

在这些趣味无穷的天然游戏中，最常玩的应该算是六月天里玩水玩泥了！三五成群的小伙伴，赤着小脚丫，蹲在村口到处流淌的小水洼里，为小小的"河流"修堤、筑坝、建桥，有一种大禹治水的味道。用泥捏玩具，即便不像，也玩得热火朝天，身上时常留下多处五个手指的泥巴印，却全然不顾。

我们男孩子和了泥兴致勃勃地捏飞机、捏大炮、捏汽车，虽然粗糙，却不失大气豪迈。女孩子捏小鸡、捏小鸭、捏小狗，不但精致，而且还憨态可掬。一听说要比赛捏泥人，小伙伴们个个都像不折不扣的"意象派"雕塑大师，聚精会神地创作起来。当大家玩得有滋有味时，往往会忘记了吃饭的时间，哪怕是夕阳西下，夜幕来临，玩得腰酸胳膊疼还不肯放手。直到大人们多次唤着自家孩子的乳名时，依然"乐不思蜀"。那阵阵笑声撑破童年的大街小巷，打破乡村宁静的寂寞。有时候还吸引大人们驻足围观，仿佛他们也在追寻回味当年曾经玩过的游戏。

泥巴是乡村穷孩子们取之不尽的百变玩具。

摔泥哇哇，摔出童年的智慧与欢乐。在童年的记忆中，摔泥哇哇似乎是具有智慧的游戏。从找泥土开始，就得用心。沙土太散不好用，有碎石碴子的土也不行，必须要找土质细腻、黏度高的黑泥土，捏成形的东西不仅光滑，经太阳晒后还不裂纹。和泥有学问，泥巴和硬了，不但揉捏不成样子，而且还摔不响；泥巴和软了，搓搓不成形，也无法拿成个儿。要像大人和面一样，不软不硬，慢慢地揉出韧性，光滑无比。各人和的泥各人用，先揪出一块泥团，连揉带搓，摔摔打打团弄成月饼的形状，然后用手大拇指在泥巴中间戳一个洞，小心翼翼地逐步捏边沿，慢慢地扩大洞的大小，边儿捏得一样厚，再把底儿捏得圆圆的，做成中间空、四壁薄，状如唐僧取经的紫金钵盂。为了不让泥干了，在捏的过程中，往往还要向盆底吐几口唾沫，用手指小心抹匀滑，让底儿薄而不破，湿润而不干裂。底儿是最薄的地方，薄到几乎透明。泥哇哇捏好了，开始分组比赛"放炮"了。

第一组准备上场，小伙伴们大都用左手背擦一擦将要流下来的鼻涕和汗水，右手轻轻地托着捏好的泥哇哇，蹲成马步，气运丹田，神气十足，用嘴对着手中的泥哇哇吹两口"仙气"，念念有词：东北风，西北风，让我的哇哇鼓个大窟窿。然后喊个一二三，抡起手臂对准平整的地面依次将泥哇哇猛地扣在地上，不歪不斜，强大的气流将薄薄的底儿"屋顶"炸成一个不规则的大洞。一阵清脆的炸响之后，大伙儿蜂拥而上，查验"洞儿"的大小，另一组小伙伴各自赶紧揪一小块自己的泥团把洞给补上，然后也开始准备"放炮"。依次轮流，比试看谁摔得声音响，爆开的洞眼大，赢得的泥块多。此起彼伏的叫喊声与接连不断的"嘭嘭——啪啪！"炸响声混成一片，成为儿时动听的乐曲。

有时为了泥巴赔偿的多少斤斤计较。诚实的小伙伴会实打实地揪上一大块与洞口差不多的泥团给补上，心眼多、狡猾的小伙伴，却将补偿的泥团捏成饼儿盖、饺子皮在洞口上应付了事。整个游戏，精彩迭出，既有欢笑又有争执。虽然有时为了一块泥团会争得脸红脖子粗，甚至于大打出手，可一会儿又能重归于好，继续下一轮比赛。

摔哇哇比的不仅仅是力气，还需要技巧和智慧，稍有偏差，泥哇哇摔到地面上，就会因为泄气而"哑火"，招来小伙伴一阵阵哄笑与指责……

玩泥巴不仅在于比试技能，还是一种交流思想、增进友情、培养沟通能力的有效方式，比如过家家。

与两小无猜的邻居小伙伴过家家，我们男孩子分工和泥捏成泥碗、泥盆、泥柜子。女孩子学着大人的样子，一本正经地擀皮做馅包饺子、烙煎饼、炸丸子。尽管饺子包得扭扭捏捏的，可看着那一排排的青草馅的饺子，还真的让人垂涎欲滴。别看过家家只是一种儿童的角色扮演游戏，可一招一式俨然与实际生活中的大人无二样。一群"皮孩子"模拟家庭生活，一本正经，煞有介事，感觉不像在进行一次游戏，而更像在演绎一幕关于未来生活的真实戏剧。在游戏中，将社会与文化的传承在潜移默化中进行着，对美好生活的向往，也在想象中创造着。

泥巴是世间真正的草根。在那贫穷的童年时代，大多数"玩具"都是我们自己用泥捏成的。泥捏的玩具，不仅能玩一阵子，晒干后还能玩上好长时间。

利用黏结、切削、刻画等多种手法创作的泥玩小汽车，用高粱莛子当车轴，再配上泥车轮，晒干后，系上一根线绳，能推能拉。泥捏的石磨不但有磨眼、磨把、磨脐儿，而且上下两片磨盘还能真实分开，用手指拨动，泥石磨缓缓转动，时来运转，转出童年的无限乐趣，碾出生活的希望。泥捏"盒子枪""飞镖""流星"之类的东西，当作宝贝让太阳晒干，学着八路军、武工队的样子，把泥捏的双枪别在腰间，玩"抢山头"捉特务的游戏时，遇到"敌人"，猛地抽出来，照着对方，"叭叭叭"左右开弓放几枪，既威风又神气，感觉自己就是个顶天立地的英雄。

将泥巴搓成小"炮楼"似的圆锥体，顶尖部插上洋槐树圪针，用泥搓两个泥蛋儿，插在一根高粱篾子上，两头担挑，平衡地放在圪针上，活像七品芝麻官的官帽，用手指轻轻一拨，"挑子"就颤颤悠悠地转动起来。记得那时我做的玩具，还备用了一副"挑子"，将两个泥蛋儿捏成了小乌龟和小兔子，成了名副其实的"龟兔赛跑"，有趣极了，引来小伙伴羡慕的眼光。

随着时光的流逝，岁月更迭，社会发展，下雨赤脚的日子成为过往。岁月的长河湮没了童年的记忆，孩提时代的自制泥玩具也渐渐地消失在时光中。

泥土，从茹毛饮血的远古时代，一直伴随着人们的生活。普天之下，唯泥土为最根本。天下万物，出自泥土，依附于泥土，它与人类有种非常独特的情感。《周易》认为"坤为地，为母"，把土地视为母亲，世人早已从土地孕育万物的现象中体悟到了她母亲般的情怀。

中国乡土玩具，源远流长，数千年来，一直在民间流传、发展、演变。有人说，乡土玩具"土里土气"，"登不了大雅之堂"。可我觉得，它很实用，不但环保，还能开发儿童智力。但愿现代旅游业的发展，能给乡土玩具带来新的生机，让民间玩具作为室内陈设品，走进更多的家庭，走入更多的孩子们的童年。

乡村露天电影

前几天，县文化宣传部门来乡镇组织开展了"爱国电影进校园"活动，大白天，在巨大的充气大棚"影院"里，专门为孩子们放映爱国影片，看到孩子们一张张兴奋的笑脸，不由勾起我那些年与小伙伴们一起看乡村露天电影的记忆。

二十世纪七八十年代，乡村电影填充了枯燥的农村生活，给乡亲们带来精神享受，也成为我童年一道抹不去的美丽风景！

记得那时候，村大队部就安在"洋公房"，离我老家不远，一看到公社放映员进了村，就一溜烟似的奔走相告："放电影的来了，今晚放电影了！"太阳还刚下山，放映员就到村北麦场上开始搭电影银幕了。在儿时的记忆里，悬挂银幕好像是放映员的技术活儿。单说埋杆儿，用挖洞铲凿洞，洞小了插不进杆，洞大了银幕即使架起来也经不起风的鼓吹，只有做到恰到好处才牢固。银幕架埋好后，放映员又以精准的手法把银幕绳抛到高空的十字架角上，架角的露头很短，一次性把绳子抛成功，然后与其他人一起老到地将银幕撑起来，再把大喇叭音箱拉上去。天快黑了，高音喇叭不停地播放着人们熟悉的革命歌曲，听到的人们，心里痒痒的，饭也来不及吃一口，就去场里先看电影了。放映员先调试放映机，再对准银幕调角度，调皮的小孩在放映机前向上蹦着，跳着摆手叫喊，手影印在银幕上，犹如上了电视新闻一样兴奋。

也许是放映时间长了，跑的村庄多了，放映员或多或少地总结出一套经验来，有时候放电影不再埋杆了，直接选择有树的地方，用四根绳子拴住幕布四角，牢牢绑在粗壮的树干上，有时候干脆将银幕悬挂在人家的屋山头上，凑合着放起了电影。

放电影中间是要换片的。每个胶片的前部都有很长的空白带，放映员为缩短停顿的时间，就会扯下一大段胶片，动作麻利地嵌入空白片内，再把有影的胶片嵌入放映机片道，开始放映，换片时间经常引来麻烦。那些麻烦一般来自"挤场"年轻人的骚动。挤场有点像我们北方人赶会，人山人海的，年轻人就放肆一点，男女青年挤一挤，偷偷地有意与无意之中摸一摸小姑娘的长发辫子，掐一把大姑娘的胳膊，大人们一笑而过。往往一群出色小姑娘的身边少不了围着一层青皮二愣、愣头青，趁着黑灯瞎火的做一些小动作，比较开放一点的女孩竟然也乐在其中，情愿他们"骚扰"。场内换片时的灯光突然亮起，年轻人就会猖狂地起哄，趁机明目张胆地挤一挤，时间不长，在小青年呐喊声和口哨声中，放映开始了，顿时又恢复了宁静。

跑片放映，最让人抓耳挠腮了。记得那时放《霍元甲》《少林寺》等武打片都是四五个村同时放映，专门有人骑着自行车负责跑片子，有时为了等片子，放完电影都到后半夜了，可兴趣仍然不减，很少有观众离开。

到外村看电影，最让人记忆犹新。约几个小伙伴，跑到三里五里，甚至十里八里的周边村庄看电影，是一大乐事。跟着大一点的人们跑了这个村，跑那个村，即使看同一部影片也不厌其烦。那时候的乡村道路不像现在平坦、宽大、有路灯，大多是乡间羊肠小道。有时为了节省回家的时间，往往斜穿田野，手脚并用过河、爬沟，不管乡间小路坑坑洼洼，也不怕夜路黑咕隆咚。在那物资匮乏的年代，打手电的人很少，就着月光走路就很满足，点着旧车胎胶皮照亮道路都算是浪费了。散场回来的路上，有跑掉鞋的，有脚插进泥水里的，依然一路欢歌一路笑。

一年四季，不论天气如何，只要有电影下村，热情朴实的乡亲们就像赶会一样，涌向露天电影场。哪怕烈日炎炎的夏夜，也津津有味地拿着芭蕉扇边扇边看。夏天遇上下小雨，淋着雨也坚持把电影看完。寒冷的冬夜，手脚冻得发麻，也不忍离场。那个年代，对一场场露天电影的盼望，就像在干涸的春天里盼望一场透地的春雨一样。

随着时间的推移，社会的发展，收音机、电视机、高清数字、宽带、无线网络等等进入千家万户，乡村电影放映队的身影也慢慢地淡出人们的视线，露天电影似乎退出了历史舞台。有时候，真想再回到从前的乡村，坐在夜空下看一场电影，再感受一下童年的那份纯真和快乐！可惜，那激情的场面，宛如一串串烟花，燃放过后的灿烂，已消失在历史的天空中，留给人们的只是一种渴望、一份永不消失的记忆。

如今开展文化惠民，送戏下乡、送电影下乡活动，中老年人看得依然是津津有味。对我们这些二十世纪六七十年代出生的人们来说，也许，看的不再是一场电影、一出戏，而是在品尝那逝去的岁月吧！

记忆深处有盏煤油灯

今天回到故乡，走进童年住过的老屋，看到墙壁上那一条条油灯烟儿熏出的黑色痕迹，心中不由得想起儿时的那盏煤油灯。那微弱的灯光，曾给我的童年生活升起一道霞光。假如说记忆有色彩的话，那我的童年记忆应该是赤黄色的，因为它与煤油灯紧密相连。

记得二十世纪七八十年代的农村，对于农家人而言，蜡烛就是奢侈品，家家户户每天晚上照明用的都是煤油灯，如豆般昏黄的灯光曾给漫长的农耕时代带来一缕光明与希望。

煤油灯有许多种，我家那盏煤油灯是用墨水瓶自制的那种最简易的油灯。用一片香烟那么长的薄铁皮卷成一个上口紧下口松的圆筒儿，里面穿上用棉线合股搓成的灯捻儿（灯芯），在铁圆筒的上部套上一枚方孔铜钱，因为当年的铜钱不值钱，中间正好有一个大小适宜的方孔，能牢牢地嵌进灯芯。向空墨水瓶里倒入煤油，再将灯芯插进瓶里浸一会儿，等煤油顺着灯捻儿渗上来，就用火柴点燃，灯火如豆，亮了起来。煤油灯拴上细铁丝挂在墙上，或放在窗台、木柜、饭桌上，那微弱的灯光在黑漆漆的夜晚照亮苦乐的生活。

听年迈的老母亲讲，她老人家小时候点灯用的不是煤油，而是用大豆、花生或者棉花籽、野蓖麻籽压榨的植物油，既能吃，又能点灯用。把油倒在浅浅的油灯碗里，搓一根细长的棉花骨轴放到油里浸泡后，点灯照明。烧碗窑的人家，在烧陶碟子茶碗的同时，顺便烧制油灯碗卖钱。后来，炼铁红炉铺子里，用模子翻砂造铁灯台，高脚支架，犹如现代的台灯。谁家使用它，成了有钱人的标志。豆大的灯光影影绰绰，使屋里出现了一点点生机。关于灯台的儿歌还记忆犹深："小老鼠，上灯台，偷油吃，下不来。喵喵喵，猫来啦，咕噜咕噜滚下来。"后来，有了煤油，凭票供应。为了节省煤油，多数农家人晚上干脆不点灯，在当天井里就着月光吃饭、干农活，摸着黑睡觉。

在"煤油灯时代"，乡亲们一直过着"日出而作，日落而息"的生活，要是赶上没有月亮的晚上，头上就像扣着一口黑锅，整个夜晚又黑又静，偶尔传来几声狗的狂叫，才让乡村有了点热闹的动静。

我童年的夜晚大多是在煤油灯下度过的。勤劳的母亲在煤油灯下用细麻绳纳着鞋底，我趁机借着朦胧的灯光，闻着呛人的油烟写作业，如果一不小心就会被煤油灯烧焦发梢。有时拿着铅笔戳一戳灯花儿，在小小的煤油灯下孕育了我的人生梦想：好好学习，离开农村，到有电的城市去。"灯不拨不亮"，母亲不时地用针尖拨挑着烧焦的灯芯，灯芯烧过后，灰烬仍旧在灯芯上，在红红的火光中如同花朵，静静地开在残存的蕊上。娘说，看灯花就可知今年的收成，说也奇怪，那些灯花，有的像高粱，有的像豆瓣，还有的像谷子，有时还真被娘言中了。也许那是娘在祈盼着风调雨顺，五谷丰登，祈求一家人吃饱饭吧。偶尔有串门的邻居来家坐坐，多是守着那盏煤油灯，在昏暗的屋内干坐着，父亲偶尔接几句闲话，多半时间是闭目养神，"点灯熬油"。煤油灯上的火苗燎着油烟儿，跳跃着，把一屋子人的影子投放到墙上，大大的，笨笨的，让人看了，心里扑腾扑腾地跳。

那时，村里有个小学校，上晚自习，每个学生都端着一盏煤油灯，放在教室内泥台子边上。在低矮狭窄的教室里，煤油灯总是冒着一条条黑烟，烟雾缭绕，满屋子里充斥着煤油烟味儿。擤（xǐng）鼻涕时，一股黑黑的油烟儿随着鼻涕流出来。放学后，家里条件好一点的同学，为了油灯不被风吹灭，还在煤油灯周围套上一圈薄纸筒，照亮回家的路。

随着社会的发展，煤油灯也有了进步，出现了罩子灯、马灯、提灯、汽灯等。学校老师晚上办公批改作业用的灯，就是在镇上供销社里买来的高脚玻璃罩煤油灯，外形如细腰的宝葫芦，上面有个形如张嘴蛤蟆的灯头，灯头一侧还有一个可将灯芯调上调下的钮。灯捻是专制的，如薄薄的一个长带条，点亮灯捻后，再戴上两头圆柱形、中间球形的玻璃灯罩，特别亮，让人羡慕。后来，学校里晚上排节目唱戏时，用过汽灯。汽灯没有灯芯，它的灯头就是套在灯嘴上的一个石棉做的纱罩。我常帮老师向灯底座油壶里打气，煤油从油壶上方的灯嘴处喷出，不一会儿，纱罩发出耀眼的白光，把戏场子照得通明，给童年单调的时光带来无限的快乐。

回忆，总是掺杂着幸福和辛酸。曾在挑灯夜读的日子里，播下一粒粒知识的种子，开启一扇扇智慧的窗。煤油灯，如一盏小小的灯塔，照亮农家子弟迈出家门，走过青涩的岁月，走向外面的世界。

如今，故乡告别了黑灯瞎火的时代，煤油灯也完成了它的历史使命，成为一种远去的风景，远离人们的视线，但在我心中，老屋墙上那条煤油灯熏出的烟灰痕迹，如同一座雕塑，永远凝固在我的心中。

儿时的煤油灯，就像一盏明灯，成为我生命中一盏不灭的心灯！

想起面灯

今天是元旦前一天，刚进腊月门，县城超市里就挂起了形状各异的灯笼，为浓浓的年味增添了一道亮丽的风采。

说起灯笼，我总怀念小时候那些年在老家母亲捏的面灯。乡村的夜似乎来得特别早，太阳一下山，整个村庄就漆黑一片，岁月深处那盏幸福洋溢的面灯就是童年心中最亮的灯。

每年正月十五，最有趣的当属蒸面灯、耍火龙了。

正月十五蒸面灯，是一种习俗。生活是一个永不停息的轮回，没出十五，还是年，于是元宵节成了过年的句号，只有过了元宵节才算真正过完了年。朴实的乡亲们便把十五当作过年大戏的压轴节目，家家户户做面灯，以祈求风调雨顺，五谷丰登。

面灯，是用面粉做成小碗状的灯盏。面，不用引子发酵，和得很硬，每盏面灯的边缘上还捏有精致的褶。在缺衣少食的年月，吃不起汤圆，捏个面灯玩也算是奢侈的了。在记忆里，有好收成的年份，我家也制作形态各异的生肖灯、月份灯和龙灯。娘说，面灯是粮食面做的，别弄脏了，玩完了还能当饭吃。娘捏的"龙灯"惟妙惟肖，将和好的面放在面案上滚成圆长条，轻轻盘在一起作龙身，在龙身和龙头上剪出刺，当作龙鳞和龙角，用两粒黑豆点龙眼，在龙身上放一个小面灯，龙灯就捏好了。娘在蒸面灯时在灯边上捏上褶鼻儿，捏一个鼻儿的代表一月，捏两个鼻儿的代表二月，三个代表三月……捏好的面灯，放在篦子上蒸。听着风箱"呼嗒呼嗒"的响声，看着锅上冒着的蒸气，闻着馒头味的阵阵清香，馋得我们眼睛里似乎要伸出两只小手。面灯蒸熟后揭蒸笼，哪个面灯里的水多就代表哪个月的雨水多。

娘用高粱秸秆皮缠上棉花做成灯芯插在面灯中心，再给每一盏灯里倒点儿豆油。让我们兄弟们一人拿一个面灯点燃，先照自己的五官，再照墙角旮旯、锅屋等处，边照边念念有词：照照眼明，照照耳聪……照照墙角旮旯蝎子蚰蜒死干净，照照粮囤粮食不生虫。儿时的面灯把贫穷的日子照亮，照得最多的地方还是锅屋，长大了才知道，那是娘对灶王爷的祈福和敬畏，借着面灯的亮光祈求上苍让家人吃饱穿暖，驱逐旮旯阴影里的邪气。照照猪圈，表示六畜兴旺；照照鸡窝，象征大吉大利；照照水缸，希望年年有余，流水生财……娘说，她能从点燃后的面灯灯花上，看出今年收成什么庄稼，说也奇怪，有的灯花燃出的像谷穗，有的灯花燃出的像豆类，有些收成还真应了娘的话。

端着面灯照完家里，走进小巷和小伙伴们一起比灯，互相照一照。一碗油点完，大人往往不舍得再给孩子们添油了。油烧尽了，面灯也差不多烤香了，许多小朋友舍不得把整个面灯吃下去，就先掐一个鼻儿尝尝，留着明天清早当早饭。放在粮食缸里的龙灯一定要留到农历二月二"龙抬头"的时候才能吃，以祈求一年风调雨顺、富足平安。

渐渐长大，上小学了，再过正月十五元宵节，便跟着大一点的哥哥们耍龙灯。将家里和学校里不能用的扫帚把儿和饭帚儿偷偷保存着，在十五的晚上，跑到村外的麦田里，与小伙伴们互相追逐着，将扫把儿点燃，抛向天空，将梦想也投向远方，如流星在夜空里划过，烟火灿烂，流光溢彩，在阵阵笑声中度过一个美好的节日夜晚。

如今，人到中年，儿女也长大成人，不再捏面灯，改成吃汤圆了。可每年的正月十五，老母亲在老家还一直在给她的孙子、孙女们捏个面灯，祈求福禄寿喜财五福临门，子孙满堂人丁兴旺，祈福人寿年丰、平安吉祥。

贫穷的日子过去了，在勤劳俭朴中一路走来，逐步走向幸福安康。那曾经的一盏盏面灯，就像一盏盏祈福斩祸的吉祥灯，更像一盏盏照亮前程的启明灯，一直在我心里燃烧，照亮人生，传承着逢年过节阖家团圆的不老情。

第一次给母亲洗头

昨天是腊月初六，也是元旦小长假结束后第一天上班时间。我利用中午短暂的休息时间，匆匆忙忙地赶回老家，习惯性地看望一下耄耋之年的老母亲。

一到家，恰巧遇到堂屋内老母亲正身体前倾，顶着一头乱发刚刚开始手拿梳子蘸着水洗头，一只四腿小木凳上放着脸盆，水几乎连手都没不过来。"快上屋烤烤，外面冷，"娘边动作缓慢地向头上撩着水边说，"洗完头，做饭给你吃。"我心里不禁一酸，泪水瞬间充盈了眼窝。我连忙跑进屋门，麻利地脱下外套，挽起袖子，伸手一试，水温凉不热。心在嘀咕，老娘啊，天那么冷，脸盆的水那么少，还又穿着厚厚的棉袄，举手都够不着头顶，您这哪里是洗头啊！我急忙提起热水壶掺好一盆水，伸手试试水温正合适，顺手搬把小椅子让母亲坐下，要替母亲真正地洗头。一贯要强的母亲，这次却没有拒绝，居然接受了，还反倒像个孩子似的非常听话地低着头，凭我"摆布"。年近50岁的我，生平第一次给老母亲洗头，感慨万千，水洗在做母亲的头上，泪却暗自流在当儿子的心里。

我一手扶着母亲的头，一手往母亲的头上撩水，看见老母亲稀薄的头发，心中一股酸楚又涌上来，不争气的泪水老是在眼眶里打着旋。找到一小包洗头膏，挤了一点放在手掌心，在母亲头上轻轻地揉搓，灰尘和着水，顺着母亲几绺长头发一点一滴落到脸盆里，水很快就浑浊了起来。母亲仿佛觉察到了什么，便说，自从上次摔了一跤，走路腿不加力了，胳膊也抬不起来了，就没洗过头。我说，以后，我得空就回家给您洗头。

自从长大成人这么多年来，我是第一次如此近距离观察老母亲的头发，抚摸母亲的头发。母亲平时都戴着帽子或是围着老式头巾，很少看见母亲头发的样子。现在蓦然发现老母亲的头发已是白多黑少，几乎全白了，疏稀零乱地散地头上，尽管我的眼睛有点儿花，可母亲的头发似乎能"屈指可数"。我小心翼翼地揉着母亲仅有的头发，轻轻地挠着头皮，生怕再弄掉几根。炉子上的水壶开了，我将热水与冷水掺和着，用水舀子一瓢一瓢地给老母亲冲头发。娘说，不要浪费那么多热水，年龄大了，头发都快掉光了。

用水清洗完，我拿来两条干毛巾，换着擦干母亲头发上的水。让母亲坐在小椅子上，靠近火炉烤一烤。我站着接过母亲手中的梳子，第一次给母亲梳起头发来。这是一把母亲用了多年的旧梳子，上面深染着属于母亲独特的味道。第一次给母亲洗头、梳头，总觉得比写文章还要专注、激动。母亲的头发扛不住岁月风霜的无情摧残，变得枯涩，没有光泽，更不再顺滑，还有几绺结在一起，抱成了团。我只好小心地手捏几绺头发慢慢地解结。我清楚地知道，母亲年龄大了，如此稀薄的头发如同随季节飘零的叶子，一天天在落下。岁月就像这把梳子，把母亲曾经的青春一点点梳没了，也把母亲的一头秀发一点点梳白了。用了好长时间，终于把母亲的头发梳得稍微顺了些，母亲慈祥的脸上会心地露出了笑容，如同阳光照进我的心灵。这一瞬间，孝心一瞬，竟然点亮了母亲脸上的笑，在感觉里，母亲突然年轻了许多。握着母亲苍白潮湿的头发，我的心里也变得潮湿起来。站在老母亲身边，明显地看到母亲清瘦的肩膀、稀疏的白发，感慨万千，不胜涕零。

农家的岁月，在看似简单而平凡中，浸透着岁月的留香，隐约看见我成长的足迹。母亲年轻时，家里的日子比黄连还苦，可不服输的性格、善良朴实、吃苦耐劳的品质传给了我，让我受用一生。在我工作奋斗30年的足迹中，母亲给予的自信如一盏灯，照亮我前行的路，一直努力地打拼着。

有人说，母亲是一种职业，是一种无薪水的工作。是啊，在享受母爱的同时，我们也欠下母亲一笔永远无法偿还的巨额薪水。无论是十月怀胎，还是把我们养育成人，母亲无疑付出了许多汗水，有些苦是我们可以看到的，但更多的苦却隐藏在母亲笑容的背后，不轻易流露出来。岁月流逝，尽管母亲在我们成长的喜悦中，不知不觉地衰老了，可她对子女的牵挂却永远不会老去。母爱犹如一条长河，恬静而清澈；母爱似海，宽广而深厚。

我10多岁时，父亲因病去了天堂，也带走了母亲眼眸里闪烁的阳光。在我幼稚的记忆里，母亲眼神浑浊，空洞寂寥，因过度悲痛，曾精神失常一年。当时，上中学的大哥、二哥辍学回家，我也休学回家陪母亲，四弟尚小无知，顿感我们头上的一片天塌了下来。也许是我们的勤奋好学感动了上苍，一年后，母亲才慢慢恢复正常。仁慈的母亲以女性特有的柔韧，用瘦小的脊梁又重新撑起我们家整个天空，柔弱的肩膀重新担负一家人生活的艰辛。母亲当时常挂在嘴边的一句话，就是砸锅卖铁也要让你们兄弟四人上学，就是拉着棍子要饭也要拉扯你们兄弟四个长大成人。1985 年我和大哥同时榜上有名，标志着毕业后能分配工作，算是有了铁饭碗，吃上了国库粮，母亲欣慰地笑了。

这些年，母亲一个人拉扯着我们兄弟四个长大成人，都有了家庭，有了儿女。如今我们的儿女们也大学毕业，多人考上了公务员，有了一份稳定的工作。可光阴却悄悄地窃走了母亲乌泽秀发，纵使银丝满头，依然念念不忘对自己的儿孙默默地期望和祝福，生活中的点点滴滴，依然蕴藏着老母亲深深的爱。岁月不但增添了母亲的年龄，也增加了母亲的唠叨。母亲没有读过书，讲不了什么大道理，可我们每次回老家，总是叮咛这，嘱咐那，一句句看似唠叨的话语，却焐热寒季里那颗回家的心。如今，我们一回家，母亲说的最多的话就是"我去做饭给你们吃"，即使我们是吃过饭回家的，也会假装再大吃一顿，唯恐母亲觉得自己真老了，怕嫌弃她。母亲一直不服老，给她买的拐杖也不挂，每次送我们上车，走出家门，只拿个树枝当拐杖挂着，我心中总有说不清是幸福还是伤感。

俗话说，人过七十古来稀。母亲今年 88 岁了，看家望门、做些力所能及的家务，依然闲不住。岁月在她饱经沧桑的脸上留下了一道道深深的皱纹，满头白发见证了母亲生活的磨难与艰辛。农村居住条件十分简陋，冬天没有暖气设施，房子很冷。

说好要给母亲买电磁炉、小太阳什么的，母亲说不敢用，更怕浪费电。便给娘安装了一台带烟筒带烤箱和水箱的煤球炉，可过惯简朴日子的母亲，也没舍得用，一直闲置着。母亲说大炉子一天要多烧一块煤球，太浪费了，竟固执地还用着小煤球炉子。

谁言寸草心，报得三春晖。这是我第一次给母亲洗头，而她究竟为我洗过多少次头，恐怕连她自己也记不清了。我在想，做儿女的为母亲做得的确太少太少了，尤其是常年在外工作的我们，基本谈不上孝敬二字。常回家看看，帮母亲做点事，也许是最好的礼物。母爱是最伟大、最无私的爱，也是唯一不图回报的爱。也许天下的母亲都一样，对子女的爱像是与生俱来的，这份神圣的母爱无时无刻无私地沐浴着自己的儿女们，我的母亲也不例外。我写过多篇有关故乡的文字，却很少写到我的父母，觉得这个题目太重，不敢轻易下笔，一写满眼是泪。因为父母是生命之源，恩德重如山岳，深似大海。

在春节来临之际，祝母亲健康长寿，笑口常开，心想事成！

月近中秋，红尘有梦

昨天，和爱人一起回到乡下老家，看望年迈的母亲。正巧，二姐也带着她那可爱的小孙子在娘的家里。我们像小孩子似的搬个小马扎，坐在娘的跟前，与娘聊天、拉呱儿。认真听娘的唠叨，陈芝麻，烂豆子，家长里短都是爱；东山上，西湖里，信马由缰总有情。在娘面前，说起她的孙辈们有了出息时，娘的脸上总会露出骄傲的笑容。耄耋之年的母亲，白发又多了几许，再也找不到娘当年风风火火的身影。岁月如流，像抽丝样地过着。在匆匆时光里，娘高大的身躯，一天天在变矮，我们回老家的次数也多起来。真的要感恩上苍，感恩太平盛世，即将迈进知天命年纪的我，回到老家，能亲亲切切地叫上一声娘，也是一种福气。

也许是母子心灵感应，每次一回到家，母亲已经做好了饭菜等着了，边让着吃饭，边唠叨着：我感觉今天要有人来。我知道这是母亲年龄大了，每天都在盼着孩子们回家来看看，似乎每天都在重复做着同样的事情，不管我们兄弟、姊妹几个回不回老家，老母亲都做点饭等着，哪怕你吃过饭回家来，母亲依然让你吃饭，生怕饿着自家的孩子。母亲一个人含辛茹苦拉扯着我们长大，直到考学、工作。如今让老母亲更欣慰的是她的孙子、孙女、外孙们，多人考上了公务员职位和较好的大学，有了出息。

我和爱人决定在老家住一晚，多陪陪娘。晚上二哥打来电话，让我们去他家吃晚饭，喝一杯，听说我们吃过饭了，二嫂又顶着星光送来瓜果，浓浓的亲情，久久地飘荡在小院里。

住在乡间自己的家里，把床架在小院里，尽管蚊子多点，可心里踏踏实实，数着星星，慢慢地进入了梦乡，又梦回童年时代的老家。孩童时代的记忆依然亲切，古朴的老屋、低矮的石墙，木格子小窗透过灿烂的阳光，爬满丝瓜的农家小院飘出阵阵清香。

有人说，梦是人们心中最深的情感沉淀，即使隔着山、隔着水，只要有梦，也能穿越时光。也许是的，睡到凌晨1点多，感觉有点凉，摸个被单盖上，望着天上的星星，却没了睡意。从睡梦里走出来，如放电影一般闪动着亲切而又似乎模糊的童年记忆，一幕一幕的，在不知不觉中，泪水在眼眶里打起转来，弄湿了枕巾。

我知道，一年一度的中秋节就要来临了，正是"每逢佳节倍思亲"的时刻。中秋佳节，是团圆的节日，更是一个思念的节日。中秋月，是亲人相聚时的团圆，是秋收硕果累累的喜庆，也是草木一年一季里画下的最圆满的句号。

月近中秋，红尘有梦。父亲病逝，离开我们正好34周年了。原来回家的梦，就是思念的味道。我清楚地记得，当时我在县城正读初二，那是1982年农历八月十五，是星期五，下午学校放假时，班主任老师给我们每个学生发了2个小月饼，就是一斤称 8 个的那种。有的同学当场就在教室里吃了，作为一个对一切甜味的东西都有着严重情结的我，月饼自然是我所垂涎的，可我没有吃，便用纸小心地包起来，放在书包里，步行 30 多里路，带回家让病中的父亲也尝一尝。回到家中，急忙奔向父亲的病榻前，看着骨瘦如柴的父亲平躺在地铺上，我的泪水一下子奔涌出来。小心翼翼地拿出月饼，边与父亲说着话，边将月饼递到父亲手中。父亲用手掐下一块如拇指肚大小的月饼，放进嘴里有滋有味地边嚼边品起来，脸上挂满了笑容。那个中秋夜，我们一家人，围在父亲的病床前度过了一个最团圆的节日。父亲似乎特有精神，忍着病痛的折磨，讲他小时候日本鬼子来了"跑反"的事，讲他到沂蒙山区推着独轮车"支前"的事。父亲再三叮嘱母亲，再穷也要把孩子们抚养长大，让孩子们上学，做有出息的人。母亲含着泪说，就是砸锅卖铁，拉着棍子要饭，也要把几个孩子拉扯大，让孩子们念书。

八月十七日，星期天的早晨，父亲喝了几口藕粉，呛得喘不过气来。母亲跪在地铺上，将父亲扶起身来，轻轻地拍打着父亲的后背，让哥哥快去请医生来。弥留之际，父亲知道还有儿子在他身边，攥紧了我的小手。未等医生来到，52 岁的父亲就在母亲的怀抱里含笑诀别凡尘。父亲一生，勤劳俭朴，吃苦耐劳，养儿育女，含辛茹苦，结草衔环，善待邻里，口碑甚好。

对月明心，遥寄相思。明月如故，静静地守着无边无形寂寥的夜空，见证着人世间所有的悲欢离合。年年岁岁花相似，岁岁年年人不同。今夜，月近中秋，在故乡，又梦到了天堂中的父亲，模糊的音容笑貌，依然如故，多么希望刹那间的幻觉能够在现实中定格，在定格里，回到过去的岁月。隔着一个世界的空间，想起天国里的父亲，是否能吃上月饼，是否在保佑着他的子孙们平安一生。望着天空中的星斗，泪水再一次模糊了双眸。随着年轮的递增，越来越感觉到，纵是岁月改变了容貌，纵是沧海变作了桑田，恪守着不变的依然是那份对家的眷恋、对父母的深深眷恋。

荏苒流年，如白驹过隙，时光在亦真亦幻中流逝，让我禁不住叹息，红尘几番风雨，历经千回百转，因为红尘有梦，温暖了人间；因为红尘有梦，才填补了人生苍白，增添了生活色彩。深深地感觉到，远方的游子，纵使间隔千山万水，也隔不开母子情深，父爱如山。纵使纤纤巧手，也解不开想家的心结，梦的边缘总是系着母亲满头的白发和期盼的双眸。时光削平了山岭，吹皱了容颜，念家的梦，主题不变。因为有梦，锁不住时空的大门，回家的路不再漫长。红尘有梦，也许那是黎明前黑夜里点亮的一盏灯，照亮早起的人们拼搏前行。红尘有梦，任那不成串的记忆，在这个收获的季节里，走向成熟。

遥望岁月悠悠，穿越你的前尘，照亮我的双眸，母亲勤劳的汗水和着苦涩的泪水已积流成湖，因为有梦，即使游子远足，泛着一叶牵挂的小舟载着思念起航远行，可心一直停泊在家的岸边。参天之树必有根，怀山之水必有源。家是游子疗伤的港湾，是游子梦魂萦绕的地方，也是游子心中永远的牵挂。岁月流逝，记忆依然葱茏，时光老去，不变的亲情依旧笑春风。流年似水，行色匆匆，可梦中那一抹青涩的记忆，注定是我今生难以释怀的痛。自来到这个红尘俗世的那一天，就注定这一生要经历沧桑与幸福。恩爱相约，执手相看，在故乡那古老而又贫瘠的土地上，种植勤劳，收获阳光和希望。期待平凡，走过红尘，努力拼搏才会拥有美好、幸福的一生！

　　一年中，有十二次圆月，唯独那个中秋节的月亮，多年来，牵动着我的心。一轮洗尽铅华的中秋月，以它惯有的沉静，月月年年地向人世间播洒着充满诗意的光辉。慢慢地才懂得家人团聚是一件幸福而又难得的事情，月是故乡明，人是故乡亲。常回家看看，中秋月圆人团圆。月光轻泻，爱洒人间，而我却不经意发觉对月影不小心触碰到心中那个痛，感受到隐隐的刺痛和曾经难以释怀的心结。诗人席慕蓉说，"乡愁是一棵没有年轮的树，永不老去"。不论你走多远，总有一个地方让你想起来就会觉得温暖。无论你身在何处，常有一些山水景致会勾起你对故土和亲人的无尽思念。月到中秋，日子如疯草样滋长。在这一刻，愿天下游子，中秋之际，趁明月照路，回家团聚。

　　今生有梦，今生有缘，不要等待，趁我们还年轻，趁母亲还健在，常回家看看，别再湿了等待的双眼，消瘦了村头等待的背景和思念的红颜。趁我们还年轻，多尽点孝心，少留点遗憾。

　　但愿人长久，千里共婵娟。

叶落归根，魂归故里

青山含悲花垂泪，绿水载孝草滴血。

2018年8月3日，天降不幸，兄奔蓬莱，驾鹤仙乡，急如星火。短暂而曲折的一生，犹如一颗流星划过浩瀚的宇宙，眨眼间，再也找不到了。高山低头，河水让路，苍天流泪，大地悲伤，举家哀恸。

人到中年的大哥，工作、生活刚要安稳，却扔下耄耋之年的老母亲，丢下还不太懂事的儿子、相依为命的妻子和手足之情的兄弟，驾鹤西游，享年56周岁。一奶同胞的大哥走了，似天塌了下来，把我们兄弟姊妹的心都压碎了。

上午9点多，接到四弟哭号着的电话，说大哥仙逝。我半信半疑，一路小跑飞奔到大哥家。"120"急救车早已不见了踪影，"110"警车围住了大哥的家。立谈之间，一位警官对我说，排除他杀和自杀，属于意外摔倒小脑受损身亡，进家看看吧。

门槛，门槛，过去是门，过不去是坎。

第一眼看到大哥，我惊呆了。火辣辣的太阳炙烤下，大哥全身只穿着内裤和袜子，躺在狭窄的西屋浴室门口水泥地上，头枕门槛，仰面朝天，睁着双眼，张着嘴巴，身下鲜血未干，四肢柔软，却停止了心跳和呼吸，走得那么无奈，那么悲惨。

大哥啊，没有一个亲人在您身边，难道您就这样走了？在您摔倒后、咽气前那段时间，叫天天不应，叫地地不灵，您是何等的痛苦、何等的悲惨啊？假如您摔倒在家门外，或摔倒在马路上，也会有人路过救您，却孤零零地摔倒在家中。在外地工作的侄儿和大嫂不在您身边，您为何不小心啊？您驾鹤西游，让我目睹了生命的脆弱和无力，眼泪顿时汹涌而出，痛哭和嘶喊已唤不醒熟睡的人。

悲剧发生在别人身上那是故事，降临到自己身边，才感觉到那种撕心裂肺的痛和悲。

天气炎热，我不忍心让您一直躺在地上。殡仪车来了，我独自护送您去殡仪馆，四弟忙着去给您买衣服，让您有尊严地离开这个世界。

您不知道我们肝肠寸断、泪流满面，您也不知道我们为您擦洗穿衣时，还固执地相信您会站起来。在送进冷藏室的那一刹那，咱两个老大姐悲伤哭直了腿，她们还抱有一线希望，盼望您的心脏能跳动起来。

大哥，您知道吗？我们兄弟为您治丧，依照大嫂的意见，苦殡简办，不发讣告，不发大丧。二哥负责乡村老家里里外外的事，四弟尚小，县城所有压力由我为主扛着。您走了，我要挺直腰杆撑起这个家。

8月6日上午10时，您生前所在的单位在县殡仪馆为您举行追悼会。偌大的礼堂庄严肃穆，哀乐低回。正厅上方悬挂着黑底白字的横幅"沉痛悼念陈黎东同志"，横幅下方是您巨幅电子照片。您的遗体安卧在鲜花翠柏丛中，身上覆盖着鲜红的中国共产党党旗，亲人掩面，朋友伤怀，同事哽咽。您生前工作过的单位领导、同事和同学好友，在哀乐声中缓步来到您的遗体前肃立默哀，三鞠躬，向您告别。老家庄邻和本家闻讯也赶来几百人，看您最后一眼，送您最后一程。

领导在追悼会上介绍您的生平时说，"他深入群众，勤于思考，善于观察，具有较强的政治敏锐性和洞察力，识大体、顾大局，为人正直；他工作作风扎实，以身作则，敢于负责，群众威信高；他生活俭朴，廉洁奉公，严于律己，表现了一名共产党员的高风亮节和崇高品德。陈黎东同志的一生是为党、为人民、为革命事业奋斗的一生。他的去世，使我们党失去了一位好党员、好干部、好同志。"您作为机关干部，工作30年来，坚定信仰，不忘初心，一切为了人民，一切为了群众，县局领导对您的高度评价，做兄弟的感到安慰。

您生如春花之绚烂，逝如秋叶之静美。大哥啊，您逝去的是躯体，升华的却是您永恒的灵魂！

按照家乡习俗，您的骨灰需要在家住一个晚上，第二天再回老家安葬。

大哥，您知道吗？就是这个晚上，我们亲兄弟姐妹5人携孩子们一起为您守灵，让您最后一次感受亲情的关爱，从此阴阳两隔。

大哥，您知道吗？我和四弟与您虽然同住一个县城，可平时各忙各的工作，聚在一起的时间很少。自您撒手长去的那天起，我与四弟白天工作，晚上一直陪着侄儿为您守灵，已有半月了，我们再不能让您孤单、害怕。您在天有灵，祈求一切平安吧！

大哥，您知道吗？您走了，我们却一直瞒着老娘。老母亲年近90岁高龄了，天气炎热，经不起折腾和沉重的打击。虽然在老母亲的心目中，每一个孩子的位置都是不可取代的，可您作为长子，母亲多年来最牵挂的就是您。老儿子大孙子就是老太太的命根子，这是天下亘古不变的"真理"！这些日子，每次回老家看娘，娘唠叨最多都是您，说您工作忙，好几天没回家了。我与爱人强装若无其事地听着，心却在流泪。

8月7日（农历六月廿六），正逢立秋，按照习俗，让您魂归故里，入土为安。由于规定"不准占棺材"，擅长石匠的二哥在老家林地为您红砖砌墓，让您叶落归根。

县城离老家30里路。灵车缓缓地前进，牵动着送行人的心。前导车载着花圈徐徐启动，侄儿怀抱您的骨灰，我、四弟以及二哥家的大侄儿陪同左右，其他亲朋好友车辆尾随，送您魂归故里。一路为您抛撒纸钱，黄金铺路，让您走得从容、坦荡，一路好走！

大哥一生命运多舛。少时家贫，姐弟众多，食难果腹，手足情深血脉相依。

20世纪80年代初，父亲英年早逝，抛下孤苦无依的母亲和未成年的我们兄弟四人，撒手人寰；坚强的母亲说砸锅卖铁、拉着棍子要饭也要供我们上学。母亲曾用柔弱的肩膀顶起了这个家，含辛茹苦地拉扯我们长大成人，成家立业。那时父亲生病，缺医少药、贫病交加，那是受条件限制，可在医疗技术和社保水平很高的今天，为什么，为什么您不给我们挽救您生命的机会呢？哪怕有一线生机，我们也绝不会放弃您的。

记得那一年，我们同年金榜题名，同年毕业分配参加工作。我们兄弟三人又同一年结婚，同一年生育子女，被十里八乡传为佳话。如今，孩子们都大学毕业，或从政，或经商，又被传为美谈。苦尽甘来，正当享受幸福美满生活时，您却匆匆离去！这是为什么啊？

7月底，您还打电话说出发去了青岛，问我回老家看娘了吗，其实您不问，我也是照样和爱人一起每周回老家二三次。那一次，回老家时，正好遇到您从青岛回来，爱人还在村内超市买了一只猪耳朵拌黄瓜给我们吃，没想到，那次成了我们兄弟永别的最后一餐。8月1日，您又独自去看娘，没想到，那是娘和您见的最后一面。大哥啊，既然上苍让您做了我的大哥就要负责做下去，为何半路而逃？说好一起孝顺老娘的，为何说话不算话了呢？

您永远地走了！突如其来的巨大悲伤让我寝食难安、夜不能寐，无心工作，脆弱到了极点！在给您守灵的头七里，就想写一篇文章悼念您。可不管是白天，还是夜晚，无论是醒着，还是梦里，您生前的点点滴滴，时时浮现在我的记忆里。您生命如此短暂，流星一般，划破夜空的那一瞬，永恒地定格在我的记忆中！面对您的遗像，黑夜让回忆更清晰，我不敢闭眼，脑海中全是送别您的一幕幕场景。

"长兄如父"，在守着您的这些日子，我和四弟陷入悲痛和无奈之中，常常心有灵犀似的，静坐在您的灵位前仰面长泣。

　　您一生心神劳顿，虽无钱财积累，但精神富有，天赋过人，是我们家族走出来的第一个科级干部。怎奈天不假年，断我手足。撕心裂肺地叫一声大哥，今生为兄弟，是前世修得的缘分，即使阴阳相隔，这一份福祉将永生珍存。

　　您平时最喜欢唱的一首歌就是《把根留住》，每一次五音不全地演唱，都是那么投入，那么深情。今天，我似乎懂了您的情感，您将在鲜花盛开的六月像花瓣一样把芬芳葬在老家的泥土里。我知道，来者落地生根，去者落叶归根，人人都有根的情结，脉流不断，需要继续和发扬。

　　冥冥长空，芳草凄凄，在亲人的哭泣声中您化作一缕青烟，飞向另一个世界，但愿那里没有痛苦，没有孤单，没有人世间的纷争和困扰。

　　祭文一纸，血泪两行，若来世有缘，再述衷肠！

　　愿大哥一路走好！

　　　　　　　　　　　　　2018 年 8 月 15 日写于兰陵

阳光下，陪孩子一起成长

这段时间，与单位同事闲聊时，谈到最多的话题就是孩子的教育问题。有的同事说，你们家的孩子真优秀，都考取公务员上班了，是不是与您两口子都当过老师有关系？我听了，只是淡淡地一笑，在同事的再三追问下，我便与同事说起教育孩子的艰辛与快乐来。

孩子有出息，一方面归功于儿女自己的努力，另一方面真的归功于爱人的教育有方。就像莫言说的：孩子的优秀，浸透着父母的汗水。是啊，培养孩子真的不容易，我成天云里雾里地在外忙，爱人除了工作外，几乎把所有的时间都花在了孩子身上，为孩子下的功夫，包括营造的家庭环境、付出的爱与智慧、劳动与汗水是一般家长无法做到的。

孩子智力的开发越早越好。老话说："一岁看大，三岁看老。"有一定的道理。《论语》上讲"三十而立"，我更认同"三岁而立"。在 3 岁左右，培养孩子自己能够做的，必须自己做，自己应该做的，指点孩子尽力去做。孩子 3 岁以前的大脑发展最快，加大 0—3 岁时期的教育，对孩子将来人格、性格、智力、运动，甚至是整个人生，都会有很大的影响。音乐不但是胎儿、新生儿、婴幼儿智力发育的无形乳汁，更是儿童智力开发的金钥匙。记得从女儿刚出生起，我就开始写孩子成长日记，爱人开始对着孩子朗读古诗、唱歌，还自言自语地对着孩子说话。我时常在孩子耳朵边轻轻拍拍巴掌、摇摇小铃铛，让孩子辨别声音，看女儿随声而动的反应，感觉特好玩。孩子满月了，正是春暖花开的时节，爱人经常握着女儿的小脚丫，推着女儿在床上爬，引导她用双手抓玩具，帮她做婴儿操，训练她的动作协调能力。自制一些彩色小玩具，在她眼前晃动，刺激她的视觉。我利用中午时间，抱着可爱的女儿走出家门让她感知外面的世界，让她聆听户外的声音，享受大自然的风光。在女儿五个月大时，爱人开始教她认识动物，教她说话。先是一页页地指着图画跟女儿反复讲，这是马，这是老虎……并模仿动物的叫声，逗孩子玩。小宝贝似乎听懂大人的说话，总是盯着大人说话时的口形，小嘴一动一动的。突然有一天，爱人拿着画本对女儿说，马呢？女儿虽然还没有学会说话，却会用小手一页页地翻书了，正确找到马的图画，用手指着，炯炯有神的眼睛望着妈妈笑。

孩子学会说话特别早，六个多月时，学会了翻身，学会了坐，居然还学会了叫"爸爸""妈妈"，让我们感到很吃惊。1岁左右，我们教孩子折纸、玩积木，用手指和小玩具陪孩子一起数数，借助实物，教孩子计数，认识数字符号。教孩子画画涂鸦，分辨颜色；教孩子乱弹琴、听音乐。孩子每一步成长的脚印都浸透了父母的心血。

家庭是孩子的一面旗帜，父母是孩子的一面镜子，父母的言行潜移默化地影响着孩子的成长。父母本身就是儿童最初的世界，不仅仅是第一任老师，也是儿童终身的老师。有的时候身教还重于言传，榜样的力量是无穷的。女儿从小在乡村校园内长大，记得她1岁多时，就与村里其他小朋友不一样，我发现女儿特别爱干净，从来不随便坐在地上，每次跟着家长出来玩，总是找个干净的地方，先用小嘴吹一吹，再铺上一张纸，然后才坐下。有一次课间，爱人带着女儿在教室走廊台阶处玩，兜里没放纸，爱干净的小姑娘竟然默默地拽了拽妈妈的裙角铺好再坐下，惹得在场的老师直夸孩子精明。

没有教不好的孩子，只有不懂教育的父母。从小培养孩子的自尊心、责任心、自信心、上进心和意志力等品质非常关键。尊重孩子，与孩子平等共处，相信自己孩子，永远不要拿自己的孩子和人家的孩子相比。多鼓励，少表扬，多评价，少批评，多建议，少包办。引导孩子学会吃苦，锻炼抗挫折能力，引导孩子诚实，"言必行，行必果"。从小培养孩子的学习兴趣和积极进取的精神，多发现孩子的优点，站在孩子的立场，倾听和理解孩子。支持和鼓励孩子的特长发展，引导孩子靠自己的努力来实现梦想，过快乐的人生。因为爱好，会提升孩子生活的质量。

记得儿子上小学五年级时，我们参加了全县"好孩子，好家长"评选活动，儿子以优异的成绩，赢得了好名次，得到的奖品是一个地球仪。我指着地球仪给女儿和儿子介绍中国的北京、苏州、丽江，意大利的罗马、佛罗伦萨，希腊的雅典，德国的柏林，法国的巴黎等世界较著名的旅游城市里的名胜古迹，接着问孩子们长大了想去这些城市旅游吗？如果想去的话，从现在起就要多读书，争取考个好大学，等有了工作挣了钱，就可以去看看了，孩子们会意地笑了。直到现在孩子们工作了，依然喜欢逛书店，泡图书馆，一直保持着记笔记的习惯。

有一位同事曾对我说，我家那"熊孩子"刚上学前班，就看电视有瘾，半夜不睡觉也不困。大人在客厅看电视，他就站在卧室门里露出半个小脑袋来偷看。我问道，你们大人几点睡？我同事说，晚上看电视一般都到十一二点才睡。我直截了当地说，问题就出在你们身上，你们带错了头，上梁不正下梁歪，不能怪孩子。作为家长，也许命运无法改变，但我们可以改变对命运的态度；虽然不能改变风的方向，但可以掌握帆的方向。良好的家风，对孩子的成长非常有利，甚至影响着孩子的未来。就家长来说，没有天生的成功父母，好父母都是学出来的，需要不断学习充实提高，才可适应当今社会的快速发展。对孩子而言，好孩子都是教出来的，好习惯都是养出来的。许多年轻的父母往往把孩子的不良习惯怪罪到老师身上，怪罪到孩子身上，唯独没有反省自己。孩子身上大多数的好习惯或者坏习惯，一般都是由父母在有意或无意中养成的。家长应尽量杜绝各种在孩子面前"不宜"的行为，以防带来负面效应。多鼓励孩子与人相处。孩子越早和群体接触越好，接触越多，对社会的适应能力越强，尤其是与同龄孩子之间的相处，是父母无法替代的。

好父母是孩子的心灵导师。时常关注孩子的心理变化，情绪波动，适时点拨，才能让孩子阳光成长。记得去年手头资金紧张，读大学的儿子说，秋季学费可以推迟到年后再缴。年假开学，学校发出催缴学费通知，儿子发现家里还没给打学费，又不好意思直接要，儿子便在一张破纸条上，写了一个未曾写完的"穷"字，字的旁边放着一支空白的圆珠笔芯，"穷"字下面"力"字的那一撇断断续续未写完，好像笔就没水了，只有划痕。手机拍照后发在我们家庭 QQ 群里。我浏览群时，发现了这个图片，感觉很震惊。就问爱人，是不是这些日子没向儿子卡里打钱？爱人恍然大悟，说忘记打学费了。这件事深深地提醒了我们，孩子也是有自尊心的，他的一举一动、一言一行，都在传达信息，家长需要及时捕捉。

只有家长走进孩子，才能读懂孩子。尊重、宽容和理解就是走进孩子心灵的三块敲门砖。有些家长只管孩子吃饱穿暖，不管孩子心情好坏，只看孩子考试分数高低，不看孩子如何学习，不懂得生命之花在赏识中开放，在抱怨中枯萎的道理。当孩子出现任性、叛逆、不诚实、上网成瘾、厌学、逃学等问题时，有的家长固执地相信"棒打出孝子""不打不成才"的旧教条，连打带骂，恨铁不成钢，结果给孩子造成永久的心理伤害。有些家长常用工作忙、早出晚归、经常加班、出差等借口，来掩饰自己教育的惰性，甚至推卸责任。一味强调自己把美好的光阴扔在了单位，把可爱的孩子扔给了爷爷奶奶，忽视了对孩子的教育，后悔孩子只长成了人，没长成才。其实，在孩子生命蜕变的每一阶段，身体发育的每一环节，包括心灵和精神品质的发展，都需要父母引领。昨天的太阳，晒不干今天的衣裳，过时的家长作风，已不适合当下的孩子。只有默默耕耘，才有静待花开的机会。

　　家长要学会与叛逆期孩子的沟通。萧伯纳说过：如果你有一个苹果，我有一个，彼此交换，每个人还是只有一个苹果。如果我有一种思想，你有一种，彼此沟通，每个人会有两种甚至更多思想。倾听孩子心声，是沟通最好的"语言"；尊重孩子，是沟通成功的秘诀。沟通是一个过程，那些省略了沟通过程的家长，往往把教育的失败归结为孩子的叛逆期。随着年龄的增长，孩子对事物有了自己的见解和想法，而家长只按照自己的想法强压解决，一急眼，还动用家长作风，孩子委屈，只好选择沉默。简单粗暴的教育方式才是导致孩子逆反现象的根源。不妨试着和孩子培养共同兴趣，寻找共同语言，也许还能形成某种默契。亲子关系和谐了，家长才能成为孩子的靠山，成为孩子身后那堵坚实的墙。

　　当然，教育是一个永恒的话题，因人而异，也要因材施教，非一日之功就能看到开花结果。我想，每个家长的成长经历不同，个人能力与性格不同，看待问题的角度也不同，为了孩子，建议家长们之间多交流沟通，在交流中看到自己的不足，在沟通中不断完善自我，取长补短。趁我们还年轻，多用爱和汗水为孩子种下一片阳光，在阳光下，陪孩子一起快乐成长，一起收获人生的希望与温暖。三百六十行，行行出状元。相信每一粒种子都有适合自己生长的土地；每一棵花草都会开放自己的花朵；每一个人都有其存在的独特价值。相信孩子，你能行！

苦瓠子的毒与爱

你吃过瓠（hù）子吗？我想，有人会说，吃过。可你吃过苦瓠子吗？我猜，可能没有，或者很少有。因为瓠子常有，而苦瓠子不常有。今年国庆假日期间，我就误食过一次苦瓠子，尽管只尝了三四小片，却引起重度食物中毒，一场生死劫后，深深地感悟到健康地活着真好。

假日前，走亲戚，亲戚的农家小院诱惑着人的视觉和味觉，让人目不暇接。低矮的院墙上，顶着花的丝瓜、嫩生生的米豆，圆溜溜的南瓜，生机勃勃，比着劲儿疯长。墙角拐弯处，大肚子葫芦、金钢葫芦娃以及修长嫩白的瓠子，从木棚架上吊下来，招人喜爱。长而粗的茎蔓相互交错缠绕，浓密的叶子把整个架子遮盖得严严实实。对生的心形叶子，大小一样的白花，如果不看果实，单看藤茎，真的难分伯仲。阳光下，院墙上，一朵朵的花儿，向阳花开，一片片的绿叶迎风招手，引来蜜蜂、蝴蝶上下飞舞，小鸟儿偶尔也过来凑个热闹，让农家小院俨然成了一道亮丽的风景线。亲戚小妹说，这些葫芦和瓠子是种着玩的，一次没吃过，听说你们城里人爱吃野味菜，就摘一些回去吃吧。于是，小妹亲自动手摘了丝瓜、南瓜、葫芦、瓠子等等，装成一大尼龙袋子送给了我们。

回到家中，我把葫芦用钢锯一切两半，开成了瓢，晾晒了起来。面对两只瓢子可犯了难，因为我从来没吃过这种东西。又感觉一时吃不着，蔫了怪可惜的，就打打皮，放在冰箱里了。我边打皮边和爱人开玩笑，这是瓠子吗？形状像灯泡，不就是一个长把的葫芦吗？超市里卖的瓠子都是直条条的，像西葫芦。爱人说，反正我也没吃过，也许好的进了超市，孬的就这个德行吧，等有时间了，炒根尝尝。

国庆节，放假了，上大学的儿子和在外地工作的女儿也回到了家里，我和爱人都很兴奋，到超市杀了鸡、割了肉，准备好好招待孩子们，过一个快乐的国庆节。

我从冰箱里取出瓠子，切开看，没瓤，就直接切成小片清炒了。我平时做菜没有尝菜的习惯，感觉火候差不多了，就出锅装盘，让女儿端上了餐桌。女儿一会儿跑过来说，炒的瓠子发苦，尝了一小口就吐掉了，我和爱人当时正在炒鸡就没有在意女儿的话。

等一桌子菜全做好了，开始准备与孩子们一起共进午餐时，我用筷子先夹起一小片瓠子尝一尝，真的是发苦，那种黄连般的苦味道难以下咽，我以为是夹了瓠子把前头那部分，于是就又夹起一小片尝了尝，还是发苦，再夹起一片瓠子瓤尝了尝，还是苦。这时，爱人和孩子们都坐下来一起吃饭了。爱人拿起筷子夹了一小片瓠子刚放进嘴里，就吐了出来，说这盘瓠子别吃了，可能"串花"了。我问"串花"是什么意思。儿子放下筷子，笑嘻嘻地说道："姐姐，你是学生物的，给咱爸解释解释。""弟弟，你是学生命科学的，你解释更专业。"女儿调皮地说，"我学的是生物技术，只知皮毛而已"。儿子一本正经说，瓠子，也叫瓠瓜，葫芦科葫芦属下的一种，也是葫芦的变种。苦瓠子不可食用，它含有一种碱糖甙毒素，这种毒素加热后也不易被破坏，误食后会引起食物中毒。出现苦味瓠子，主要是种子遗传原因。这时，女儿插话说，瓠子与葫芦混种，就会"串花"，这叫"近朱者赤，近墨者黑"。看着孩子们认真的样子，我和爱人会心地笑了。

孩子们吃饱饭，各自回房间玩去了，爱人也简单地吃了几口饭，忙着洗衣服去了。就在我连碗筷都还没放下的时候，突然感觉头昏、恶心、腹绞痛。不一会儿，浑身出虚汗，上呕下泻，几乎就没关上洗手间的门，直到把胃里吐得空空的，肚子里泻得瘪瘪的，才觉得舒服了点。都说女儿是父母的贴心小棉袄，真是的，女儿跑到我床边，一会儿倒热水，一会儿拿牛奶。儿子也一趟趟过来，坐在床边，虽然没有多少话说，却紧紧地攥着我的手，让我感受到儿子的无形力量。爱人要扶着我去看医生，打点滴，我仗着身体棒棒，没当回事，拒绝了。爱人只好到楼下卫生室拿了点药，让我服下。上呕下泻一天一夜，卧床休息两天，还是感觉浑身虚脱、乏力、嗜睡，真正领教了苦瓠子的厉害。

眼看着假期就要过去了，等稍微好了一点，便带着爱人回乡下老家去看年迈的娘。娘说，听上了年纪的人讲过，瓠子瓜根不能见铁，薅草时也不能碰到根。特别是瓠子在刚结瓜的时候，瓜藤被踩烂或被小动物什么的啃了瓜秧，结出的瓠子就发苦，结出的瓜儿，瓠子不像瓠子，葫芦不像葫芦，吃了就有毒。

后来，我在网上查阅资料，才真正认识了瓠子。瓠子是南方亚热带的一种产物，最近才流传到我们北方来。瓠子可以有效地帮助我们治疗自身容易出现的流感病毒，它利水、清热、止渴、除烦，还可以治水肿腹胀，烦热口渴和疮毒。但是，苦瓠子绝对不能食用。据说，瓠子变苦，那是瓠子母株为了保护自己小瓠子的一种自卫方式。当遇到侵害时，瓠子母株感知自己周围有危险时，便分泌出一种极苦的毒素，使"敌人"闻苦味而逃走。有人还见证过，植物也有母爱。比如将南瓜、瓠子等植物，连根拔起，大大的叶片一天天在枯萎，但结有幼瓜的那一段瓜藤还是绿色的，母藤会竭尽全力将体内仅剩的养分留给小瓜蛋子，直到自己精疲力竭。有爱就有未来，这是多么伟大的母爱啊。

这一次，我虽然是误食苦瓠子，但却从中收获颇丰。让我真正见识了孩子们的聪明才智，真真切切地享受到儿女长大后的一片孝心，实实在在地体会到知心爱人的那片真情，更参悟到人世间生命的脆弱。从中也收获了人有拳拳母爱，草木并非无情无义的道理。并不是只有人类才懂得爱与恨，植物亦有"爱"与"恨"，只是不被一般人理会而已。

毕业三十年，共忆同学情

上个周六，我出席了原苍山一中初中部八二级四班三十年同学聚会，并作了致辞。人生苦短，能有几个三十年啊？人到中年了，突然觉得喜欢回忆往事，尤其是想念一起玩大的小伙伴，还有小学、中学甚至大学的同学。

指缝太宽，时光太瘦，岁月无痕如水流，三十年匆匆而过。我们放下了公事、私事、家事，欢聚一堂，共同回顾寒窗苦读的历程，重温年少浪漫的回忆！那是一段不可磨灭的记忆，更是一种值得回味的精神财富。三十年前，青春年少的我们在苍山一中一起度过了人生中最难忘的幸福时光，把欢乐、艰辛和纯真的友情都留在了校园，也深深地刻在彼此的心间。悠悠东泇河，流淌着美丽传说，青青塔子山，记录着铮铮誓言。

从四面八方赶过来的同学重相聚，略带地方特色的普通话里，时而掺杂着原始粗犷的乡音，听起来依然温馨亲切。坐下来互相寻找着那些童真童气的回忆，谁是谁的同桌，谁是谁最好的朋友，连可笑滑稽的事也抖了出来；在记忆深处寻觅着熟悉而又快乐的感觉，回忆校园里曾经的打闹，运动场上追逐的身影，高大挺拔的白杨树下读书的场景。每张笑脸上刻着岁月的印记，衰老的年轮，模糊的面孔，似曾相识。一起走过懵懂的岁月，滚滚红尘，时光流转，辛酸往事又上心头。三十年

　　同学相聚，忘掉了矜持，忘掉了场合，忘掉了性别，忘掉了年龄，学生时代的羞涩一扫而光，轻轻地凝望，紧紧地握手，亲亲地相拥，款款深情，让久远的记忆慢慢地还原，真情在时空中交集，心情如潮，激荡澎湃。互相传递着手机里那张张泛黄的老照片，思绪如花，瓣瓣坠落、飘零。拈一朵记忆的花絮，将脉脉柔情绽放在笑脸上。

　　典藏回忆，携手进步，共赢明天。同学聚会有说不完的话、叙不完的旧、道不尽的情。没有名利的杂质，没有物欲的浊流，只有至纯至真，玉壶冰心，让人心生透明，魂魄温馨。白发，掩不住真情，皱纹，挡不住笑意。千言，说不尽三十年来的奋斗历程，万语，话不完同学的纯洁友谊。岁月苍老了我们的容颜，可是心依旧是那么的清澄，情依旧是那么的纯真。人生中最美好的三十年，各有机遇，各有付出，各有收获，各有造化；当年在学校时，并没有人互相称呼同学，如今，沉淀三十年，体味了人生的酸甜苦辣，慢慢才发现最难忘怀和最难割舍的依然是那份同学情。同学！永远是一生中一个特殊的群体。人常说："百年修得同船渡，千年修得共婵娟"。全因一个"缘"字，缘分让我们再次重逢，无论是身居高位，还是一介布衣；无论是富甲一方，还是一贫如洗，在这里每个人都是平等的，没有贵贱、没有高低，只有一个共同的称呼——同学，这个浸入了血液、融入了生命的名字要比每个人的姓名更重要、更温馨、更具魅力。

　　"天时人事日相催，冬至阳生春又来"，相逢是短暂的，友谊是永恒的，岁月静好，笑吟流年，心若相连，天涯也在咫尺！衷心祝愿同学们，家庭幸福，知足常乐，浅笑安然！

匆匆忙忙到中年

　　光阴似箭，日月如梭，弹指一挥间，岁月磋砣，人生如梦。当时光的砂轮在脸上滑过，打磨着棱角，沧桑了容颜。强装笑颜里掺杂着几分苦涩与无奈，隐藏着几分伤感与期待。无意间清点行囊，才发现天真烂漫的青春随风而去，在不知不觉中走过不惑之年，仓仓促促迈进中年的门槛，几多华发鱼目混珠在青丝之中，心中油然升起一股苍凉之感。蓦然回首，才发现人活着是一种心情，是一种责任，更是一份担当。

　　每当夜深人静时，我常想中年人生也许就像魔术师抖开了的包袱，虽然没有了太多的神秘，但却活在责任里。即将到达知天命的年纪，生命过半，感觉活着，不再是为了自己，上有老，下有小，正处于人生的爬坡期。人生行程中多了一份成熟，多了一份宽容，在家庭里已支撑起一片蓝天。手里握着事业的尾巴不敢松懈，肩上扛着家庭的重荷不能停歇，心中装着儿女的成长不可轻心，背上负着老人的苍生不容马虎。时刻告诫自己，岁月老去的是年龄，精神头儿不可垮。身为一家之主，一家之柱，就是一家人头顶上的一片天。尽管生活疲惫着身心，岁月剥蚀着青春，现实沉淀着厚重，可青春的心境依然是生命中一道不变的风景线。

　　人生真的琢磨不透。上学的时候巴不得赶紧毕业去上班，工作了，又盼着早点退休，去干自己想干的事，世界这么大，背上行囊，来一场说走就走的旅行；儿女小的时候盼着他们快些长大，金榜题名；如今孩子长大了，工作了，又祈盼着他们成家立业；在乡间时，憧憬着都市的繁华，来到都市又向往乡野中的老家，总觉得理想的生活在山的那一边。风风火火工作三十年，把最美好的青春年华献给了事业，把教育孩子的重任推给了妻子，认为自己还是个没长大的孩子，可儿女们已在不知不觉中长大成人。直到孩子们大学毕业了，参加工作了，自己才恍然开悟，成熟起来。有娘在，不说老。看着母亲一天天在变矮，走路在变慢，感觉该放下手头的活儿，常回老家看看了，落叶归根，尽点儿孝心。陪一陪老人吃饭，听一听母亲的唠叨，那是一种幸福。像孩子一样，回老家见到88岁高龄的母亲亲切地叫上一声"娘"，那是一种福气，娘在，家就在。吃老母亲做的饭菜，陪爱人散散步、陪孩子电话聊聊天，感受点点滴滴幸福的味道。

　　人到中年，慢慢感悟到做人平淡一些就好，低调做人，高调做事，找准自己的位置有必要。有人说，喜爱文字的人恐惧清静又眷恋清静。是的，我向往"采菊东篱下，悠然见南山"那种悠闲自在的生活，踏着田园小路，把心情放在惬意与放纵之间，让烦躁的心在这里得到慰藉、得到解脱。"闲看庭前花开花落，漫随天上云卷云舒"。远离尘嚣纷乱的世界，远离纸醉金迷的红尘，脱下虚伪的面纱，尽情享受大自然的恩赐，聆听鸟鸣，静观花开，返璞归真。淡泊，宁静，"得之，我幸；

不得，我命"，简简单单地过一种淡然的生活。

人生在世，俗事缠身，难得一份清闲。回老家的次数多了，时常感受乡间忙碌之后的宁静。麦收夏种等农事忙完了，左邻右舍的乡亲们喜欢坐在我老家大门口前边抽蒜种，边闲聊。生命里透着一份从容和潇洒，这些人虽不富有，可他们懂得顺乎自然，日出而作，日落而息，心中无欲。无欲则心静，心静则体闲。

人到中年，是一次走向成熟的蜕变，要多一点自省自悟的睿智。学会适时的低头，是一种豁达的胸怀，是一种沉稳的成熟，也是一种生存的智慧。"虚心竹有低头叶，傲骨梅无仰面花"。只要坚守底线，暂时的低头不失尊严，学会放低自己，才能占领高地。人到中年，应该是一本淡然的散文集，多一点深沉的气度，粗茶淡饭亦有诗意。趁年轻，是骏马，就要到草原上驰骋；是雄鹰，就要去搏击长空。与其抱怨自己怀才不遇，死要面子活受罪，不如识时务，找准自己的位置，施展才能，自乐其中。虽有虎落平阳被犬欺、龙搁浅滩被虾戏的无奈，也有落魄凤凰不如鸡、佛祖有惑敬沙弥的现实。但要记住，好汉不提当年勇，忍一时，海阔天空。倚老卖老招人烦，人得其所是关键，为生活而努力，为抱负而奋斗。如果刘备安于"贩屦织席"，张飞安于"卖酒屠猪"，关羽安于推车挑担，也许三国历史要改写。

人生没有所有权，只有生命的使用权。人到中年，珍惜生命好好过，放平心态仔细品，品味生活中的每一个细节，你会发现其实幸福就在你身边，只有懂得品味，就能抓住幸福。

幸福是什么呢？有人说平安就是福，是的，幸福是一种感觉，幸福是一种心境，幸福更是一种体味；幸福是一种心态，幸福是一种能力，幸福更是一种力量。

生命需要阳光，心态需要阳光，幸福更需要阳光。保持阳光的心态，拥有健康、拥有快乐，也就拥有了奔向幸福的通行证。人生是一个过程，我们在享受过程的同时，也要学会舍得，懂得感恩。感恩父母给了我们生命，感恩上苍给了我们阳光，感恩党和国家给了我们安宁。

人生苦短，好好过日子也就三万多天。看一看传说里，修炼千年的花花草草们，一心向善，梦想修成正果变成人；想一想神话中，仙女下凡，向往人间，我们现在已经是人了，已经在人间了，为何不好好珍惜生命呢？又为何不好好做人呢？每个人的心中都有一亩三分田，只要善待生命，善待自然，种瓜得瓜，种豆得豆，种植鲜花，收获芳香；种植阳光，收获温暖；种植勤劳，收获成功和希望。

有人说，天无绝人之路，上帝为你关上一扇门，会为你打开一扇窗。人生好比一口大锅，当你走到了锅底时，只要你肯努力，无论朝哪个方向，都是向上的。以平常心看世界，花开花谢都是风景。山不转水转，水不转云转，云不转风转，总有一朵花为自己绽放，总有一颗星为自己闪烁，总有一条路适合自己走。当生活的困扰袭来，请丢下负荷，遥望湛蓝的天空，深呼吸，莫让岁月的车轮碾碎了追梦的热情。如果心中没有快乐，即使走遍天涯海角，也永远找不到人生的乐土。生活就像一架钢琴，成功像钢琴上的白键，失败像钢琴上的黑键，学会弹钢琴，黑白键交替弹奏，才能奏出动听的人生交响。

人生如戏，没有彩排，每一场都是现场直播，没有重播的机会。人到中年，学会珍惜当下，莫感叹人走茶凉，莫悲伤落叶飘零，鸟儿在天空飞过，也曾留给天空一场缤纷的美丽。想要拥有幸福就要懂得珍惜，珍惜现在的拥有，珍惜每一次与父母、与妻子、与孩子面对面的陪伴，珍惜拥有就是创造希望。

如果累了，烦了，那就找个时间，给自己的心情放个假，搬个马扎坐在阳台上，让发霉的心情晒晒太阳，从岁月的时光中剪下一段美好的记忆品尝。泡上一壶茶，静听一首歌，心随旋律一起飞，无争无扰、无欲无求，淡看岁月，闲看花开，静待花落，恬淡静好，别让岁月将你雕刻成沧桑的模样。向大自然敞开心扉，返璞归真，草地、蓝天、白云、远山，顿感淡了意境。看一看大海的胸怀，一切不舍与纠结，得以释然。红尘烟云，云聚云散，一笑淡然。

心种阳光，岁月从容，让爱停泊在家的港湾。阳光的味道，就是幸福的味道。

人生一盘棋

  每天下班路过中兴路中国银行附近，经常看到三五成群的人，有的蹲着，有的站着，围着一盘中国象棋下得津津有味。一方小小的棋局仿佛成了一个浓缩的战场，运兵布阵，攻占御守，斗智斗勇，虽不见硝烟，却跌宕起伏，步步杀机。中国象棋艺术，有着高深的智慧和内涵，儒释道多家精神蕴含其中，在楚河汉界内外，体现着"天人合一"的古典哲学思想，常下棋，既闲情逸致，又修身养性。

  近日，下班回家，刚要围观，冷不丁有人大叫：哎呀，臭棋篓子。听到这话，我猛然想起我的同学"臭棋篓子"小兵。

  人生如棋，每个人都是棋子，舞台再大也不过一张四方棋盘。记得上小学时，我们班老师爱下象棋，有时一下棋就忘了自己还有课。作为班长的我，经常叫上同学小兵陪我一起去办公室找老师。看见老师下棋正在劲头上，便站在一边默默地等着。等的次数多了，我和小兵竟然朦朦胧胧地学习了一点儿有关象棋的皮毛。记得有一次体育课，老师大发慈悲，借助上操站位时用的白点，连接九道直线和十道横线画了一个大棋盘，教我们认识象棋，还破天荒给大家每人发了一张带字的厚纸卡片做头饰，字是用红、蓝两种墨水写的，说那就是棋子。老师对牛弹琴一般讲如何走棋，如何将军，嘴里还念念有词：马走日字，象走田，小卒过河不回还，同学们如听天书，似乎只有我和小兵听得懂。老师无奈，便找来数学老师，分别站在两把椅子上下起了真人版象棋来。说来也巧，我班34名同学，正好足够一副象棋，多出我和小兵，一头一个做记录：炮二平五、马二进三……

人生如棋，落子无悔。身在楚河之中、汉界之内的同学们，时常沉醉于棋盘上，走走跳跳，乐在其中。在当时的农村小学，体育课不正规，大多是学生自由自在地打皮猴子，反而这种真人象棋，倒成了师生共同参与的一项集体活动。记得那时女生爱玩跳橡皮筋、拾石子、踢沙包；男生爱玩大炮轰鬼子、摔纸牌，滚铁环；唯独我和小兵会用粉笔在课桌上画个象棋盘，用作业本纸剪成小方块写上字当棋子，下着玩，有时也学着老师的样子，把全班同学集合到操场棋盘上，一本正经地下"人棋"，那阵阵笑声时常撑破校园。

兵贵神速，抢先入局。走好每一步"棋"，方能彰显人生的厚重。升初中时，我考进了县城一中，小兵没考上，却被父母转学去了市里一所中学读书。初中毕业后，我考上了师范，小兵接班招工在县城一家事业单位上了班。寒暑假期，小兵一回老家，就找到我来一局再走，因为每局必输，于是小兵有一个"臭棋篓子"的头衔。我开玩笑地问小兵，如果让你选择，在这32枚棋子当中，你愿当哪一枚棋子？小兵挠挠后脑勺说：我愿当车，横冲直撞，所向披靡，打败天下无敌手。我笑笑说：人生如棋，输赢乃兵家常事。棋书上说，下棋讲究"先"字，"宁失一马，不失一先""得子得先方为胜，得子失先方为输"。
你就是跑得跟兔子一样快，雷厉风行，驰骋疆场，也逃不出这
方寸之地，赢不了我。只有踏踏实实走好每一步，才能稳扎稳打。

活在世上就像街头博弈，走着走着，就分出了高低。在
生活中，尽管每人扮演着不同的角色，只有分工不同，没有贵
贱之分。师范毕业后，我被分配到农村，当起了"孩子王"，
小兵因父母有关系，走了狗屎运，当上了某局科长，还找到当
时最吃香最令人羡慕的百货公司售货员做了媳妇。小兵带着漂
亮媳妇回老家过年，到处显摆，风光极了。专门找到我，下一
盘再走。下棋时，我问小兵，如果让你重新选择，你愿当哪一
枚棋子？小兵脱口而出，我要当炮，深藏不露，暗藏杀机，不
鸣则已，一鸣惊人，马上立功。我依然笑笑说，千万要找好炮
架，不做马后炮。照顾小兵媳妇的面子，我们和棋了。临走时，
小兵神秘地对我耳语道，哪天来县城，让你开开眼，请你洗脚，
再痛快地杀一盘。

当局者迷，旁观者清。如果当局之人，持旁观之心做人
做事，定是人生一种较高的境界。有一次去县城办事，中午恰
巧遇到同学小兵，他非常亲情地邀请我去酒店吃饭，还叫来几
位男男女女的朋友很场面地陪客。酒足饭饱后，小兵说开车送
我，却直接进了足疗城。走进包间，小兵毫不避讳说，这家店
是一哥们开的，金卡免费，到时你提我名字，随时来玩。好客
的女服务生早已提前摆好了象棋，我们边捏脚，边厮杀起来。
见他下棋心不在焉，我不轻不淡地说，你落子如飞，不怕忙中
出错？见他持一枚小卒在河边平移时，又开玩笑地说："常在

河边走，小心湿了鞋。"站着小兵身边围观的漂亮小姐甜甜一笑，接了话："既然湿了鞋，顺便洗个脚。"我看了小兵一眼，笑了笑说，看棋不言真君子，举棋不悔大丈夫。我又问小兵，如果让你再重新选择，你愿当哪一枚棋子？小兵想了一下，回答说，我愿为马，马踏八方，纵横驰骋，志在千里。我点点头，开玩笑地说，人无远虑必有近忧，切莫马失前蹄啊。

　　人生如棋，有输有赢，有得有失。几年后，同学小兵当上了副局长。在一次同学聚会后，小兵专门把我请到他家，说要玩一盘。偌大的客厅，正中间摆着茶桌和象棋桌。小兵指着红木博古架说，同事朋友都知道我爱好下棋，送了我不少高档的象棋，等会送你一副。当我看着书架上婚纱照发愣时，小兵毫无愧意地说，人在江湖，身不由己，曾经红火的百货大楼改制了，她下岗后就离了婚，这位是小的，你认识，不说了，来一局。我心想，难怪这么眼熟，足疗城里见过。喝着茶，我们又排兵布阵起来。小兵感慨地说，人生如棋，只有舍得才能换来一生的富贵。我说，是啊，"方寸之间人世梦，三思落子亦欣然"，下棋要放平心态，深思熟虑，不能留破绽，欲速则不达。这时，我又问小兵，如果再让你重新选择，你愿当哪一枚棋子？小兵胸有成竹地说，我愿当将，老将出马，一个顶俩，外有车马炮，内有士象全，忠心护主，指挥千军，运筹帷幄。我苦笑了一下说，将帅虽好，可始终委身于九宫之内，生活狭隘，如笼中之鸟，虽享受，不自由。小兵喝了一口茶，不耐烦地说，从政难啊，棋局变化无常，还是小时候好混。

　　人生如棋，机遇和挑战并存，一招不慎，满盘皆输，一失足成千古恨。又过了几年，小兵竞争局长时，有人举报他贪污受贿、挪用公款，结果被"双开"，进了监狱。树倒猢狲散，他的那些酒肉朋友没有人看望他。得知小兵出事后，作为老同学，大半辈子的棋友，我乘车去探视他。小兵一下子衰老了许多，悔悟当初没有坚守底线，没听劝告。我问小兵，如果重新让你选择，这回你愿当哪一枚棋子？小兵老泪纵横，一时说不出话来。我默默地从口袋里掏出一枚红兵棋子，摆在老同学小兵的面前说，留个纪念吧，好好改造，等你出来，继续下棋。

古人云："棋，有天地方圆之象，阴阳动静之理，星辰分布之序，风雷变化之机，春秋生杀之权，山河表里之势，世道之升降，人事之盛衰。"《菜根谭》有言："世事如棋局，不着的才是高手，人生似瓦罐，打破了方见真空。"人生如棋，走好每一步，落子不悔，棋可重来，人生无法倒退，参透棋局，方为生活中的智者。

一池残荷醉风景

诗人洛夫说："真正懂得欣赏荷的人，才真正懂得爱。"

大雪时节，没下雪，我来到兰陵国家农业公园，诚心诚意地去百亩荷塘欣赏那片如诗如画的一池残荷。多少年来，那些残破的东西，不论你在意不在意，它的美都在那里。就像兰园里的这一池残荷，曾经在我们视野里被忽略，甚至有人不愿意去多看一眼。

今天，我带着情致，尝试着去琢磨、去品读、去关注、去欣赏这眼前的荷。

残荷之美，别有韵味。冬季里的一池残荷，尽管全是颓枝败叶残蓬，可静下心来仔细品味，似乎在生命中时刻展示着祈盼重生的意志和向往。一池残荷，犹如涅槃重生，沉寂在水面上，经历风雨，历练摧残，那荷的灵魂却沾染不得半点风尘，依然不忘初心，始终以朴实无华的姿态向世人传递着一种美的诉说与传奇。一株株枯零纤细的身姿在寒风中轻轻摇曳，清丽脱俗，情真意切，不怕天寒地冻，不屈不挠地等待生命的轮回。在花开花落的季节更替中，彰显出优而雅，残而美，梦回鸟语花香的时节。

时过境迁，风光不再，一切以另一种姿态重新开始。

　　远远地望去，一池残荷，散而不乱。稀疏处，恰似一幅写意的中国画，生命的线条是那么的简单，那么的精致，既有形象，又有内涵，画风清奇，美轮美奂，醉心、养眼，还蕴含着音律的动感之美。密集处，又像一幅抽象画，看似零乱，却错落得当、疏密相宜。虽然不见"映日荷花别样红""接天莲叶无穷碧"的壮美景象，但是呈现在眼前的依然是清风透骨。那些被岁月打折了的枯叶、枯茎和风干了的莲蓬，依旧坚挺着。凝视着一池残荷，如同审视维纳斯雕像一样，这残缺的美似乎无法用语言表达，只能感觉、只能体味、只能领悟。

　　走进荷塘，漫步在弯弯曲曲的木栈道里，近距离观察那一池的残荷，以往不曾关注的茎秆，任意的垂败，勾画出千奇百怪的几何图形，枯褐的颜色，长的、短的、弯的、折的，弧形状，三角状，椭圆状……天地造化，形态各异，简单的线条，触动着看风景人的心弦。给人以视觉的震憾，美得不同凡响，它生命的沉寂与坚强要比它的柔美更强烈。有的枝干倔强地挑着枯败的叶片，或斜卧，或直立，或相互交叉，错落有致；有的枯茎托着那枚沉重的莲蓬，打着弯儿，接近水面，倒映水中，淡定从容。风干了的荷叶，有的自然弯曲倒立，宛若即将开启的油纸伞，"留得枯荷听雨声"，透着诗人寂寥寄怀；有的荷叶蜷缩成一团淡墨，挂在枯枝上，在似与不似之间，成为经典的泼墨大写意；有的荷叶叶脉尚存，抽象的造型，貌似缩小版的渔网，打捞着生生世世的愿景，透着诱人的清香；还有的如同锈迹斑驳的大喇叭，冒着严寒，依然吹奏着生命的赞歌。一片片残叶，如同一面面布满弹孔的战旗，被高高擎起，以残缺的模样坚守阵地，以执着的信念等待春天的到来。

褪尽浮华，坚守一份生命的冀望，坚韧的茎秆傲视天空，与风霜岁月抗争着。这种枯而不死、风韵尚存的性格，堪与松梅竹菊兰结友，令人敬仰，具有了一种荷盛开时所没有的美。水面上，漂浮着的断茎，一根根、一根根地连续着，琴弦般地奏响梦的华章。荷似乎知道未来的命运，那倒伏的枯茎，那枯败的叶片，坚守不弃不离的信念，即使腐化成营养，也要奉献给淤泥，反哺自然，回归自然，回归生命的本色。

一枚枚沉重的莲蓬，有的饱含着籽实，漂浮在水面上，有的莲子已落入水中，在生命岁月里无限延伸，与泥土相依，自然地植下新的希望，积蓄生命绽放的力量；有的莲蓬高举，已被风干定型，凋零成一种生命的姿态，顽强地彰显着一份美丽的本质。这一切，好像都是被时光无意雕琢成摄人心魄的风景。含着莲子的莲蓬，仿佛众多幽深美丽的眼睛，带着苍老的温暖与信任含羞地看着岸上看风景的人。纵使它们褪去了昔日的繁华，失去了盛夏里的娇姿妩媚，但从骨子里由内而外仍然散发出凄美中的风骨和坚韧，那是未来生命的希望。

三三两两的小野鸭游在水面上，时而扎猛戏水，时而展翅曼舞，时而呼朋引伴，荡起圈圈涟漪，为空旷凄美的残荷池塘增添了一份错落有致的灵动。仿佛那是残荷委托这些小精灵，向人们传递悟道后的心境，将一份禅意传递给那些有缘的心灵。这时，满眼看到的不再是一片萧瑟，而是跳动的音符和生命力。

一池残荷，类似一张生命的记录，一串来自远古的符号。虽枯萎，却没有悲观，没有沉沦，莲子入水，玉藕蕴泥，依然虔诚地坚守着，期待轮回，期待明年春天的重生。望着一池萧疏凄然的残荷，心里仿佛浮现夏日里荷叶田田。

花开不言，花谢不语，残缺也要残缺出一种味道，一种美丽，一种坦然超脱。

时光无声，流年无痕。总感觉，残荷的枯败里藏着一种神韵，一种淡定，一种禅意，让人读出了一种简朴的人生味道。一池残荷，恰似一位得道的智者，凝结着生命的睿智，生长在夏，盛开在秋，沉淀在冬，重生于春，拥有一份拿得起、放得下的境界。在岁月的更迭中，向人们展示着生命的哲理，诠释着一种看得见的生命力。有梦，永不言败。

岁月无情，境由心造。用残荷的意境去解读人生，增加了一份真实的味道。生活在红尘中，行走于人世间，心简单了，世界也就大了。倘若人生如荷，即使无法改变命运的长度，至少也要改变生活的宽度，守着一份智慧，守着一份坦然，创造出另一种美。

半池睡莲半池禅

　　临沂西外环兰陵段工程建设指挥部设在神山地税办公大楼，入驻一个多月来，由于天天忙于办公室事务，没有时间在院内溜达溜达。这几日，天多雨，清闲了许多，楼前东南角一处人工景点吸引了我。那是一方不太大的池塘，池中心建有六角风雨小亭，亭内置石桌、石凳、石雕靠背连椅，弯曲有度的石桥将小亭与池角相接。池边垂柳倒影水中，相映成趣，树上鸟儿啾啾，池内锦鲤与睡莲相戏，别有一番灵动和风情。

　　阳光透过层层叠叠的树叶一束束地泻下来，似一把碎金洒在水面上，波光粼粼，令人遐想。池塘北面柿树、石榴，已结果，如挂起了灯笼，枝叶绿色流露出岁月静好的生命痕迹。工作之余，来亭内闲敲棋子，或喝茶，或小憩，观鱼赏莲听鸟鸣，让烦燥的心在这里得到片刻的慰藉，也让疲惫的身心得到解脱与放松。那片片绿色，那跃动的鱼儿，别有风韵。要不是亲历体味，我简直不敢相信，竟然还里还有这么一方让人清静的地方。

　　夏日，正是睡莲绽放的季节。在这炎炎夏日，睡莲缱绻、婉约的身姿，犹如美人慵怠正眠。一阵微风吹过，撩开睡莲的心扉，缕缕暗香飘溢出一丝淡淡的恬静，沁人心脾，醉了时光，醉了有缘人。莲花托浮在水面，一朵朵白色的、粉红色的莲花，宛如一位位待嫁的雪中新娘，害羞中透出浅浅的笑意，给人一种美的享受。

莲开无尘，莲开无争。睡莲的灵秀，仿佛莫奈画笔下的灵魂。在这里，远离城市的喧嚣与繁华，远离纸醉金迷的红尘与俗事，静卧出一池的宁静与安详。睡莲，清高而不自傲，美丽而不张扬，婉约而不做作，一簇簇，相依相拥，片片莲叶，相辅相成，似古色古香的翡翠，天生丽质，带着古韵，手牵手，肩并肩，守着一池碧水和清影。与世无争的睡莲，有的刚刚绽开蓓蕾，恰似羞羞答答的妙龄少女舞动的裙。睡莲的叶子宽大，正好"衬托"着睡莲浮出水面，以微醉的姿势，绽放出自己最美的风彩，凸现出生命的魅力。自开，自放，莲香满池，一种和谐之美，让整个池塘几乎成为绿色的世界。

睡莲花色艳丽，花姿楚楚动人，在一池碧水中宛如冰肌脱俗的少女，有着"水中女神"的美称。也因睡莲昼舒夜卷而被誉为"花中睡美人"，在《圣经新约》中，曾有"圣洁之物，淤泥而不染"之说。睡莲深深地扎根在泥土里，一半在水中，一半在水面，尖尖的花瓣一层一层的重叠，小角一层高过一层，宛如人生不同的思想境界，积极向上，不甘沉沦，温暖向阳，现世安稳。

睡莲，无意与人比美，无意与物争辉，却朵朵独耀灵光！有人说睡莲的故乡在佛国，如来佛祖打坐莲花，观世音站立莲台，圣洁，庄严，高高在上、不谙世事、纤尘不染。难怪信佛之人，深爱莲花，也许睡莲与佛有缘吧。

　　睡莲生存环境虽有污浊，却以超脱的精神，保持一颗纯洁的心灵，默默地彰显着为人、为官之道，令人神往。这满池的情缘和清廉，把尘世洗濯，把尘世扮靓，给美丽的人间带来一片清凉。

　　静坐在一池睡莲当中，也禅了意境。

书香琴韵醉流年

不知从何时起，我悄悄地喜欢上了葫芦丝音乐。记得前几年夜间加班起草乡镇"两会"报告时，曾用低音播放着葫芦丝背景音乐，被领导发现了，差一点引起误会，幸亏解释及时。现在，不但爱听，还喜欢在写作之前自我陶醉地吹奏一曲葫芦丝再动笔。人生苦短，喜欢的文慢慢品，喜欢的歌静静听，但愿文字和音乐相伴一生。

汪国真诗中说：凡是遥远的地方，对我们都是一种诱惑，不是诱惑于美丽，就是诱惑于传说。是啊，在孔雀起飞的地方，绝美之地，彩云之端，钟灵毓秀，人间仙境，那里传说着天上人间不老的故事。香格里拉、西双版纳、苍山洱海、玉龙雪山、丽江古城、五朵金花……有着无数美丽的传说。其中，在傣族民间流传着一个非常美丽的传说，至今让人感慨和向往：很久以前，一次山洪暴发，一位傣家小伙子抱起一个大葫芦，闯过惊涛骇浪，救出自己的心上人。他忠贞不渝的爱情感动了佛祖，佛祖把竹管插入金葫芦，送给勇敢的小伙子。小伙子捧起金葫芦，吹出了美妙的乐声，顿时风平浪静，鲜花盛开，孔雀开屏，祝愿这对情侣吉祥幸福。从此，葫芦丝在傣族人家世代相传。

十多年前，单位同事到云南出差，送给我一盒《月光下的凤尾竹》葫芦丝音乐光盘，还向我绘声绘色地讲起西双版纳的风土人情，听后真让人眼馋，恨不得马上生出一对翅膀飞过去看一看。当时条件差，我家里还没有电脑和网络，只好利用晚上值班的时间在单位办公室一台老式电脑光驱上一遍一遍放着音乐听。葫芦丝是云南少数民族乐器，被称为"东方萨克斯"。略带鼻音的发音，犹如抖动的丝绸那样飘逸，让人听起来既优美又亲切。古人曾赞"彩云之南独神韵，绕梁三日音不绝"。千百年来，像是被谁读懂了葫芦内心的秘密与故事，就着那份月光，演奏着葫芦情丝、梦里水乡、山寨情歌。葫芦丝忧郁的韵律感，如同葫芦藤般展现着浪漫婉约的情怀，总令人如醉如痴。

如今，我已人到中年，沧海桑田，花开花落，往事早已淡淡如烟，心事也已淡淡如菊，放下了许多爱好和梦想，唯独对葫芦丝情有独钟。听着葫芦丝那柔和、婉转、淡雅、缠绵、细腻、圆润的音调，脑海中，总会出现一幅幅优美的画面和场景。越过时空，透过千山万水，仿佛看到了清清的山泉、皎洁的月光、葱郁的凤尾竹林和独具特色的竹楼。月光如水，洒在西双版纳这片美丽富饶的地方，微风轻拂凤尾竹，像一层绿色的薄雾在舞动。美丽的月色透过竹林，如梦如幻，和着光影的斑驳，摇曳生姿。月上柳梢头，人约黄昏后。竹楼里，美丽的姑娘深情地凝望窗外，竹楼外，痴情的小伙吹奏起婉转、缠绵的葫芦丝，表达着温柔细腻的情感，倾诉着心中的爱恋。风吹竹动，竹林与风儿一起翩翩起舞，多么优美的旋律，悠远中带着缥缈与空灵，如一壶月光老酒，醉了今夜相约的人儿。葫芦丝那种超凡脱俗、和谐优美、亲切自然的表现力和穿透力，柔肠百转，摄人心魄。多么令人向往，多么充满诗情画意啊。

没有音乐的世界将会一片荒芜。音乐，确实是一种让心灵得以安静和充实的东西。静静地感悟，静静地欣赏。葫芦丝透着一股灵气，一种飘柔美。不卑不亢，如沉稳含蓄的谦谦君子，虽不张扬，却彰显个性。葫芦丝音乐虽然不能改变我们的生活，却可以最大限度地满足我们对生活的幻想。雄鹰，因有翅膀而在蓝天自由飞翔；人，因有梦想而奏响生命的乐章。有人说，"很多的梦，无法遥望，还可以遥想；不能相守，就梦想翅膀"。绝美的葫芦丝，如水一般的音乐，就与我的写作梦连在了一起。它不但能解除烦恼、净化心灵，而且还能修身养性，激发生命的活力。当我伏案写作时，一边敲打着键盘，一边放着曲子，那曼妙的乐曲似乎给了我写作的动力和灵感，文字伴着音律行云流水般在屏幕上流淌。那丝丝索绕的感觉，悠扬委婉的情致，意味深长的演奏，清新而柔美，绵长而回旋，带人走进一个浑然忘我的自然空间。小桥，流水，春花秋月，夏荷冬雪，如飞舞流萤潜入心扉。

书香琴韵，淡写流年。走近葫芦丝，也走近了一种情怀。于是，在生活比较困难的日子里，舍舍财，用稿费买了一支葫芦丝，闲暇时间，到书店查阅关于葫芦丝入门的资料，在熟悉了基本指法后，很快学会了第一支葫芦丝曲子《婚誓》，音符在指尖滑落，浪漫在心头燃烧。心在葫芦丝音乐里，灵魂在葫芦丝旋律中。一首洗脱灵魂最深处的完美音符，犹如良师净友，让人心静，让人陶醉，更让人觉悟。所有烦恼，稍稍冷静思考之后，皆在葫芦丝旋律中得到化解。

休闲时间，搬一个马扎，静静地坐在阳台上听着幽幽的葫芦丝，让心灵在阳光中沐浴，洗涤尘埃。在一杯香茗中回味，在一首乐曲中沉醉，在慢节奏中享受大自然的恩赐。吹奏一曲悠扬的葫芦丝，抚平心灵上的褶皱，为受伤的心独自疗伤。面对这滚滚红尘，让人产生一种淡泊明志、宁静致远的思绪。

经常吹奏葫芦丝健身益智，修身养性。葫芦丝就像一件为健身而设、为养生而制的神器。健康是人类的第一财富。职场的竞争、工作的压力、快节奏的生活，让我们身心疲惫，欲罢不能。让优美的旋律在指间流淌，成为最好的减压方式。

中医学上早就有五音通五脏的医学理论，"脾好音乐、闻声即动而磨食"。葫芦丝演奏中有三大技巧，那就是气息、指头、用舌，这些与经典养生健身方法相一致。养生中有"呼吸到脐，寿与天齐"之说。而吹奏葫芦丝时气息收放正好气沉丹田，是一种极好的有氧运动，增加肺活量。都说"十指连心"，手指与心脏、大脑密切相关。吹奏时手指灵活运动，有效促进大脑血液循环。吹奏用舌，技巧丰富，减缓大脑萎缩，延年益寿。

岁月因经历而懂得，生命因懂得而精彩。现在，经常在网上下载葫芦丝乐谱，学习演奏生活的乐章，心旷神怡，灵魂深处升起一种岁月静好的芳香。每次吹奏葫芦丝，全身心地融入到音乐的世界里，忘掉身份，忘掉年龄，忘掉烦恼，获得快乐。有了灵感，温馨满怀，便将内心深处疯狂的渴望，书写成岁月记忆的符号，伴着音乐写作，即使清贫也是一种享受。在这初冬温暖的阳光下，将成长的每一步串成一首诗行，书成一段文字，组成一曲旋律，在点点滴滴的幸福中感悟生活，享受人生。

　　葫芦丝给我的生活增添了色彩，把一颗浮躁的心慢慢带入一种禅境。虽然没有面向大海的意境，却有春暖花开的执着。真的爱上了葫芦丝。

听蝉悟人生

也许是现代都市生活的喧嚣与繁忙掩盖了蝉儿的吟唱；也许是钢筋混凝土的硬化与地砖铺路阻止了幼蝉的破土；也许是大自然环境的污染与汽车尾气窒息了蝉儿的呼吸……这几年，在车水马龙的城里很少听到蝉鸣了。今天，回到老家，又听到了久违的蝉声。

儿时家居临沂农村，在我老家，未成熟时的蝉幼虫称之为"结了猴""结了龟"，羽化后称为"大姐溜"。蝉儿高一声低一声的鸣叫，似乎要把太阳炙烤的夏日变得更长。夏天的感觉，总是伴着这个季节所特有的蝉鸣，定格在心中。热烈，是夏天的本色。蝉鸣，奏响了夏天的旋律。连豪放、粗犷的蝉音也彰显着如北方汉子一样的豪放之风。

在记忆里，捕蝉是童年幸福的回忆。在那清贫的夏日，特别是放了暑假，我和小伙伴们总是千方百计地想着法儿捕蝉，改善生活，对很少见到荤腥的我们，那实在是一道美味。

用蜘蛛网沾"姐溜"最省事。在屋檐下或墙角里寻找一些新鲜的蜘蛛网，在一根长竹竿顶端绑上一截如弹弓叉一样的细树枝，将蜘蛛网绞缠在树杈上，唾上唾沫，一会儿蜘蛛网变得像粘胶，看准了趴在树干或树枝上的"姐溜"，举着竹竿，轻轻地靠近，猛地扣在蝉上，蝉只能在网上"扑棱、扑棱"，却飞不走，成了囊中之物。

用面筋粘"姐溜"最有趣。抓一把新收的小麦放在嘴里细细地嚼，直到把小麦嚼成糊，再放到水盆里淘洗，最后得到一小块宝贵的面筋，手感细腻，黏性强大，将面筋裹在竹竿或长芦苇的秆头，轻轻地溜到树荫下，侧耳倾听，顺着蝉鸣的方向仰望。午后的太阳光被那浓密的枝叶筛成一地碎金，斑斑驳驳地洒落在我们身上和地上。看见蝉了，屏住呼吸，一寸一寸地向着目标伸过去，快触到蝉时，竿子猛地向上一戳，竿端上的面筋便牢牢地粘住了蝉的羽翼，任它怎么挣扎，也逃脱不掉。

用牛尾巴毛套"姐溜"最危险。盛夏的午后，骄阳当空，趁老黄牛卧在树下安详地反刍，便蹑手蹑脚地转到老牛背后，乘其不备，抓起牛尾巴，使劲拔下几根毛来，做成几个活扣儿，系绑在竹竿上，作为套蝉的工具。有的小伙伴看牛站着吃草，就急不可待去拨牛尾，不是挨牛尾巴抽打，就是被牛踢一蹄子。将竹竿伸向蝉儿，有时未伸过去就惊飞了，有的却停止鸣叫，伸出前腿，好奇地碰碰活扣儿，把扣儿慢慢地套住蝉的头部，猛地往后一拉，活套儿就牢牢地套在蝉的身上，越挣越紧。

其实捉蝉并不是一件轻松的活儿，不但注意力要过分集中，还要长时间地举着竿儿重复同一个姿势，时间久了，肩酸、眼痛、手麻、头晕，有时候在树上碰到马蜂窝，被蜇得鼻青脸肿。蝉这小东西机警得很，有点儿风吹草动它便逃之夭夭，还会在你仰望叹息时，洒你一脸"尿"。

法国昆虫学家法布尔曾精辟地概括了蝉的一生，他说：

"四年黑暗的苦工，一个月阳光下的享乐，这就是蝉的生活。"

蝉，是夏季的一道风景，用灵性的身躯弹奏夏之美，奉献一世的悠扬，哪怕只有短暂的时光，都会尽力追求生命的梦想。蝉，竭尽全力地鸣叫，在短短的生命里用尽积蓄了几年的储量快乐地活着，直至生命再一次轮回。炎炎夏日里，蝉鸣就是一种对生命的热情歌唱，仿佛在告知世人，珍惜自己的青春和生命，诉说着它们早已知晓了生命的来之不易。我们喜欢听蝉，也许就是因为蝉声里充满了生命力。从破土而出的那天起，蝉就向往着光明和阳光。不信，你抬头望去，阳光透过层叠的叶子一束束地泻下来，头顶上每片叶子都流露出生命的痕迹。优美、动听的蝉鸣是丰收的代言人，收获着夏的希望。高亢、激情的蝉鸣无时不在警示着人们要坚强不屈，勇于唱响生活的美妙乐章。

古人以为蝉成虫之前，一直生活在黑暗的泥土中，历经数年的成长磨炼，方能修得正果，等脱壳化为蝉时，飞到高高的树上，餐风露宿，不食人间烟火，可谓出淤泥而不染，所以把蝉视为高洁的象征，多少诗人墨客为蝉歌颂。

几千年来，蝉文化在发展在延伸，寓意大致有三，皆为善意：一是金蝉谐音"金钱"，寓意财源滚滚来；二是称蝉有先知先觉的含义，寓意知人所不知，觉人所不觉；三是蝉有"蜕变高鸣""一鸣惊人"的属性，有得中及第的说法。有人称它为"昆虫音乐家""大自然的歌手"。的确，蝉的一生很神秘，蝉衣可入药，蝉音催人奋进，蝉体营养丰富，有"食品中蛋白王"之称。蝉，一生都是在烈日炙烤中，顽强地活着，是一种有恒心、有毅力的昆虫。

　　人若如蝉，也不失为一种完美的人生。像蝉一样，不因黑暗而放弃光明，不因卑微而放弃尊严，热爱生活，珍惜生命，尽情地展露生命的芳华！

咫尺之石蕴乾坤

古人云：山无石不奇，水无石不清，园无石不秀，室无石不雅。赏石清心，赏石怡人，赏石益智，赏石陶情，赏石长寿。中国是东方赏石文化的发祥地，上下五千年的文明史，从某种层面说也是一部由低到高的石文化史。从旧石器时代，以石为工具，到新石器时代打制石器，再到现代建筑中名贵石材的应用以及时尚生活中的宝石工艺品，都有"石"的身影。《说文》云："玉，石之美者"，就连玉也归石之类，石头真的了不起。

纵观古今，历代文人雅士多爱石。当下，随着社会的发展与进步，诗茶人生、书香琴韵、观花赏石逐渐成为读书人的生活时尚。有人爱石如痴如醉，几乎达到了"待之如宾友，视之如贤哲，重之如宝玉，爱之如儿孙"的地步。

我工作三十余载，虽与仕无缘，文不入流，两袖清风，但也偏爱奇石。奇石在我国历史上有好多雅称，如怪石、雅石、案石、玩石、巧石、丑石、趣石等等，它们是大自然散落在人间的美。我爱玩石，不是叶公好龙，不是滥竽充数，的确是实实在在地喜欢这种自然界神奇造化之物。

赏石是一种文化，也是一种心境艺术。古人赏石，注重瘦、皱、漏、透；我赏石，却不拘一格，开心就好。看那些奇石或雅或趣，或丑或怪，美得出人意料，美得让人怀疑人生。那些曾与大自然为伍，不假于人力，未经打磨雕琢，俨然一件件纯天然的艺术品。端详品味，感觉每一件奇石似乎都是一个世界、一种春秋。如果展开想象，感觉每一枚奇石都是掌中天地、案上乾坤。一枚枚灵秀神奇的观赏石，无不是大自然的神来之笔，散逸着天地的神秘和灵气。一块灵性的石头，仿佛就是一方浓缩的山水，雄奇的山，空灵的水，变幻的云，尽在无言的石头中。每一块奇石，仿佛都在讲述一段穿越空间、见证沧海桑田的传奇故事，让人感悟到时空的深邃，天人合一的哲理内涵。

偶得一石，爱不释手。远在洛阳工作的女儿，知道我喜欢石头，曾经多次利用小长假专门捡一些小石头带回来作为礼物送给我。一块洛阳特产牡丹石，让我谝了好长时间。牡丹石就是石头，或白或粉绿的花朵随意分散在黑色的大理石中，宛如一朵朵国色天香的牡丹，花朵高雅、清秀，有的如含苞，有的似盛开，图案清晰，形态逼真，浑然天成。黑石生白花，白花映黑石，黑白相间，妙趣横生。女儿介绍说，牡丹石是一种不可再生的稀有资源，已被列为世界珍稀品种。是啊，牡丹石石质坚硬，细腻光滑，集山川之灵秀，汇诗情画意之美韵，确实是石中的奇葩。每当看到这些小小的牡丹石，不由得想起远在他乡工作的小姑娘，心中总会默默祝福，祝女儿"石"来运转，时时顺心。

户外捡石，有苦有乐。"智者乐水，仁者乐山"。在自然界中，水因山的呵护多了一份灵气，山因水的滋润更显俊秀奇异。在山水之间捡石，是在找寻一种久违的快乐，不仅开阔眼界，领略自然风光，还能陶冶情趣，修身养性。感觉每一次寻石之旅，似乎都是一次净化心灵的修行。

在我们家乡山东兰陵境内就有多处捡拾奇石的好去处。其中，杏山石最为著名。杏山石大小不一，自然成形，独为一体，形态奇异。那里的奇石多呈叠生状，嶙嶙驳驳，朴素典雅。人物、走兽、花鸟鱼虫、山水树木、亭台楼阁等等多种造型，惟妙惟肖。我曾在杏山收获过竹叶石、琼阁石和珍珠石。竹叶石，宛如一幅画，许多竹叶堆积于一体，奇形分布，极富情趣。珍珠石，表面分布大小不等、规则不一的颗粒状绿珠，绿珠突起，生于石表，彰显着稳重素雅，古朴深邃之势。那块琼阁石就像一座微型的楼阁。在朋友家里，我还见过大型的珍珠石，犹如山景再现，浓缩祖国名山大川、沟壑丘峦于石上。清秀娟丽，磅礴恢宏，意境悠远，引人入胜，有"咫尺之石蕴乾坤"之奇妙。"山衔玉则秀，川怀金则媚。"美丽的杏山，给大美兰陵增添了浓浓的一笔色彩。

奇石题名，乐在其中。赏石贵在读石，读石贵在品味。给得来的奇石题名，赋予奇石活灵活现的生命，是赏石者最大的乐趣之一。我在单位附近的老剡子河（燕子河）河道里，曾觅得一枚奇石，说是奇石，有点儿过分，其实就是一块鹅卵石。但它的形状令人称奇，天然的底座之上就像一艘渔船，船头两侧还有正在翻涌着的白色浪花，上半部分犹如桅杆上升起的帆，色彩和纹理，清晰生动，形神兼备。我给它起了一个雅致的名字叫"扬帆"，后称"启航"，经过常时间细心品读，最后给它命名为"一帆风顺"。一是对家人学习、工作、生活的祝愿；

二是从石中悟出了唐朝诗人王湾那句"潮平两岸阔，风正一帆悬"的意境：恢宏宽广的心胸和气度，良好的环境和正确的前进方向，以及无边无涯望不尽的灿烂前景！

古往今来，多少文人墨客赞石、咏石、捡石、画石、刻石，以石寄寓，借石抒怀。

以石作画，回归自然。亲近山水，即使捡不到奇石，捡一些普通的石头，一样能自娱自乐。把捡来的小石头，清洗干净，先用排笔蘸着颜料打底色，由远至近画上蓝天、白云和远山，由深到浅勾勒出小桥、流水和花草树木，虽无画功，却有画意。点石成画，或写实，或写意，总有一款风格让你爱不释手。

自习制砚，物我两忘。家乡兰陵的金星石、鱼籽石、紫金石、杏山石都可制砚，虽然比不上名石名砚，但是作为一种爱好，依然赏心悦目。前几年，我发现集市上有卖松花石的，迷恋了好长时间。松花石是海相泥质沉积岩，质地细腻，纹理清新，是制砚的好材料。舍了舍财，买来一堆小毛石带回家，用水浸泡后，用铁刷去除风化的泥土层，费了九牛二虎之力，终于见到了松花石的真面目。它独立成景，自然成画，一石一天地，雅在自然，志在磨砺。我找了一块巴掌大的松花石，打磨了一方砚，砚品含蓄内敛，不张不扬，墨汁凝塘，久日不干，提笔舔墨，光亮如初。

以石悟道，体味人生。老话说得好：得石者福，玩石者乐，品石者寿，藏石者福禄寿。奇石的灵性品德与人之间有相通之道。虽为顽石，实为灵物，有人类无法攀比的品质和美德，如灵智、耐性、坚硬、质朴、大气、顽强……奇石沉睡上亿年，风吹日晒不卑不亢，坚硬刚强，朴素厚道，求真务实，从不张扬。无论是挑大梁做中流砥柱，还是粉身碎骨当铺路石子，无怨无悔，脚踏实地。即使做玩石，也是大气有度，胸怀宽广，不计名利得失和成败荣辱，平静安宁。为此，文人雅士给予奇石以象征意义和人格化，如：寿石、石德、石友、石意，"石"来运转。

庄子有言"天地有大美而不语"，不语的奇石，见证着天地日月、见证着沧海桑田，它们是大自然鬼斧神工、岁月流痕的杰作。它们是上苍所赐，天荒地老，生命永驻。"花如解语还多事，石不能言最可人"（陆游诗句），做赏石之人，学石之美德，待人处事，受益匪浅。

人品如石品，那是人生的最高境界。

书画清高重人品

前些日子，在南苑社区，应邀参加并主持了兰陵县书法协会神山分会成立大会。当初抱着为大会服务、向本土书法家学习、与市县书画界老朋友见上一面的目的去的，到了才知道，规格如此之高，场面如此之大，高兴之余，深感自惭形秽。虽说喜欢书画艺术，却写不出好字，也画不好画，真是遗憾。决定利用工作之余，拿起笔，趁岁月静好，趁心情不躁，去练习写字、画，从实惠的水写布开始涂鸦，从临摹字帖开始描红，从简洁的勾勒入手，欣赏名家的书画作品，阅读有关书画的文字，锻炼毅力，释放心情，感受墨韵飘香，修身养性。

我知道，书画清高，首重人品。因为书法是一门艺术，更是一种修为。无论是典藏书籍，还是碑文石刻，从高高的庙堂，到寻常百姓家，能保留下来的书法作品内容，多数为说古论今警醒世人，传承伦理教人向善，托物言志净化心灵。书法不仅在于外在的美，更在于妙笔生出的高尚的德操。山因书法增秀，石因书法生情，水因书法含韵。"用笔在心，心正则笔正"，是一种书法境界，更是对人生的领悟。书法就像一曲无声的旋律，其中的奥妙只有懂得"书道"的人才能参悟。

书写本来是一种工具，可文字一旦成为书法就化蛹成蝶。墨如人性，廉价的墨水多，容易毁字。用墨宁枯勿湿，把笔喂饱，初书湿墨饱满，再书干墨刚劲，末了飞白苍翠。以青竹的姿态书写，才能写出人间的暖意与气节。

平时，我喜欢文字，喜欢把写作当成心灵的一种寄托，因为它能记录人生的酸甜苦辣。文字里有心情、有画面、有意境，也有情节，一花一草都会在文字里跳动，以平淡的心态诠释人生。喜欢书法，因为它能给浮躁的心灵带来一片宁静，有一方净土让心灵栖息，以淡然的心态面对人生。文字又与书法不同，书法是艺术品，只有经过岁月历练和积淀，加上天赋和努力，才能写出好作品，并懂得欣赏好作品。

在书画展室里，欣赏乡土书画家们现场创作，醉心于墨，书写风采，真是一件快乐的事。展纸挥毫，笔走蛟龙，直画如剑，曲笔似藤，酣畅淋漓，一张宣纸一支毫，一砚墨水绘人生。养浩然之气，悟生命真谛。翰墨人生，苦中有乐，情趣盎然！听农民书法家讲座，明白了许多写字与做人的道理。练行书，感受超逸宁静，典雅洒脱，学会"自强不息"；练草书，感受力遒韧性，纵任奔逸，学会"穷则思变"；练隶书，感受蚕头雁尾，飘逸劲秀，学会"心平气和"；练篆书，感受古朴苍劲、圆中有方，学会"沉着稳重"。楷书稳重，草书洒脱，行书明快，隶书曲直，"真草隶篆行魏"个个都包含做人之道。

历史记载着过去，也启示着未来。有人曾论述，"从书法艺术角度说，的确委屈了蔡京、秦桧、和珅"，他们都写有一手好字，如果不做奸臣或贪官，在书法界定有一席之地。可从今天的反腐倡廉来看，正提醒了现在的为官者，莫做奸臣、叛臣，莫做贪官、混官。官品连着人品，从政先修德，做官先做人。

心若淡然，岁月清浅

　　这个周末，难得清闲，在书房里沏一壶茶，品一杯香茗。听着柔和、婉转、淡雅、缠绵的葫芦丝优美的旋律，悠远中若隐若现缥缈与空灵，身心在一曲曲天籁中停泊。与爱人、孩子一起看书、写字，享受岁月静好的周末时光，如饮一壶老酒，醉了红尘。坐在这季节的转角，真真切切的向往一杯香茗，一卷书，偷得半日闲散；一抹斜阳，一壶酒，愿求半世逍遥。

　　坐在电脑前，用冰冷的键盘敲击有阳光味道的文字。累了，站起来看看窗外的景色，把愉悦研磨，将一份豁达临摹在墨香中，一颗纷杂的心顿时安定了下来，感受心若淡然，岁月清浅。我喜欢用只言片语记下岁月的痕迹，曾经的岁月因沧桑而感悟，因时光流逝而回味。守着一份岁月的静美，守着上班忙碌后双休的家人，书写属于我们的天荒地老。

　　也许一方素笺太薄，承载不住岁月的厚重，可那一缕缕淡淡的墨香，伴随着岁月的脉搏，将流淌的时光，联结成一句句浅浅的文字，在季节的年轮上透出岁月的恬淡。享受一家人团聚的趣味，恰似柳梢轻拂心中那片海，阳光下，时而微波荡漾，时而一片静好。细品岁月，平淡的日子犹如乡间低矮的石墙边悄然开放的月季花儿，张开恬静的笑脸，走过一季又一季。

时光荏苒，如白驹过隙，季节的脚步迈过雨水时节，春天正向我们走来。突然觉得人到中年，老人健在，爱人达理，儿女懂事，心安即是家。有人说，成熟的一面是给外人看的，幼稚的一面是给爱人看的。是啊，和一个温暖的知心爱人过一辈子，同甘共苦经营一个和谐的家就是幸福。"一念一清净，心是莲花开"，保持一颗淡若清风的心，看淡看轻，没有什么事情放不下。做个世俗里平凡的人，内心向阳如一朵莲，在质朴里守一份恬淡，守一份安稳，生活里没有必要祈求别人的理解和认同，心若不动，风又奈何。人活一世，草木一秋，人过留名，雁过留声，生命一定有态度，过日子要的就是一种积极的心情。佛说"有求皆苦，无求乃乐"。人到中年，学会舍得，难得糊涂，记住两个方向就好，一个是出门，一个是回家。

不知从何时起，喜欢上了"你若盛开，清风自来"这句淡雅而又富于哲理的话，这是一种多么美好的意境啊。梧高凤必至，花香蝶自来。只要你优秀，就会有优秀的人来和你做朋友，没有必要把时间浪费在无效的社交上。如果你不够优秀，认识谁都没用，人脉是不值钱的，它不是强求来的，而是靠你的人格吸引来的，人格才宝贵。只有不断完善自我、奉献自我，努力让自己变得更好，一切美好，都随之而来。鸿鹄志在苍宇，燕雀心系檐下。永远不要抱怨上苍的不公，勤劳砥砺品性，思想创造未来，活就活出个人样，活出傲然的风骨，活出真我的风采，丰富自己比取悦他人更有力量，你若精彩，天自安排！

人活在世，是一种修行。在这早春里，心种一缕阳光，淡守一窗暖阳，用一颗淡然的心，静观红尘，淡看岁月，微笑向阳，也禅了心境。把心放平，低调做人，日子犹如一泓平静的湖水；把心放轻，高调做事，生活恰似一朵自在的流云。人生在世，穷过穷的，富过富的，不要和人家攀比，在平淡中追求，在平凡中超越，以属于自己独有的姿态绽放生命之花，就是人生最亮丽的风景。生活，不仅仅是为了活着，而是为了更精彩地活着。生活不是一场赛跑，而是一次旅行，在路上给心灵一缕阳光，给心情一个微笑，珍惜生命，学会懂得；珍惜拥有，学会感恩；珍惜时光，学会欣赏。经历着、感悟着，美丽的风景一直在路上。生在红尘中，无须远离喧嚣，远离纷扰，心静，胸中自有一方世外桃源。缘来不可拒，缘走不可留，顺其自然，随遇而安。红尘望尽，心在天涯，梦在路上。只要心中有风景，到处都有花香满径。只要守住一颗清静的心，掬一泓泉水也清澈，携一缕清风也洒脱。做一个简单而善良的人，在这季节的转角，拥抱自然，静看红梅点点，品幽兰高雅，观树木发芽，努力付出，让美丽挥洒，让自信飞扬。

岁月因经历而懂得，生命因懂得而精彩。醉眼看花花也醉，冷眼观世世亦冷，你笑世界笑，快乐源于心乐，你的态度决定了你的境遇，万念皆心生，心浮则气躁，心静则气平。淡淡地对待一切，一切自然就风轻云淡了，看开了，谁的头顶都有一片蓝天，看淡了，谁的心中都有一汪花海。看淡了你就心宽了、坦然了、开朗了，你再也不会炫耀自己、眼红别人，你再也不会弄虚作假、抱怨生活，你再也不会用今天的酒杯还装着昨天的悲伤，你淡定的心里再也不会流出虚荣的血。人生如梦，岁月无情，人生看淡了不过是无常，事业看透了不过是取舍，爱情看穿了不过是聚散，生死看懂了不过是来去。何须杞人忧天、庸人自扰？何必争权夺利、明和暗斗？何苦心狭量小、斤斤计较？不要再苦求着那一点毫无意义的名利，不要再纠缠于那不属于自己的感情，学会放下与舍得。不舍不得。不要华墅豪车、山珍海味，只要衣食无忧、家庭和美、身体健康就是最大的幸福。幸福的人生，就是对那一份平淡生活的执着坚守；最美的人生，就是那种蓦然回首一笑置之的淡然！

学会相信自己，滚滚红尘，总有一朵花为我们绽放，总有一颗星为我们闪烁，总有一条路适合我们走，总有一缕阳光照到我们身上。在春天里勤劳播种，在夏季里辛苦耕耘，在秋天里感动收获，在冬天里精彩等待。"你若盛开，清风自来，心若浮沉，浅笑安然"。篱笆阻挡不了攀爬的牵牛花，风雨阻挡不了展翅的雄鹰，冬天的寒冷也遮挡不住阳光的温暖。

相信，明天的太阳永远都是新的，给别人一份阳光，也给自己赢得一份自信，努力付出，总有回报。"你若盛开，蝴蝶自来，你若精彩，天自安排。"

夏天，飘来一片紫色的云

前几日，应邀赴兰陵国家农业公园采风，绕过景区湿地荷塘的曲桥，眼前蓦然呈现一马平川的大田风光，千亩马鞭草正逢盛花期，花儿朵朵，层层叠叠，一丛丛一簇簇，连成片汇成海，形成一望无际的紫色地毯，渐渐延伸、蔓延，犹如传说中的"紫海"奇观再现。

"薰衣草！薰衣草！"当我第一眼望见它时，心不由己地脱口而来。

此景只应天上有，人间难得几回见。法国普罗旺斯的薰衣草花海，也许是很多人梦想去的地方，不曾想就在自己的家乡兰陵，竟与薰衣草相遇。顾不得文雅，如同年少轻狂的孩子一般飞奔着扑向紫色花海。走近细看，却发现被自己的眼睛欺骗了，原来这是马鞭草，与薰衣草长得太像了，一样的紫色，一样的风情。跟薰衣草相比，马鞭草个子更高，花期更长，花梗高还不倒伏，只是马鞭草的伞状花序与薰衣草的穗状花序不同罢了。

其实，薰衣草是舶来品，马鞭草才是中国土著。它还有一个好听的名字叫"凤颈草"，清热解毒，本草有载。相传马鞭草被基督教视为神圣的花，被古欧洲人视之为神圣的草。古罗马人把它看成维纳斯女神给予人类的一种赏赐，能重燃激情。听一位中医朋友讲，马鞭草整株植物都可入药，外用具有明显消炎止痛、止血的作用。马鞭草茶更被视为花草茶皇后，长期饮用，可起到调理肠胃，减肥瘦身美颜，破血通经、镇静的功效。马鞭草的花语：正义、期待。她的正直来源于渊源深厚的传承，她的浪漫丰姿于热爱生活的情怀。对一个热爱自然的人来说，马鞭草一点儿也不比薰衣草逊色。在兰陵，千亩马鞭草成了气候、成了景观、成了紫海，温暖之中带着冷，蕴着红、含着蓝，又整齐化一为紫色，虽然无言无语，但却个性张扬，展示出一种恬淡、闲适的欧洲风情……

在中国的传统中，紫色是古代最尊贵的颜色，代表优雅、高贵、魅力与神秘，也代表权威、声望、深刻和精神。如"紫禁城""紫气东来"。高贵的紫色也会通过花儿与自然相映成趣，如丁香、紫罗兰以及各种紫色兰花。随着时代发展，紫色已不知不觉成了罗曼蒂克的象征。

紫气东来，香蕴代村，马鞭草称得上制造童话美景的"高手"。在兰陵县代村这块土地上，一望无垠的紫色马鞭草，彰显着神秘，诱惑着我的双眸；她那不食人间烟火的美丽，直击心灵深处。偶尔有风拂来，一束束绚烂的花蕾，似一只只舞动着的紫色精灵，随风摇曳曼舞。摇起勃勃的生机，舞出紫色的波浪，铿锵出一股气吞山河的华美乐章。婀娜的身姿、娇艳的花色增添了几多浪漫和神秘，将生命的底色全部显示出来，视觉震撼，分外妖娆。

身在紫海浪潮之中，花不醉人人自醉。远眺那片紫海，普罗旺斯的浪漫紫色迎着骄阳浓情绽放,沁人心脾的阵阵清香,令人陶醉。嗅着马鞭草的淡淡芳香,感觉那就是爱情的味道。登高观景,俯视紫海,眼前尽是接天盖地的紫,如锦屏流动,似紫绸飘逸,柔和之美如梦似幻,美得让人窒息。仔细观赏,马鞭草花开正艳,一把把伞状的花朵,整体向上,开成更多伞的模样。牵手紫海中每一株马鞭草的花朵,都被一种爱的浪漫打动着,一股股向往的力量,把爱的记忆推向灵魂的深处。走进这片紫海,马鞭草悠然而恬淡地开着紫色梦幻般的花儿,犹如曼妙的紫衣舞者在眼前浮现,素淡若纯水,恬静若处子,舞动生香。在马鞭草姿态优雅而轻松的花枝上,蜜蜂嗡嗡,彩蝶蹁跹,合翅展翼,仿佛清风掀开了书卷。

漫步紫海阡陌小径,一颗烦躁的心顿时恬静下来,有一种让人空灵的感觉和穿越时空的错觉,浓郁的浪漫风情,尽显眼底。正如"黎巴嫩文坛骄子"纪伯伦所说:"美在向往她的人的心里,比在看到她的眼里,放出更绚丽的光彩。"也许是兰陵国家农业公园"梦幻紫海"的美在不经意间流落人间,过眼尽是紫色,不为人知的美丽。这里没有都市的繁华与喧闹,没有朝九晚五的匆忙与劳碌,一切显得那么宁静,那么平和,那么闲适,真的是一方令人向往的大田风光,一个接受大自然洗涤心灵的地方,一处见证爱情、见证慢时光的童话世界。在这里,远离尘世,聆听心灵与自然的真实交流,忘却了烦恼,忘却了忧愁。

紫梦花海,清新浪漫,放飞梦想,让爱回归。晨光向阳,时光正好,风轻云淡,马鞭草在光影中尽显绚丽与柔和,花海丛中，如烟似氤，让人心变得柔软起来。超大的地标"LOVE"矗立在"爱园"紫海中，亲切自然，寻梦、追梦，令人醉在花海。一对对婚纱恋人，或牵手游走，或摆着pose，浓浓的甜蜜爱意，清纯的幸福笑容挂在脸上。那些亭亭玉立的模特儿，扭动着优美的身姿，闪着一双灿然的星光水眸，红唇间漾着清淡浅笑，在回望与沉思中，表达着自然与美的瞬间，一次又一次被摄影师收入镜头。

在紫海边缘，运用造型艺术文化展示的各类造型，惟妙惟肖、美轮美奂，让人享受着多角度立体化顶级造型的饕餮盛宴！

时而有观光小火车带着游客穿行在紫色花海里，梦幻般的浪漫，触手可及。脚踏共享单车的游人放慢了脚步，放慢了时光，悠闲自在地欣赏着紫海风光；情侣双人自行车带着一种青春气息和浪漫情调，融入在梦幻紫海里。带有欧洲风情的洋马车时而往来光顾马鞭草的世界，成为众多游客镜头下的异域风景。在这里，邂逅此情此景，真正让人感受到物我相知、天人合一的心灵与大自然的完美契合，浪漫风情在这里真实地展现出梦幻紫海的神秘。

浓情绽放马鞭草，紫色花海醉游人。在这里，因蓝天的清澈，白云的飘逸，原野的宽广，游人的闲适，恋人的恩爱，模特的青春，让梦幻紫海显得更加温馨、更加浪漫，以她无限的静谧、恬淡、动感包容着人与自然的和谐。突然心思一动，等有了时间，一定要带上爱人一起来兰陵代村看紫海，也许前世我欠你一身婚纱，今生就让我还你一方紫色花海，弥补当初的一见钟情！在赏花圣地，梦回初恋的感觉，回味曾经属于生命的爱情。

在这里，看到那片马鞭草紫色花海的浪漫，仿佛让人获得了灵魂的觉醒："当你觉醒时，你将不再寻找爱，而是成为爱，创造爱！当你觉醒时，你才开始真实的、真正的活着！"

夏季兰陵，马鞭草盛开，就像天边飘来一片紫色的云。来兰陵，看紫海，再也不用羡慕普罗旺斯了。

相约兰陵，向阳花开

2016 年 7 月 13 日，"向阳花开，七色花海"兰陵国家农业公园第三届赏花文化旅游节在兰陵代村隆重开幕。在这流火的七月，相约兰陵，兰陵国家农业公园景区为游客精心准备了一场夏季赏花的饕餮盛宴。

在兰陵国家农业公园，不必说花朵怒放、惟妙惟肖的植物造型雕塑，藏地植物格桑花开，幸福吉祥，也不必说百亩湿地荷塘，禅意人生，万米迎宾花带，怒放生机，单是万亩葵花向阳花开，恬静闲适，岁月静好，就让人流连忘返了。

山东兰陵历史悠久，文化底蕴深厚。不仅有被誉为"荀卿劝学之地、萧氏郡望之邦、华夏美酒之都、金瓶梅开之园"的古镇兰陵三千多年的历史文化，更有今天被评为"中国美丽乡村""全国生态家园富民行动示范点""全国农业旅游示范区""全国十佳休闲农庄""好客山东最美乡村"等称号的国家 AAAA 级旅游景区代村。兰陵代村国家农业公园，一个以农业为主题的乡村公园，没有名山大川，没有历朝历代宫阙遗址，更没有佛堂道观、寺庙尼庵，却有从北京、南京、济南、洛阳、上海、苏杭二州、云南大理、雪山草原等风景名胜之地慕名而来的游人，纷至沓来，流连忘返。

　　我家居住的小区离兰陵国家农业公园不远,乘坐公交车 1
元钱即可到达,若是骑自行车来,一路尽可享受健身与休闲观
光的快乐。来到兰陵国家农业公园门前,首先映入眼帘的是植
物造型别致的迎宾彩虹门以及植物造型雕塑小品,让人感觉耳
目一新,精神为之一振,眼睛为之一亮。进入景区入口,呈现
在眼前的便是万米迎宾花带。景区主干道两侧约 1.5 米宽的花
带,属精品打造,似迎宾队伍,着七彩礼服,夹道欢迎,包含
曲折的观光田园小径,连绵不断长约 10 公里。迎宾花带中,
以孔雀草、鸡冠花、矮牵牛、百日草、波斯菊等品种居多,鲜
花盛开,令人目不暇接。花带中间,千姿百态的植物造型雕塑,
栩栩如生,惟妙惟肖。科学、艺术的花境营造,"虽由人作,
宛自天开""源于自然,高于自然"的植物景观,不但表现出
了植物个体生长的自然美,更展现出了植物自然组合的群体美。

　　那些象征健康的阿拉伯婆婆纳,开着一种带有蓝色的小
白花,星星点点地点缀在色带上。凑近蹲下去细看,四片花瓣
带着放射状深蓝色条纹,与开着浅粉红色花朵的中国本土婆婆
纳牵手相约,竞相展现出小花草的美丽魅力。寓意天长地久的
百日草、象征正义与期待的马鞭草也在花海色带里开出鲜艳的
花朵。藏地植物格桑花,在这里成片引种,别看它秆细瓣小,
看上去弱不禁风的样子,可风愈狂,它身愈挺拔;雨愈打,它
叶愈翠绿;太阳愈暴,它开得愈灿烂。格桑花一团团、一簇簇,
紧密地团结在一起,以顽强的生命力向游人展示着生活的乐章,
给我们带来异域的风情与祝福。

　　在原有郁金香风情园花卉基地上打造出的多条鲜花色带,

虽然错综交叉，却又整齐划一。徜徉在花的海洋，不但给游人带来视觉上的享受，更让人体验到视觉的震撼。田园花海里，一尊巨型的双龙戏珠雕塑，气势宏伟，叹为观止，它完全是由五色草堆砌而成，植物雕塑长度约 80 米，雕塑中间的龙珠同样是由五色草堆砌的地球仪和蒜宝宝组成，彰显着兰陵作为全国首家农业公园在现代科技农业中所起着的龙头带动作用，今后必将抬龙头、挺龙身、摆龙尾向更高层次的农业科技迈进。

在川流不息的人海中，坐观光车的游客来去匆匆，穿梭在迎宾花带中间；脚踏三轮车的游人放慢了脚步，也放慢了时光，悠闲自在地欣赏着花海田园；情侣双人自行车带着一种青春气息和浪漫情调，成为众多游客镜头下的风景。成为另一道风景的还有不时出现的带有欧洲风情的洋马车以及优雅的观光小火车往来穿梭在鲜花长廊里，人们贪婪地观赏着，脸上无不洋溢着幸福的微笑。

漫步在百亩湿地荷塘木桥花径上，风儿带着泥土、荷花、荷叶的清香味道扑鼻而来，别具韵味，让人心旷神怡，夏日烦躁的心情顿时平静了许多。在荷塘岸边的绿树下驻足，细看穿梭在荷间的小鱼儿，自由自在。许多小水鸭子频频从水里钻进钻出，相戏甚欢。小鸟儿时而飞起，时而飞落，展示了大自然的和谐之美与勃勃生机。

登上荷塘曲桥，远远望去，荷塘内各类叫不上名字的荷花千姿百态，簇簇睡莲错落其中，不远处还掺杂着菖蒲与芦苇，浓郁的幽情野趣尽显眼底，让人感受到物我相知、天人合一的心灵和大自然的完美契合，真正体会到生命本身的原始和豁达。

炎炎夏日里，百亩荷塘尽显怒放的生命。荷花婉约的身姿，随风曼舞，缕缕暗香飘溢出淡淡的恬静，醉了时光。青翠欲滴的荷叶铺展在池塘中，一片挨着一片，一片挤着一片，几乎要把每个池塘撑满。一朵朵出水芙蓉在荷叶的拥簇下，如待嫁的新娘，带着一份羞涩、一份温柔，婷婷玉立，芳姿清纯。有的花蕊被包在一层一层的荷花瓣中，神秘莫测，似刚出浴的美人在水中翩翩起舞。那些含苞欲放的花蕾，透出夏日里特有的勃勃生机，"接天莲叶无穷碧，映日荷花别样红"，恰似一幅诗情画意的长卷，风情万种！莲开无尘，莲开无争，荷开，莲放，清高而不自傲，美丽而不张扬，婉约而不做作，守着一池碧水和清风，把尘世洗濯、把环境扮靓，给美丽的人间增添了一道最清心养眼的风景。你看那尖尖的花瓣一层一层的重叠，小角一层高过一层，宛如人生不同的思想境界，积极向上，不甘沉沦，温暖向阳。在这里，远离城市的喧哗，静静与荷对话，与莲相约，也禅意了人生。

荷塘尽头，万亩向日葵正激情绽放，向阳花开。古老的水车、异域风情的小木屋、大风车、稻草人点缀其间，美轮美奂的田园画卷映入眼帘。近距离与向日葵亲密接触，游人也融入风景之中。葵园花海里种植的向日葵是观赏效果极好的油葵品种，株矮、花期长，加上压茬种植，拉长了花期。向日葵又被称作太阳花，向往光明，向往自由，给人们带来美好的希望与好运。万亩向日葵花开正艳，花香、花色，让人陶醉、迷离，正是拍照的好景观。不用去婺源，不用去青海，在兰陵万亩葵园就可享受到这种大背景的花海田园风光。万亩向日葵黄灿灿的露出笑脸，怒放出沁人心扉的芳香。绽放的不仅仅是花朵，还有梦想，追日情结，向着红太阳幸福地歌唱。仔细看，每棵向日葵都略微低头向阳，一则是为了表达对太阳的虔诚与敬意，二则也是为了保护自己。排出多余的雨露，不容易霉烂。这是向日葵生活的品质，低头也是一种大胸怀、大境界、大智慧。向日葵以一种自己独有的姿势，站立在田野上，彰显着生机和活力，给人增添了一种积极向上的意志。身临其境在万亩葵园，视线里全是流动的光影和灿烂的色彩，心里嗅到的全是阳光的味道，畅游其中，让人得到最大的解放与洒脱。

　　"赏千年情花，享一世情缘"，景区内一种叫曼陀罗的花是印度的吉祥圣花。千年流传的曼陀罗，自古至今促进着我国以及世界医学的发展。我国古代三大江湖奇药之一的"蒙汗药""麻醉剂""麻沸散"就出自其中，在世人眼中又被称为"情花"，在这里难得一见，它在默默地祝福着人们一生平安幸福、好运连连。兰花是兰陵的县花，兰陵以兰得名，自古植兰。兰陵似乎注定要以"农"为本，以"兰"出名。园区内特设一幢"兰香东方"温室，展示着多种兰花品种。"兰香东方"既展现了国兰的清香高雅，洋兰的绚丽多彩，又诠释了兰陵与"兰"的历史渊源，引得游人纷纷驻足拍照留念。兰花丛中的茶座，音乐优雅，品茗闻香，悠然赏兰，超凡脱俗。据说，第七届中国兰花大会，已经选址兰陵举行，将成为兰陵一张新的名片。

　　近年来，兰陵代村已累计完成投资5.6亿元，建成了大型农展馆、锦绣兰陵、兰香东方、华夏菜园、沂蒙山农耕博物馆、雨林王国、水上乐园、竹林水岸、湿地公园、花海田园、沂蒙老街、游乐城、采摘园、新天地生态大酒店等休闲游乐项目，全部向游人开放。赏花休闲，何须远行，这里就是一片多彩的田园，梦开始的地方。

　　相约兰陵，留住乡愁。在这里看得见乡愁，在代村这片土地上"种下"了乡愁，也留住了乡愁。代村，就是中国一个留住乡愁的村庄，一个既朴素而又美丽的村庄，一年四季，鲜花盛开。"湿地公园"处的红荷、岸柳、月光、蛙鸣再现了"荷塘月色"的梦境；"花海田园"中万亩油菜花开、万亩向日葵激情绽放；"竹林水岸"里竹林、小桥、流水、人家、花带、小品向人们展现了一幅"梦里水乡"的意境；田园牧歌，如画代村，"醉"美花海，令人向往。在这里，生态简约的生活理念，返璞归真的浓浓乡情，给游客带来一场真正令人震撼的听觉、视觉、嗅觉的立体感受盛宴！这是就是一个"来者无不惊叹，观之无不艳羡，闻者不禁向往"的地方。

　　如果说，择一城终老，遇一人白首，这里也许是最佳的选择地之一。在兰陵代村这个美丽的地方生活，即便与心爱的人一起粗茶淡饭、修篱种田，一起享受晴朗的阳光和静谧的悠然，一起游"醉"美花海，一起体味乡村生活的诗意，也是一种幸福。退休了，来这里定居养老，过乡村平淡的田园生活，已成为许多城里人的梦想。

乡约兰陵　梦圆乡愁

　　4月17日，兰陵县政府、中国散文学会、文艺报社联合举办了"中国著名作家看兰陵"采风活动，承蒙县作协厚爱，我有幸忝列其中，倍感幸福。采风团一行先后在兰陵国家农业公园、代村社区等地开展了采风系列活动。

　　一天的采风活动很短暂，虽有走马观花之嫌，但却受益匪浅。从心灵深处感觉到代村的村居、菜园、老街、树木，奇石、湿地、小桥流水，鸟鸣花香、园艺风光、功能展区等，将视觉、触觉、味觉、听觉，与内心的感觉融为一体，化虚为实，将心中乡愁、梦里故乡——呈现，这里是一个让乡村人记住"乡愁"的地方，也是一个让城里人梦圆"乡愁"的地方，更是一个让青少年梦开始的地方，一个让中老年修身养性的地方，这里将数千年农耕史精华与现代生态农业融为一体，将异域风情、游乐观光、舌尖上的美味、灯光节的视觉等引进园内，点燃起游人对美好生活的向往。

　　在春意盎然的清晨，一缕清风拂过，还未入园，花香已慢慢沁人心脾。采风团第一站是参观"锦绣兰陵"展厅，漫步入厅，首先映入眼帘的是题有"悠然见南山"横联的竹篱柴扉门楼，门楼上爬满生机勃勃的乡村瓜藤，让人顿时感觉眼睛一亮，精神一振，乡土浓浓的气息扑面而来，这里浓缩了大美兰陵秀丽的山水风光和浓郁的风土人情，这里将千年古邑兰陵地方特色文化与现代高科技农业有机结合，凸显出"中国蔬菜之乡""山东南菜园"主题。在浮雕墙上，古邑兰陵文化的展示，让人感知到兰陵厚重的文化底蕴；塑有"荀子劝学""仓颉造字""匡衡凿壁偷光""兰陵王征战""李白醉酒赋诗"等画面，它像一位历史老人生动地记述着兰陵灿烂的文明。神农、李白等雕像，惟妙惟肖。小桥、流水造景形态各异，置石"寸石生情"，富于野趣，令人心旷神怡。

兰花是兰陵的县花，在"兰香东方"展厅既有中国兰花的清香高雅，又有外国兰花的多姿多彩，无不诠释着兰陵与"兰花"的缘分与渊源。在赏兰花的同时，可到厅内小憩片刻，喝一杯咖啡、品一盏香茗、静听一曲音乐，享受琴棋书画的乐趣。王传喜书记介绍说：为打造"世界的兰花，中国的兰陵"这一品牌，特聘"台湾兰花之父"张福明博士亲自管理，引进世界先进兰花种植技术和管理经验，努力塑造赏兰花、享优雅的旅游新亮点！

在"华夏菜园"，不用说番茄树、地瓜树、茄子树等立体单株栽培，也不用说萝卜上长出白菜叶，单说立体无土栽培，就令人惊叹高科技农业的神奇；从有基质栽培和机器人采摘，让人看到了未来农业的希望。

9600平方米的沂蒙山农耕文化博物馆是兰陵国家农业公园的灵魂与标志，共分12个展区，充分展现了沂蒙山地区人民几千年来认识自然、改造自然的农耕文化。走进序厅，安放于三级阶梯之上的"天下第一升",里面盛满了谷物,象征着四海升平。三级阶梯寓意着"道生一,一生二,二生三,三生万物"的哲学思想。体现天地人和的"农耕时空"、展示节庆婚俗的"十里红妆"以及"工匠技艺、农耕百工、非遗游艺"等展区,让那些遗落在旧时光里的老物件和那些离我们渐渐远去的农耕民俗文化在这里重新呈现,让乡愁定格在记忆的时空,成为看得见的乡愁。尾厅里寓意"五福并臻"的"五谷丰登"场景,让我重新认识了"国以农为本,民以食为天"的道理。几千年的生产、生活所形成的中国农耕文化,铸就了中华民族自强不息的精神,铸就了中华民族以和为贵的理念,更孕育了中华民族天人合一的思想。

"雨林王国"是江北最大的热带植物主题场馆,神奇的南美热带雨林景观以及远古的恐龙、非洲的大象、东南亚鳄鱼活灵活现,游人犹如身临其境。富有地域特色的建筑及小品穿插其间,动静结合,格外赏心悦目。馆外是荷兰风情园,风车、郁金香、奶牛、木鞋,荷兰"四宝"一样不少。农舍小屋、摇曳的风车、激情绽放的郁金香,让人仿佛走进了库肯霍夫公园。漫步在以多种翠竹为主题的"竹林水岸",看孔雀东南飞奇观,赏百鸟朝凤盛况,与和平鸽零距离接触,让人忘掉城市生活的紧张与浮躁,揭掉虚伪的面纱,尽情享受烟雨江南的风情和梦里水乡的意境。园内小桥形态各异,风情万种。假山、水池等造景,"虽由人作,宛自天开",徜徉其间,移步异景,让人感觉身在画中游。沂蒙老街,不只是一条街道、一段历史,更是一种文化。漫步老街,若隐若现的青砖无言地诉说着岁月的轨迹，80 余家商铺门前都悬挂有一面旗幡，招揽着生意，这与现代都市里那些精致的广告牌相比，虽异曲同工，但情趣却有着天壤之别。坐下来，喝一碗茶，听一支曲，感觉时间慢了许多。走在老街上，如果不是游人时尚穿着提醒了你，一定会认为自己在这里穿越了时空。

"花海田园"是大自然的恩赐。古老的水车、异域风情的小屋、大风车点缀其间。成群乘坐电车的游客走马观花，三三两两共享脚蹬三轮的年轻人品味着慢一拍的生活，时而有欧洲风情的马车和小火车穿行而过，更多的人悠闲地步行在观光道上，脸上无不洋溢着幸福的微笑。

据了解，这里一年四季都可观光休闲游乐。相约春天，拥有一份恬静安然，畅游万亩油菜花海，尽享沁人心脾的芳香。油菜花是有智慧的，总是以群聚的方式生长，每一枝花都是下面的盛开，上面的待放，每开花一次，就拔高一节。油菜花不开则已，一开则一鸣惊人，汇聚成花的海洋。油菜花，谐音"有才华""有财发"，欣赏油菜花，让人悟出几多道理，绽放生命本色，最终走向成熟与辉煌。浪漫夏季，可以与心爱的人静坐在树下长椅上，守一颗宁静的心，远赏湿地荷花，近观金鱼戏莲，偶尔打个瞌睡，蛙鸣响起，划开"荷塘月色"的梦境，也不烦不躁；金色秋天，艳阳高照，万亩向日葵竞相开放，美轮美奂的田园画卷，犹如到了人间仙境，令人陶醉，让人流连忘返。就是在万物凋零的冬季，这里也可以看到生机盎然的油菜苗，湿地岸边的摩天轮、碰碰车、过山车，让人忘掉寒冷。冰雪奇缘，滑雪场所更让人激情四射，欣赏不一样的冬天。

在采访中得知，代村旧村改造，没有一刀切"上楼"。二层、三层的农家小院，在绿树掩映下，显得安静祥和。王传喜说："建设小学、幼儿园、文化广场、老年公寓、社区医院等，我们没有占用一分耕地。代村处在县城近郊，守住了这片土地，为子孙后代也留下了生存和发展的空间。"

如今，代村实现了"学有所教、劳有所得、病有所医、老有所养、住有所居"。考上大学有奖励，最高达到5万元。"一天一元一分地"租种模式，让流转土地后的村民带着土地情结，种下"乡愁"，一年四季收获着阳光、快乐和希望，又让多少城市人产生了来代村生活的念想。

我们相信在王传喜带领下，代村的明天会更美好，代村人的日子会越过越红火。

"兰陵·中国知青村"走笔

知青是中国特定时代产物，有着鲜明的时代特征。"知青"两字，是一个特定的词语，更是一个时代的象征。时光荏苒，回望知青生活，那是一段不可复制的人生经历，那是一段燃烧青春、践行理想的岁月，更是一段苦乐交融的日子。半个世纪过去了，岁月流逝，与梦同行，那段历史留给那一代人曾经的伤痛和曾经的伤痕是知青难以忘怀的记忆。

如今说起知青，许多人会联想到上山下乡、插队落户、兵团战士、贫下中农等等这些特殊年代的词语。知识青年上山下乡运动虽然已远离我们而去，但是那段与青春有关的日子，成为知青一代人永远挥之不去的梦。

书写有关知青的文字，我感觉很沉重，因为它是那节历史中最悲情的文字。但因工作需要，我又怀着无比激动的心情，再一次走进"兰陵·中国知青村"，重温那段激情燃烧的岁月。

"兰陵·中国知青村"位于兰陵县城郊西南1公里处的原山东省国营苍山农场（今兰陵农场），毗邻兰陵国家农业公园。农场东依县城，西邻向城，北接连绵山峦、金岭孤山，南临平原村庄、广袤田野，古汶河纵穿南北。此处原为古老的孤山湖湖底，后由孤山河（今汶河）山洪长期冲刷沉积成湖沼湿地，经年累月淤平并逐渐抬高，脱离湖沼后露出地面。建场时，整个孤山湖芦苇丛生，沟塘遍布，终年积水，一到汛期，汪洋一片，千载荒湖沉睡不醒。

兰陵农场伴随着共和国前进的步伐成长壮大，信心百倍，豪情万丈。60多年来，一代代农场人用心血、汗水与智慧，大力疏通河道，兴修水利，排涝改沟，筑坝培堤，整治水患，硬把荆棘遍地、芦苇丛生的季节湖、黑土涝洼地，开垦成今天具有高科技水平的全国农垦现代化示范区。当年知青在那个特殊的年代，对改变农场一穷二白的落后面貌，做出了不可磨灭的贡献。

今天的"兰陵·中国知青村"就是在山东建设兵团三师独立营原场部旧址上改造建设的景区，灵活运用了20世纪五六十年代形成的以"知识青年，上山下乡"为背景的生活和居住区。在"兰陵·中国知青村"，原场部500多间房屋，占地130余亩，目之所及，深深地感受到当年知青们的热血、激情与青春，让人热血沸腾。重温知青岁月，体验上山下乡，践行艰苦奋斗，让人泪眼朦胧。这里保存完整的知青文化印记，犹如历史长河中一幅幅立体的标本，把我们带入了那段壮怀激烈的悠悠岁月，时刻唤醒和触发着我们对未来美好生活的憧憬与向往。

当年来自全国各地的知青，为农场赋予了知青文化的特殊格调，至今还保持着原有的空间格局、建筑景观及生产生活场景。这里知青时代建筑遗存丰富、保存完好，知青文化底蕴如此深厚，具有很高的文化价值和研究价值。

　　知青插队的经历，是那一代人的集体记忆，也是一种不可再被复制的时代印记。20世纪六七十年代席卷全国的知识青年上山下乡运动，是当代中国历史的一个重要篇章。如今，当把审视历史的焦距对准它时，人们希望了解这场长达数十年之久的运动，从发生、发展到衰落的始末；希望了解它表象后面的复杂背景；更想了解这场"知青运动"的教训和意义在哪里。在"兰陵·中国知青村"，尽管知青们早已离开了农场，但那个时代的符号和许多印记至今完整地保存了下来。知青作家蒋巍说："只有我们的青春——中国知青一代的青春，在人类全部进化史和文明史上是独一无二、绝无仅有、空前绝后的。"在"兰陵·中国知青村"，可以让人感受和重温那段"激情燃烧的岁月，无悔的青春年华"。

　　漫步走在知青大道上，心沉甸甸的。道路两侧大片大片古色古香的知青民宿，都是20世纪五六十年代建设的低矮老房子，两间户型、三间户型和后侧带配房户型，外观格式完全保留当年知青住宿时的建筑原貌。庭院内的小花坛、小菜园以及简陋的巷道，经历岁月风化，长满了青苔，犹如时光老人饱蘸泪水，匆忙记下的一条条日志，不仅仅有清晰的历史故事，还有模糊的乱码，更多的是岁月留下的斑斑驳驳的苦痕，读懂它，不光要用眼睛，还要用心。这里远离城市，空气清新，无污染，无喧嚣，小住体验知青年代"住农家房，吃农家饭，干农家活"的人间烟火，返璞归真，让人仿佛穿越了时空，给人以宁静悠远的沧桑感。

　　历史车轮滚滚，时间日月穿梭，在历史的长河中，翻过去的只是时间的流痕，翻不过去的却是那份沉甸甸的情结。曾经轰轰烈烈的知青上山下乡运动使数以千万计的青年学生提前步入社会生活，他们经历了那个特殊历史阶段的狂热和迷惘，给那一代人的身心留下了深深的烙印，更留下了永远挥之不去的"知青情结"，这种情结是知青们特有的人性、心情和共同的磨难、阅历自然凝结而成。胸戴领袖像章，手持红宝书，背着书包和行李，从城市走向乡村，到这个大有作为的广阔天地锤炼，抒写着一段特殊的人生经历。

日月乾坤、斗转星移，知青们经过时世沧桑，人间百味，转眼间，从当年洋溢青春朝气的知识青年变成现在两鬓斑白的老人，心该何处安放，我不敢想象。

怀旧，似乎是一个抛不开的主题。

在这里，知青时代主席台、影壁墙、知青礼堂、知青客栈、知青食堂、知青大舞台、知青俱乐部、知青邮局以及还原后的理发店、代销店、铁匠铺、木匠房、照相馆、图书室、夜校、诊所、澡堂等知青年代的生活场景，给人以最逼真的知青生活体验。农场历年使用过的农业机械等旧设施，让人感受着战天斗地的豪迈。就连知青食堂内的锅灶、窗口、墙上张贴画及悬挂的老物件，都保留着知青年代原有的印记，让人亲切而熟悉。知青时期的代表性元素，"红星""毛主席语录"等标识符号巧妙地融入在知青村内，给人一种更加直观的中国知青文化感受，以极强的历史文化符号感染着人们。

岁月如歌，凄美苍凉，岁月如诗，荡气回肠。抹不掉的记忆，扯不断的思绪，翻新复旧打造的知青文化馆，展示着知青当年劳动生活的场景雕塑、图片、信件、物品等等，仿佛把我们带回到那个逝去的岁月里，无时不在诉说着知青在中华大地上留下的不朽人生故事。当年的风雨、悲壮与血泪都是一代知青说不完、道不尽的跨世纪话题。这里，将知青生活场景还原再现，原汁原味地再现了那段难忘的岁月。将当年"广阔天地"里凝结出的一种"坚韧自强、吃苦耐劳、勤奋向上、舍家报国、追求信念"的知青精神，传递给每一位游客，唤醒世人对那段历史的记忆，引导人们珍惜今天的幸福生活，建设更加美好的未来。

随着"知青村"对外开放，以及兰陵中国知青俱乐部、兰陵中国知青文化研究院、青少年教育实践基地、光辉世纪知青影视基地揭牌，以博物馆、资料馆、知青旧居等形式，为中国知青历史文化的展示搭建了一个崭新平台。

邓王山采风行

一

华夏古县，文化兰陵。兰陵，山东鲁南的一方热土，在中华五千年历史长河中，遗下沧海桑田、圣贤人文的众多故事。其中，邓王山，古地名，至今沿用，从远古走来，以道教最为兴盛，道佛共修，秀丽的自然风光，绚烂的人文古迹，丰富的自然资源，孕育了浑厚的文化内涵。

邓王山风景区，坐落在鲁南东、西泇河之间的小汶河上游，位于山东省兰陵县城西北部 6 公里处、金岭镇境内。景区规划总面积21平方公里，南临206国道和临枣高速公路，东接省道，距兰陵北火车站 1.5 公里，交通区位和人文优势非常明显。邓王山，属沂蒙山脉，主峰海拔 260 多米，虽然是一座名不见经传的山头，但却是一方古老的神秘之地，既具有悠久厚重的历史文化，又具有得天独厚的自然环境，多年来一直是"养在深闺人未识"。

近年来，由于这里群山逶迤、山水相依、气候宜人、自然风光优雅独特，原生态植被茂密，人文古迹遗址众多，远古神话传说典故神奇等原因，吸引着众多的史学家、地质专家、文人墨客、佛道儒学者以及农林水、中草药等各行各业人士前来科考、探秘、观光、求源、寻梦，更是受到广大"驴友"的关注与光顾。

8月26日，兰陵县作家协会赴邓王山采风系列活动交流会在山东兰陵邓王山风景区成功举行，我有幸领略了邓王山风土人情和秀丽景色。

在那夏末秋初的清晨，我与文朋诗友一行30人乘坐大巴车沿城乡公路向邓王山进发。车辆经过山下坞丘、义合庄等各个山区村落，主街道两侧"鹿乳奉亲""亲尝汤药""行佣供母""感母赈第"等多幅户外墙体彩绘，让人在游离于山水间的心灵瞬间得到升华。"孟宗哭竹冬生笋"和"王祥卧冰求鲫鱼"等精忠纯孝的典范形象，让心灵受到极大的震撼和洗涤。

由于邓王山山路较陡，车辆便在山脚下较为宽阔的地方停下来。初来乍到，让人有一种穿越时空的感觉。离开喧嚣而又繁华的城区来到这里，突然间一切安静了下来，没有拥挤的人群，没有香车宝马，更没有高楼大厦和闪烁的霓虹，只有田园村落，景色宜人；只有山水相依，平静淡然，山里那种特有的质朴与野趣拂面而来。犹如逃离钢筋水泥编织的城市牢笼，亲近大自然，心情立马变得心旷神怡。敞开胸怀，无拘无束地享受蓝天白云、阳光与自由，返璞归真，忘记烦恼。在这里与大自然亲密接触，呼吸着夹带泥土芳香的空气，欣赏着原汁原味的湖光山色，如同感受隐士般的生活。置身其中，时间放慢了速度，似乎连心跳也放慢了一些。在这里，进一步繁华，退一步静谧，既可拥抱田园，怡然自得，又可走进山野，坐享幽静，原生态的邓王山真是一处修身养性的好去处。

古人云，山不在高，有仙则名，水不在深，有龙则灵。邓王山，虽然不是名川大山，也比不上三山五岳，但她在当地老百姓心目中却是一座神奇的山、英雄的山，不仅有仙气、有灵气，还与远古时代一个原始部落首领的身世有关。

"华夏时期"，"神话时代"，沿着地方遗存的邓王城寻觅，便有了上古的邓王神话。

也许你会问"邓王"是谁？从古至今，有关"邓王"的大量记载和神话故事传说，阅之让人大开眼界，受益匪浅。

乾隆《沂州府志•卷二》"山川"中记载："邓王山，县西南八十里，上有邓王庙。一名邓山，左为石柱山，左为平山。"（《沂州府志》由沂州知州李希贤主修，乾隆二十五年刊行。）乾隆《沂州府志•卷七》"古迹"记载："邓王城：县志云：县西南八十里邓王山，上有晒钱埠，无考。按：隐公十年，公会齐侯郑伯于中丘，盟于邓。杜注：鲁地路史黄帝臣邓伯温地，知其地去中丘不远，今既同县，而又别无邓王之证，当即此地。"

有关邓王的身世和形象，古籍中也有记载。

南宋罗泌的《路史•国名纪六•古国》载："邓：黄臣，邓伯温。鲁地。隐十年，齐鲁盟处。"

据南宗五祖白玉蟾《雷霆三帅心录》中所言："太昊伏牺氏，风姓，母曰华胥，感履大人之迹而生后……在位百二十年。有子二人，长曰祝融，字伯庸，即今南斗火官也。次曰郁光，字伯温，即今欻火大神也。此邓帅之所自出也。""以功封于邓墟，因以为氏。本出风姓，故号曰风后温。"

《道法会元》卷五六曰："雷部有飚火大神，姓邓，名伯温。昔从黄帝战败蚩尤，封河南将军。大神见黄帝登天，遂弃位入武当山，修行百载，能随气升降。……蒙上帝封为律令大神，隶属神雷。"

《欻火律令邓天君大法》载：主帅九天欻火律令大神炎帝邓天君燮，伯温。赤发金冠，三目，青面，凤觜，肉翅，左手执钻，右手执槌，赤体珠缠络，手足皆五爪，上带金环，绿风带，红吊敦裙，两翼下二头，左主风，右主雨，遍体烈火，乘赤龙。

唐陆德明《经典释义》载："神农后第八帝曰榆罔。时蚩尤强，与罔争王，逐榆罔，罔与黄帝合谋，击杀蚩尤。"这就是著名的涿鹿之战。居住在邓地的炎帝后裔部族中，有一位名叫"温"的君长，举旗跨过黄河，臣服于黄帝的指挥，参与讨伐蚩尤的战事。这位名叫温的君长，后被封为伯爵，史称"邓伯温"。

明姚宗仪《常熟志》记载，致道观有雷神殿。前以"律令大神邓元帅"为首。《封神演义》中称之为邓忠，《西游记》中称之为邓化，都是指邓王邓伯温。

《封神演义》中殷商闻太师西征西岐时，于黄花山收得的邓辛张陶四将之首，面如蓝靛，发似朱砂，巨口獠牙，声如霹雳，勇猛异常。后征西岐兵败，姜子牙归国封神，封邓忠等为雷部天君正神。

在《西游记》四十五回中，有孙悟空令雷公邓天君打雷一节，写到：孙行者高呼："老邓！仔细替我看那贪赃坏法之官，忤逆不孝之子，多打死几个示众！"

黄帝为什么要将邓伯温封于鲁南？据《古道兰陵》记载：东夷是华夏人对相邻东方民族的泛称。生活于今山东、苏北地区。黄帝为了遏制已经臣服东夷势力扩张，派邓伯温部落来到鲁南。在东西泇河交汇的孤山湖上游，背负海岱重峦，南望黄淮湿地，与东夷为伍，占山称王，筑城设防，让臣服的原始东夷人有了行政管辖的国家机构。

由此可知，邓王邓伯温为伏牺之后裔，黄帝的大臣，名燮，字郁光，封于鲁地，后羽化成天上雷部三十六将天神之首的神仙。

风雨飘摇千年事，沧海桑田一瞬间。时光流转，岁月更替，邓王山上原始的神庙建筑群早已化为废墟，但史学家和道家留下的邓王英雄神话故事，却在人们世世代代的传说中得到升华。

二

我们采风一行十分感叹组织者的智慧，特别会选择出行日期，一连数日，一直都是红天大太阳，秋老虎时不时地发着威。但今天，也许是初秋涤荡了夏日的燥热与浮躁，也许是天公作美，也许是我们的诚心打动了天地，好像专门为活动留足了时间。那火辣辣的太阳不但没有露出脸来，而且还有山风轻轻地吹着，少了一份炎热，多了一丝秋爽，正是登山采风的好时光。

　　山路因大山蜿蜒曲折，大山因山路婆娑多姿。

　　我们沿着邓王山西侧的盘山公路步行上山。山道两侧，美丽的行道树木槿花列植成墙，成为自由式生长的花篱。正值花期，花开正艳，宛如它的花语一样，坚韧，永恒，美丽和温柔的坚持。单瓣的木槿花与重瓣的木槿花，竞相开放，相映成趣，满树花朵，娇艳夺目，甚为壮观。

　　向前数十米，在山门南侧宽阔的山坡上，一片建筑工地映入眼帘，一座宏伟的寺庙建筑，背靠厚实的山体，依山傍水，飞檐翘角，如鸟展翅，造型优美，气势壮观。随行的负责同志介绍说：这就是刚刚恢复重建的青云寺，大雄宝殿已完成主体结构建设。

　　在青云寺后面的阶梯山坡上，有一处终年不涸的山泉，名叫桃花泉。汩汩而涌的泉水，潺潺而流的小溪，宛若优美的古琴，演奏着大山的过去与将来，又如一支永不停歇的水笔，记录着大山流逝岁月的历史和对美好未来的追求向往。

　　桃花泉有一个美丽的神话传说。据说，当年孙悟空被玉皇大帝封为齐天大圣，负责看守蟠桃园。在蟠桃园内，看着那些熟透的蟠桃，心里直发痒，一时忍不住就摘了一些大仙桃啃起来，边吃边扔，其中将一只啃了一半的仙桃扔飞了，落在人间仙境邓王山上，与山石相撞，迸出此泉。说来也巧，此时刚好有一位道士云游路过，见泉上朵朵祥云当空飘逸，恰似众多仙女嬉戏于池，见此情景不由大惊，脱口而出"无量寿佛"。一刹那，众多仙女纷纷化作一株株盛开的桃树，婷婷玉立在山泉周边，桃花片片飘落在草地上。道士深知夸父的手杖变化成的桃木是辟邪灵物，定能将此泉此树留住。于是，道士手挥拂尘轻轻一指，一桩桃符上书"桃花泉"三字，立于泉边，并饮泉水三口，将袖一拂，飘然离去。从此，泉水潺潺，泉流不绝，饮之甘醇爽口。

传说自然无从考证，但"一方水土养一方人"倒是不争的事实。据说，桃花泉的山泉水含有丰富的矿物质及微量元素，对化解结石有一定的辅助功效。古往今来，世世代代，桃花泉水滋养了山，滋养了树，还养育着山下一方黎民百姓。

站在桃花泉边，抬头向上远远望去，半空中似有一层薄雾笼罩着邓王山和邓王城，让人有一种神秘与静谧的空旷之感。

看罢桃花泉，回到水泥铺筑的山路上继续向上步行。蓦然抬头，发现前方悬崖峭壁挡住了去路。峰回路转，令人感觉已是山穷水尽疑无路，却又柳暗花明又一村。可当我们行至跟前时，一个120度的急转弯，向左拐去的道路又呈现在眼前。山路越来越陡，步行数十米，又出现一处90度的急转弯，随坡向上，昂头望去，依然没有台阶。在这么难行的山路上，人走在上面，几乎都要张下来似的，居然还有车辆上下行驶，令人毛骨悚然。

山路崎岖，蜿蜒而上。我们边走边看，移步换景的邓王山让我们逐渐体会到"秀中藏秀，奇中出奇"的妙处来。回首俯视山下，盘山道路宛若一条巨龙腾飞，上吞浮云下临幽谷，盘悬于大山之中，人行其上，既给空旷寂寥的邓王山增添了几分人气，又让山行者沾染了大山的灵性，悠然淡泊。

在半山腰之上，不远处出现一座六角石亭立于峭壁之上，上书"青云亭"三字。一见此亭,我们欣喜若狂,纷纷小心翼翼登亭观景。"秀丽中显壮观,淡雅中含特殊",一幅优美的山水画卷映入眼帘,感觉刹那间天地一览而尽。扶栏张望远方,抱犊崮在层峦叠嶂之上,在云雾之中若隐若现。我们纷纷建议此亭更名为"观崮亭"也不错。若是晴空万里,抱犊崮秀丽的自然风光,定会一览无余。

抱犊崮拔地通天,鹤立群山,崮身宛如高高的圆杯倒扣于山峰之上,自颈至巅,峭壁如削。主峰位于兰陵县境内,山西与枣庄市相连,海拔 584 米,为鲁南第一高峰,以她独有的雄、奇、险、秀而著称,居沂蒙七十二崮之首,被誉为"天下第一崮"。相传,东晋道家葛洪(号抱朴子)曾投簪弃官,抱一牛犊上山隐居,垦荒种地,修身养性,"浩气清醇","名闻帝阙",皇帝敕封为抱朴真人,故名抱犊崮。其东麓灵峰寺,历史上号称佛刹丛林,传说为天下三十六福地之一,为如来佛行宫,历代王朝"敕封榜渝",被古今渴求功名的善男信女顶礼膜拜。

山因水而壮美,水因山而灵秀。从青云亭高空俯瞰,山下长新桥水库风光尽收眼底,宛如地平线上出现的一条"青山玉带"。长新桥水库是中运河水系东泇河支流上的一座中型水库。干流发源于兰陵县境内前后姚村,自北向南经过柳河、栗园等地流入水库。该水库于 1959 年 10 动工兴建,次年 5 月建成并开始蓄水,搬迁村庄 12 座,水库枢纽由大坝、溢洪道及放水洞等部分组成,因水坝就坐落在长新桥村西部水磨岭和五峰岭之间,故名长新桥水库。总库容 2548 万立方米,向东经过东大桥、安乐庄等村居流入东泇河,是旅游垂钓的绝佳地段。

　　绕过青云亭向左行不远,豁然出现一方平地,一座古香古色的"松林小镇"低调地隐没在山野间松林中。青砖黛瓦,白墙飞檐,古松参天。大门内外的石磨、石碾、石桌、石凳,石兽等等,透着历史的斑斑痕迹,就连门前的石板,也被雨水冲刷得滑腻透亮。它们守在那里,似乎在守住一个千年相约的梦。来到这里,仿佛一瞬间,时间凝滞,时光倒流到哪个记忆中泛黄的岁月里。步入松林小镇大门楼,林荫小道,曲径通幽。依山势高低而建的"福禄池"成亚腰葫芦造型,一座曲桥恰巧从亚腰处斜穿而过,犹如系在宝葫芦中间的红丝带。福禄池的上游顶端是一架古老的水车,状如一座缩小版的摩天轮,用手轻轻一拨,有水滚滚流出,象征着时来运转,财源滚滚,福寿绵长。福禄池的左侧是造型各异的农家菜园,蔬菜新鲜,瓜果飘香,低矮的石墙上和廊道里挂满了正在旺盛生长的大型亚腰葫芦,形态各异,造型优美,给人以喜气祥和的美感。

　　相传,这里的亚腰葫芦是当年邓伯温在此修行时留下的神奇种子。葫芦谐音"护禄""福禄",可以驱灾辟邪,祈求幸福,使子孙人丁兴旺。从古至今,亚腰葫芦作为一种吉祥物和观赏品,一直受到当地人的喜爱和珍藏。福禄池的右侧,是具有楚汉风格的庭院和其他建筑。仿佛在延续着邓王城几千年地域文脉,质感的简朴和节制的奢华在此碰撞,彰显着乡土、低碳、匠意,似乎在默默地为行色匆匆的世人,提供着具有生命仪式感的避世山居。院内闲置的城墙碌碡、磨盘随处可见,成为夏日里一道亮丽的风景。

三

老子说：人法地，地法天，天法道，道法自然。

在这里，拥抱自然，亿万年的苍凉，依然生机勃勃，眼前的山和水充满生命的活力，仿佛在荡涤着人的心灵。

在世事的纷扰中偷闲片刻，静坐于山间树下石头上，聆听晨钟暮鼓，物我两忘，心境澄明，似有参透道法自然的玄机。

也许世界变化太快，让我们一起慢一点，再慢一点，让灵魂跟上行走的脚步。乡愁止于此，家园始于斯，诗意不仅在远方。

远离城市喧嚣，漫步行走在松林里，呼吸着天然氧吧里的新鲜空气，陶醉于天然绿色中，净化了尘世浮躁之心顿感神清气爽，浑身轻松。

经过青云亭，继续向上，是邓王古城遗址。古城坐落在邓王山顶，占地100多亩。最早传说是三皇五帝时期，黄帝的大臣邓伯温在此以山筑城，管辖一方。到了隋末唐初又有一位大将邓飞虎（山东曹州人）问祖寻宗来到此地，也占山为王，后被薛仁贵平辽路过此地招安。邓飞虎在唐军帐下平辽屡立战功，最后战死在辽东，被后人称为民族英雄。

如今，面对废墟上的断石残碑，石缝中的苍松野草以及古风依稀犹存的城墙，不由得让我们对历史和对生命沉思与感悟。漫步在城堡遗址之上，山风吹拂，松涛阵阵，耳边时而仿佛响起远古的钟声和万马奔腾的征战号角，时而仿佛是千万只风铃在随风摇动，时而仿佛是千万根琴弦轻弹合奏，吟唱和诉说这里曾经的辉煌。

无限风光在险峰。我们沿着山路，踏着杂草跋涉，向最高峰进发。我们发现邓王山上怪石嶙峋，形态各异、形象逼真，浑然天成，丝毫没有人工开凿的痕迹，天造地设的象形景观俯仰皆是，令人望石生义、浮想联翩。山头上全是清一色的花岗岩，独特的地理地貌决定了它的浩然大气，特有的气候条件又孕育了它的天资丽质。站在山顶，真的"不敢高声语，恐惊天上人"。身边云雾缭绕，使人感觉腾云驾雾、飘飘欲仙。高瞻远瞩，连绵起伏的山峰，在云海和雾海之中忽隐忽现。这是一种超凡脱俗与凝重刚毅的壮美，每每驻足，都有惊人的奇观发现，不由得感叹：此景只应天上有，人间难得几回寻。

绕过古炮台和瞭望岗，站在大山顶端，大山上的阎王鼻、邓王试剑石、舍身崖、金蟾探海、麒麟峪、跑马岭、淌金洞、石门等奇观，犹如梦幻般的美景，令人由衷地感叹大自然的鬼斧神工，一块块来自远古的石头，竟然隐藏着如此的精彩，让人叹为观止！许多景点的名字，早已被先人留下，许多典故也已流传至今，真的被人类天马行空的想象和无与伦比的创造力所折服。

角度不同效果各异的"金蟾探海"奇观，令人惊讶。"金蟾探海"是一块突出的偌大石崖，如果从它的右上方45度角远远地拍摄，与泰山观日峰上的观海石相类似。石崖状如金蟾，蹲在仙洞门口，露出全身，面对水库，呼之欲出。如果从山顶正面俯视拍摄，我发现巨石的轮廓俨然一只面部非常清晰的"孙大圣",张着嘴,面对南天门,好像在说着什么,我称它为"神猴问天"。

石门和淌金洞传说典故,无不在诠释着贪婪不义之财必致恶果的大道理。

邓王山上有一处庞大的天然石门,门楼形神兼备,自然天成,惟妙惟肖,阳刚地展示着它的粗朴、雄浑与苍劲。相传,石门内藏有天界的金库一座,钥匙由邓王山上三星殿财神掌管,为嘉奖人间善事,凡一生不做邪事,品行端正,生有十子者,可携十子齐心协力开启石门取宝。据说,山下有一财主,省吃俭用,攒钱买下良田数亩,并娶一妻,连生一女九子。待儿女成家后,老夫妻二人萌生邪念,便以女婿冒充儿子,前去取宝。结果,费了九牛二虎之力,才将石门开启了一小半。财主见满库金银财宝闪闪发光,急红了眼。急忙说道:"贤婿,我替你抬着,你快进去装金子。"话音刚落,石门轰然落下。原来,财主弄虚作假惹怒了财神,从此,石门再也没有打开过。

淌金洞,离石门不远。相传,是一处流淌金子的仙洞,洞口大如铜钱,有金子随泉水流出来。后因贪婪之徒,用錾子凿大洞口,而停流。至今,洞口四周,錾花纹路清晰可见。有人说,此洞与附近的金水河水脉相通,但无考证。

邓王山,一步一景,清凉而静谧,清新而恬淡。过去很少有人踏过这块净土,自然景观寂寞在深山密林处,保持了良好的原始状态和质朴的天然景色,原汁原味的自然生态彰显了邓王山神奇的奥妙。

邓王山不仅有神奇的景观,更有神圣的生命,环顾四野,植被茂密，很多稀有植物落户其间。2016年10月，省、市药检部门来此考察，发现野生野菊花，选取代表植株进行移栽中心药园，并成活。考察中，还发现了半夏、地榆、蒲黄、香加皮、益母草、蒺藜等多种野生药材，数量累计达58种之多。更为神奇的是水文地质部门，在山顶部打出了高海拔的水井，让人们真正见识了"山有多高，水有多高"的现实。据初步统计，山上黑松、柏松、桃树、栗树、枣树、刺槐和大面积紫荆花等树种100余种，超过百年树龄的树木千余棵。

上山容易下山难，这话一点不错。时到中午，当我们沿崎岖的小路下山时，太阳突然露出了笑脸。碧空万里。山下长新桥水库清清湖水，波光粼粼，通体的白色给人以清新淡雅、至纯至尊的感觉。

"智者乐水，仁者乐山。"原来这山这水，不仅养眼、养身，还能养心。

走在山间小路上，在蓝天白云下，鸟儿在林里欢歌，蝴蝶在花中翩翩起舞，板栗、山楂、银杏、野枣硕果累累。一种愉悦和安宁的舒畅，涌上心头。面对群山深呼吸几口，顿觉五脏六腑尘埃涤尽，一种淡定从容、超脱恬淡的惬意充满心间。

邓王山一年四季景观各异：春季林海花潮，山花烂漫，层峦叠翠；夏季长桥流水，云雾缥缈，绿草茵茵；秋季云淡天高，红叶映照，层林尽染；冬季北国风光，山舞银蛇，银装素裹。

据介绍，在社会各界的大力支持，山东史贝美集团于2013年4月成立了山东邓王城旅游有限公司，重在挖掘邓王文化，敬畏自然、崇尚自然、回归自然，再现昔日邓王古城风情旧貌。本着开发与保护并存的理念，前期已复建完成青云寺、邓王庙、财神殿、送子娘娘殿、福禄寿三星殿等仿古建筑。下一步，将继续恢复和扩建三清殿、玉皇殿、观音殿、钟鼓楼、藏经阁等古建筑群，以及建设兰陵书院、水上乐园、野战训练、影视拍摄、度假养老写生等功能于一体的大型娱乐休闲基地。

　　2016年，邓王山被列为山东省重点旅游项目，2017年1月被评为山东省乡村旅游创业之星。我们相信，不久的将来，这里将逐步成为世人走进原生态，拥抱绿色山林，亲近山水，聆听自然，体验沂蒙风情，修身悟道养生，享受天然氧吧的美妙之境。

漫步压油沟

6月3日，应邀参加了兰陵县委宣传部、文联、作协联合组织的全县文学创作座谈会暨"印象压油沟"采风活动。漫步压油沟，看到一抹山环水绕的古村落田园美景，犹如一方世外桃源，让人感受到这里真是一个"望得见山、看得见水、记得住乡愁"的地方。

踏进山门，映入眼帘的是一座高耸敦实的石头岗楼，如同战争年代的炮楼，默默地守望着这方山水。一路之隔，两只古老的车轮镶嵌在石壁上，仿佛山里人追求光明、向往美好未来的两只大眼睛注视着山外的世界。穿过映照着革命历史记忆的大门，越过石壁，登上大坝，一湖水面使人眼前豁然开朗。20世纪50年代，还是一个名叫聚油池的小池塘，人民公社时期，战天斗地的劳动人民开挖人工湖，筑起大坝，修建成一座小二型水库。智慧的人民群众为防止水土流失，广植特色树种——枫杨。枫杨开花后所结果实如豆，两边长有长长的豆荚耳翅，依序排列，状如一串串燕子悬垂，当地人美其名曰"燕子柳"，也命名人工湖为"燕柳湖"。一条弯弯曲曲的木栈道，连接着曲桥，犹如一条巨龙腾飞于湖面上。静立湖畔，看蓝天、白云、青山倒映在碧绿的湖水中，廊桥回转，湖光山色，相映成趣。沿着燕柳湖斗折蛇行，一株株粗大的燕子柳，挂满感叹的目光，凝固在眼眸中，让人迷失在风景里。一川湿地，芦苇郁郁葱葱，唤醒青春情感的记忆，让人不由得想起"蒹葭苍苍，白露为霜。所谓伊人，在水一方"。

在水的一方，湿地的尽头，三面环山、一面环水的压油沟古村落呈现在面前。古村落，中国乡村的瑰宝。在古人的心中，村落田园生活如同世外桃源，"采菊东篱下，悠然见南山"，纵使疲于开山垦荒、农耕劳作，"日出而作，日落而息"，但青山绿水、鸟语花香的生存环境，也让人显得怡然自得，享受那份内心祥和、平淡，似乎与贫困无关。

走进压油沟村这片土地，一接触到她的地脉之气，烦躁的心顿时恬静下来。漫步在斑驳的青石板街道上，耳畔仿佛响起一声声召唤，那是来自远古村落的声音，来自大山文化积淀的回响，在岁月时空中震撼着心灵。压油沟古村落，虽然没有京城大家闺秀的风姿绰约，没有江南小家碧玉的光彩照人，却有山里人纯朴的面孔，犹如待嫁的村姑含羞浅笑站立在人们面前。

深山藏古秀，瑞石撒幽香。压油沟，兰陵县境内的一个小山村，70多户人家，老石头房子都是依山因势而建，错落有致，独具风采，组成了一幅"屋咬山，山抱屋"的壮观景象。没有刻意，没有做作，一切都是那么祥和，那么纯朴，那么自然。就地取材建成的石头房子，有的以茅草苫顶，有的以片石作瓦，块石砌墙，厚重、结实、粗放，古朴天然。石头院墙，高高低低，层层叠叠，像是一叠叠千层饼，恰似乡愁从内心涌出。别具一格、浑然一体的石头桥、石板路用材简洁，古朴粗犷。饱经沧桑的古树透着一股淡淡的古朴气息，就连石墙上的苔藓，也弥漫着一股山村独特的生机。传承当地民间流传千年的沂蒙山区民居建筑风格，彰显出山里人返璞归真、热爱自然的俭朴生活。漫步于石巷、石阶、石墙、石房之间，总有一种让人空灵的感觉和穿越时空的错觉，如同走进一个可以安放浮躁心灵的精神家园。浓郁的幽情野趣尽显眼底，让人感受到物我相知、天人合一的心灵和大自然的完美契合，让人真正体会到生命本身的原始与豁达。山里人，民风淳朴敦厚，民俗古典朴拙，构成一幅"狗吠深巷中，鸡鸣桑树颠"的乡村田园画卷，恰似世外桃源，美轮美奂。山间云雾缭绕，彩虹飞架，宛若人间仙境，令人陶醉，流连忘返。

我知道，我来这里不是为了"到此一游"，而是聆听一次心灵与自然的真实对话，享受一次乡间真正的慢生活。正如"黎巴嫩文坛骄子"纪伯伦所说："美在向往她的人的心里，比在看到她的眼里，放出更绚丽的光彩。"也许是古村落的美在不经意间流落人间，过眼尽是写满历史的石头，举目望去满眼是"景"。一块块重叠在一起的原始山石墙，时而闭塞，时而开敞。石板铺就的羊肠小道连接着一层一层的石台阶，在石房、石院、石巷中间折上，折下，形成一条又一条曲里拐弯的夹道，展现着先民在山区建筑中的智慧和艺术。如同古老的音符，串成动人的曲调，含蓄而又悠扬，随着清澈的小溪潺潺流淌，让压油沟散发出隽永的旋律。

压油沟，不为人知的宁静与美丽，时刻让人感受到生活的恬静与自然，让人感受到压油沟的时光总是流逝缓慢，没有都市的繁华与喧嚣，没有朝九晚五的匆忙与劳碌，有着和大都市完全不同的生活步调与节奏，一切显得那么宁静，那么平和，那么闲适。品尝这种闲适自在的味道，放慢了脚步，平静了心境，似乎连呼吸都会慢下来。坐在树下石条凳上休憩或打个小盹，听一段山歌，惬意而安详。一朵朵野花从石板的间隙调皮着探出头，和清脆的苔藓微笑着，你深呼吸一口，就连空气里也带着花香，一种"久在樊笼里，复得返自然"的放松得到舒展与解脱。

梦回压油沟，岁月留痕，生活继续。街头巷尾，满载着时光驶过的沧桑，那岁月的痕迹让人有种恍如隔世之感。那些岁月的记忆，并未被风吹雨打而去，漫步其间有种久违的感觉。虽然没有一条直来直往的街道小巷，可角角落落，每一处都可单独成景，相互间又相映成辉、相得益彰。古老的树种虽经几百年，依然顽强旺盛地生长于山腰石缝间，水墨画般斜画入石的古树，飘散着点点清香，犹如历史老人，向人们诉说着压油沟的过去、现在与未来。

压油沟原生态的风情成为到访者的吸引物。幽深的石头胡同，时常传出悠长的石磨辗轧生活的吱呀声，和着不知名的鸟鸣，奏响压油沟的交响。街上百工坊，幌子飘飘，灯笼火红，老油坊、老酒馆、豆腐铺、煎饼滩、捏泥人、染坊、民宿以及宋代瓦子文化古戏台……放慢步伐，总有你不知道的惊喜等着你。

作家王蒙说：我很喜欢、很向往的一种状态，叫作——安详。压油沟，就是这么安详，一个令人无法拒绝的小山村，虽然藏于深闺，却依旧难掩其醉人的风光。满山的翠绿让人产生置身于原始森林的幻觉，从眼睛到心灵，一醉芬芳。树木遮天蔽日，溪水潺潺，曲径通幽。千亩板栗园、松林、菜园连片成景，漫山遍野的核桃、山楂、花椒，果林飘香，山花烂漫，接受着大自然的恩赐与厚爱。

一步一故事，一地一传说。"摸摸松媒树，牵手良缘路。喝口旺泉水，孩子爬满腿。"在这里，不必说子母池、旺子崖，也不必说凤凰窝、忘忧亭，单是卧龙桥边旺泉与媒松的故事传说，就赋予了压油沟神秘的色彩，无不寄托着人们对美好生活的殷切祈盼和希望。一株双干并立的古柏，同根连理，让人称奇，如同相濡以沫的夫妻，牵手而生，立于悬崖，长在"旺泉"之上，历经风吹雨打，依然枝繁叶茂，风雨同舟，不离不弃。不求海誓山盟，天荒地老，只渴望一次牵手，终生相伴。树下旺泉，水质清澈，"涌"不枯竭。相传，女人长期饮用旺泉水，会产下双胞胎，引得十里八乡的村民争相取水饮用。一座神秘的小山村，远离尘世，仿佛藏着一个古老村落的山水印记和精神密码，古老的前史在这里凝结成永久的回忆。

在采风中得知，2015年，压油沟入选国家旅游扶贫试点村，被列为山东省第一批"乡村记忆"工程文化遗产名单及传统民居名录。遵循"保护为主，合理布局，适度开发"的原则，计划总投资 4.5 亿元，依托古村落自然资源和人文资源，精心打造原生态乡村旅游度假地，以"时代穿越"为主线，真实再现重要历史时期兰陵农村山里人的经济文化生活场景及对美好未来的期盼。

我相信，用不了多少时间，压油沟，一个"来者无不惊叹，观之无不艳羡，闻者不禁向往"的地方，即将呈现在世人面前。

齐鲁水乡，山水下村

　　人间三月芳菲尽，下村桃花始盛开。4月6日，正值清明小长假，天朗气清，春意盎然。我有幸参加了首届兰陵下村桃花节实地采风活动。

　　在当地党委、政府、人大主要领导的陪同下，采风团一行22人先后参观了兰陵下村首届桃花节上峪主会场千亩桃园、天际陶笛、明辉集团以及龙泽山水国防教育基地等场所，认真听取了下村乡"在希望的田野上"田园综合体旅游项目规划和建设发展情况介绍，并进行了采风座谈活动。我对下村秀美的湖光山色、自然风光、待开发的生态旅游资源、美丽乡村建设、红色文化、特色之路、民间艺术、佛教文化等等留下了深刻印象。

　　华夏古县，文化兰陵，印象下村，独具魅力。兰陵，山东鲁南的一方热土，在中华五千年历史长河中，不但遗下沧海桑田，而且还留下众多的名胜古迹、自然景观，不胜枚举。如今，走进新时代的兰陵，丰富多彩的原生态旅游资源，独具特色的民俗民风，为发展田园综合体助力美丽乡村振兴，提供了得天独厚的条件。其中，兰陵县下村乡，作为山东省级环境优美乡镇、山东一村一品示范乡镇，被专家誉为"山水下村"，声名远扬，独具魅力。

下村，地处临沂、枣庄交界处，西与枣庄接壤，北同费县相邻。境内"一座高山，两湖碧水"天然景观，是山里人祖祖辈辈的骄傲。登上抱犊崮向西遥望，群山连绵，似群龙舞动。一览崮北，群山北逐，逶迤起伏。伫立崮顶，东眺黄海，云雾缭绕，宛然在目，海天一色，景色壮观。

佛教圣地，禅意下村，世外桃源，天然氧吧。大自然的鬼斧神工赋予了大山特殊的灵性。在这里，既可领略抱犊风光，又可静听灵峰禅音，修身养性，延年益寿。

古人云，山不在高，有仙则名，水不在深，有龙则灵。位于下村境内的抱犊崮主峰，属于鲁南最高峰，拔地通天，鹤立群山。其崮高90多米，崮身宛如高高的圆杯倒扣于山峰之上，自颈至巅，峭壁如削，位居沂蒙七十二崮之首，被誉为"天下第一崮"。崮顶沃土良田数十亩，松柏茂盛，苍翠欲滴，奇花异草，植被烂漫。现已被列为"国家地质公园""国家森林公园"，有着"钟灵毓秀的天然氧吧"雅称。

据山东灵峰寺中元至正五年碑文记载，相传，东晋道家葛洪曾投簪弃官，抱一牛犊上山隐居，垦荒种地，修身养性，"浩气清醇"，"名闻帝阙"，皇帝敕封为抱朴真人，故名抱犊崮。抱犊崮山势突兀、巍峨壮丽、泉流瀑泻、柏苍松郁，虽然比不上三山五岳那么闻名中外，但却以它独有的雄、奇、险、秀而著称天下。山腰有洞窟数十，各具特色，各有传说和故事。东麓灵峰寺，始建于隋朝，鼎盛于唐代，为如来佛行宫，历史上号称佛刹丛林，传说为天下三十六福地之一。历代王朝"敕封榜渝"，被古今渴求功名的善男信女顶礼膜拜。历代文人墨客也纷纷慕名前往，写下许多丽文华章，留下许多碑碣刻石，成为"天人合一"思想的寄托之地。

抱犊崮历史悠久,物华天宝,人杰地灵,久负盛名。早在旧石器时代就有人类在此繁衍生息,山脚下王岭遗址、小古村遗址为山东兰陵县境内迄今为止发现最早的旧石器时代遗存,成为远古历史的见证。大量的生物化石诉说着远古的繁盛,多处天然景观展示了造物主的鬼斧神工,美丽的石钟乳令人感叹大自然的神奇造化,就连扎根绝壁的古树木、古植被也彰显着适者生存的自然规律。置身其中,云海缥缈,檀香袅绕,山泉叮咚,清溪潺潺,松涛与寺钟合鸣,木鱼清磬,振醒尘寰,简直把人带入一个超凡脱俗的境界。

据了解,抱犊崮山区植物种类繁多,古老植物和现代植物混杂生长,野生中药材100多个品种,被称为"天然植物园",还有"花果山"和"药山"之美誉。野生鸟兽、生态奇观,吸引着众多的专家学者前来科考。桃、杏、核桃、板栗、花椒等山里果品,自古以来一直占领着江南市场的半壁江山。

宋词里说,水是眼波横,山是眉峰聚。也许正应了那句"山得水而活,水得山而媚"的真谛,原生态的山水下村,山解水意,水伴山行,互为知音,心心相印,山因水而壮美,水因山而灵秀。在这里,我真正理解了"智者乐水,仁者乐山"的道理,原来这山这水,不仅养眼、养身,还能养心。

山水是有生命的,山水眉目传情,为七彩原乡,山水下村增添了灵动的一笔。

位于抱犊崮山东麓的会宝湖、双河湖,恰似两位妩媚的少女温柔地依偎在抱犊崮宽大的怀抱里,湖光山色,万顷琉璃,白帆点点,美不胜收。两湖碧水,犹如山里人追求光明、向往美好未来的一双脉脉含情的大眼睛，注视着山外的世界，忠贞不渝地守望着这方山水，默默无私地滋养着一方百姓。一碧无际的会宝湖，本是一座集防洪、灌溉、发电、游览于一体的国家级大型水库，由于地处尚岩、鲁城、下村三乡镇交界的"金三角"，青山耸立，绿水相伴，风光秀丽，宛若世外桃源，让人有一种穿越时空的感觉。水天一色的双河湖中央钓鱼岛以及红枫洲犹如镶嵌在水面版图上的两颗璀璨明珠。放眼望去，青山叠翠，楼台亭榭错落有致，宛若陶渊明笔下"芳草鲜美，落英缤纷"。岛上植被茂密，鸟语花香；绿洲生态景观，园林造型，彼此渲染。四周烟波浩渺，鱼戏轻舟。人们离开喧嚣而又繁华的闹市来到这里，或垂钓，或小憩，或观光，体验亲近山水的乐趣，世间烦扰皆成空，顿觉脱俗于世，仿佛走进了人间仙境，恰似梦入蓬莱仙岛。

在采风中了解到，下村一年四季皆有风景。境内7大流域，8大水库，11条河流，171座大小山头，76座传统村落，构成下村独具风格的原生态大写意山水画卷。"春观花、夏听泉、秋品果、冬赏雪"的自然景观已成为下村真实的写照。

这次采风，走进下村，亲近大自然，山里那种特有的质朴与野趣拂面而来。在这里，既可拥抱田园，怡然自得，又可走进山野，坐享幽静。"红入桃花嫩，青归柳叶新"。漫山遍野的桃花竞相开放，粉嫩的桃花把山野、村居装扮成浪漫的粉色世界，形成一道亮丽的风景。置身其中，脚步放慢了速度，时间放慢了速度，似乎连心跳也放慢了速度。视觉中，这里头顶上方的天空似乎与城里的天空不一样，天是那么高，那么蓝，云是那么的飘逸，那么潇洒。在蓝天白云下，漫步走在山间小路上，蝴蝶、蜜蜂翩翩起舞，触手可及。远方板栗、山楂、柿子树等特产基地成片成林，如此壮观，让人惊呼。看一眼，一种愉悦与安宁的舒畅便涌上心头。在这里与大自然亲密接触，呼吸着夹带泥土芳香的空气，顿觉五脏六腑尘埃涤尽，一种淡定从容、超脱恬淡的惬意充满心间。欣赏着原汁原味的湖光山色，聆听渔舟唱晚的悠然自得，敞开胸怀，无拘无束地享受上苍的恩赐，蓝天、白云、阳光、自由，返璞归真，像一只"久在樊笼里，复得返自然"的小鸟一般惬意与欢欣，尘虑尽涤，俗念顿消。在这里，有看不尽的山水美景，有道不完的山水情怀，更有悟不透的山水神韵。

红色下村，劳模之乡，用实际行动诠释沂蒙精神。

下村，地处抱犊崮山区腹地，是历代兵家必争之地，多年战火纷纷不熄，仅现存重修灵峰寺的碑记就达 60 通之多。下村，也是一方红色的沃土，在中国人民抗日战争史和中共党史上，拥有光辉的一页。

据史料记载，1939 年 9 月，按照党中央和毛主席的部署，由红四方面军改编的八路军 115 师在罗荣桓、陈光的带领下挺进山东，抵达抱犊崮山区，师司令部第一站就设在了下村乡上大炉村开明地主万春圃的家中。抱犊崮山区是鲁南第一个县级红色政权诞生地、鲁南军区第一个司令部所在地、鲁南地区国共合作抗日的见证地、著名的"翻边战术"孕育地、指导山东抗战"六字方针"的制定地、华中至太行山到达延安的唯一红色通道，成功护送了刘少奇、陈毅等数十位重要领导人以及上千名党政军干部过境到达延安。刘少奇、罗荣桓、陈毅、粟裕、萧华、陈光、郭子化、张光中等老一辈革命家都曾在这里战斗生活过。其中刘少奇曾在下村埠阳村对鲁南抗战工作进行调研，军民鱼水情深，留下佳话。1940 年秋，鲁南军区政治部主办的《抱犊崮报》在这里创刊；同年 11 月，鲁南军区在大炉创办了抱犊剧社，既丰富了根据地军民的文化生活，又鼓舞了抗日斗志，为取得抗日战争的胜利发挥了重要作用。

英勇不屈的山区人民在烽火连天的峥嵘岁月里，用纯朴和厚重的胸怀热情支持抗战，送军粮、做军鞋、抬担架，送子女参军参战，军民共同谱写了历史上可歌可泣的辉煌篇章。

人们用劳动创造了世间的一切美好，劳动最美丽，劳动最光荣。自新中国成立以来，勤劳善良、朴实无华的下村人民，再用劳动创造美，建设美好事业中，涌现出众多的国家级、省市级劳动模范和先进人物。在全县，乃至全市首屈一指，成为名副其实的劳模之乡。劳模是时代的标杆和旗帜，劳模是时代的领跑者，劳模精神也是时代精神。现如今，下村人民正在党的领导下，用实际行动传承着红色文化，饱蘸智慧与汗水，书写着新时代华章，诠释着新时代的沂蒙精神。

在采风中得知，近两年来，下村乡以乡村振兴战略为指引，以打造田园综合体为突破口，积极践行"绿水青山就是金山银山"的发展理念，通过招商引资，正在大力实施总投资 18 亿元的山水下村田园综合体项目建设。我相信，在不久的将来，梦中的世外桃源，在山水下村定会梦想成真，福泽桑梓，泽被天下。

会宝湖畔槐花香

2018年4月15日，我参加了兰陵文学创作座谈会暨"走进鲁城"采风活动。

鲁城，地处山东省临沂、枣庄两地交界处，"一崮、一水、一圣贤"独具特色的原生态自然资源，把神山、响水泉两大流域的自然风光与人文景观有机结合，成为华夏古县兰陵黄金旅游线上的一颗璀璨明珠。

春季的鲁城，在蓝天白云下，被各种色彩包围着，青山绿水，湖光山色，处处倒影，连同美丽乡村组成了一幅幅山水田园风景画。在这里，不必说一碧万顷、波光粼粼的"地球之肾"会宝湖湿地，也不必说拔地通天、风景秀丽的"天下第一崮"抱犊崮，单是"凿壁偷光"故事发源地、西汉名相匡衡故里匡王村附近的"槐花峪"就让人流连忘返了。

站在山下湖畔极目远眺，新修的环山公路，斗折蛇行，宛若一条巨龙腾飞，上吞浮云，下临幽谷，盘旋于大山之中，恰似高低起伏的大山音律，时而激越，时而舒缓。人行其上，既给空旷寂寥的大山增添了几分人气，又让行人沾染了大山的灵性，悠然淡泊。漫山遍野的槐树林，犹如一块温润碧绿的翡翠镶嵌在山水天地间。

乘车行至山腰，槐花峪便呈现在我们面前。整个槐花峪，坐落在大山的怀抱里，与会宝湖山水相依，恰似一弯初升的新月，历经千年，依然执着地等待岁月的圆满。那一泓湖水温柔在此拐了一个弯，就像一串来自远古的符号，书写着古老生命的密码，更像上苍在人间勾画的一个偌大的对号，特意勾选出了这方人间仙境。槐花峪所处的山，虽然是一座名不见经传的山头，但却是一方古老的神秘之地，既具有悠久厚重的历史文化，又具有得天独厚的自然环境。临山观水，沿湖成片的油菜花如同蜿蜒流淌的金色河流，为波光粼粼的湖面镶上了金边，更为槐花峪增添了一道亮丽的风景线。大自然的鬼斧神工，造就了这里让人震撼称奇的自然景观，叹为观止。因这里古槐树生长密集，郁郁葱葱，流水潺潺，地貌奇特，曲径通幽，如同原始森林一样，成为当地知名的自然景点之一。

槐花峪，当地人俗称"老雕窝"，是古县兰陵及至抱犊崮山区面积最大、保护最好、最为原始的最后一块槐树林，一处尚未开发的处女地。绿树成荫，百鸟栖息，老雕盘旋，简直就是"鸟的天堂"，多年来一直是"养在深闺人未识"，很少有人踏过这块净土，致使自然景观寂寞在密林中，保持了良好的原始状态和质朴的天然景色，原汁原味的自然生态彰显了槐花峪神奇的奥妙。

近年来，这里不但吸引了广大"驴友"的好奇，不远千里，慕名而来，而且也吸引了许许多多的文人墨客、旅游爱好者前来寻找创作灵感，返璞归真，享受回归大自然的清新，更吸引了林业、地质、水利、中药等专家、学者关注的目光。

　　槐花峪一年四季景色各异。春日，草长莺飞，槐花绽放，如雪如梦，醉人心田；盛夏，绿叶成荫，苍翠欲滴，百鸟和鸣，山风送爽；金秋，层林尽染，硕果累累，珍禽异兽，各领风骚；寒冬，浪漫飞雪，玉树琼花，北国风光，宛若仙境。

　　移步换景的槐花峪，让我们体会到"秀中藏秀，奇中出奇"的妙处来。在这里，既可倾听松涛的对话，也可领略老槐树的风情，妙不可言。清新的山野气息与不可抗拒的盎然生机令人目不暇接。土生野长的老槐树没有千篇一律，个性鲜明，各具姿态，天然造型，盘根错节，虬劲有力，皆为风景。尽管粗糙开裂的树皮宛如时光老人在向人们诉说着岁月的沧海桑田，但也依然充满着活力与韧性。烟花三月，槐树上那翠绿的颜色直逼你的眼睛，仿佛每一片叶子都是一个小精灵，一个新的生命在跳动。阳光照下来，犹如在树林里洒下一地碎金。树下，各种不知名的山乡野花在烂漫地笑着，为古老而又神秘的槐树林增添了灵动的一抹色彩。

　　槐花峪旁边，会宝湖畔的山乡渔村，推窗观山，开门赏湖，置身在鸟语花香的山水田园中，看一眼，都让人陶醉，让人遐想，更让人向往。

　　槐花峪不仅有神奇的景观，更有神圣的生命。这里植被类型较多，古老植物和现代植物混杂生长，很多稀有植物落户其间。除了古老的槐树之外，在民间几乎绝迹的古老残遗植物，如榆、臭椿、枸树（别名褚桃）、栾树、楸树、楝树等等，还有一些叫不上名字的树木，如同"活教材"一般悠然自得地生长着。众多的槐树与这些树木共同生长，一同分享阳光雨露，和谐相处，不争地位高下，只为生长的自由。特殊的地质环境孕育了植被杂生的天然生态系统，营造了一方"天然氧吧"。

每次来鲁城采风，总是情不自禁地在此驻足，敞开胸怀，无拘无束地享受上苍的恩赐，蓝天、白云、阳光、自由，返璞归真，像一只"久在樊笼里，复得返自然"的小鸟一般惬意与欢欣，俗念顿消。

记得去年来时，正赶上峪内槐花盛开。远远望去，漫山遍野的槐花，在旖旎风光中，在绿白相间里，羞涩开放，洁白如素，胜似仙境梦幻，让人有一种洒脱、飘逸的感觉。走近细看，悄悄开放的槐花，不娇媚，不做作，不张扬。串串槐花如同一群娉婷秀美的舞者，在葳蕤葱郁的树叶间，若隐若现，娇羞含情。一朵朵玲珑剔透的花瓣，晶莹如玉，簇拥在青翠欲滴的嫩枝上，自动编成一串串丰满的花穗，重叠悬垂。偶尔一阵山风拂过，片片花瓣儿随风起舞，阵阵清香，沁人心脾。

看见许多游人和当地百姓"钩槐花"吃，我也加入到他们的行列中。昔日吃槐花为了饱腹，今天吃槐花却是为了养生。

俗语讲，小美美在境，大美关乎命。槐花之美，不仅在于她的洁白与清香，而更在于她的食用品质和养生价值。泡一杯槐花茶，慢慢地品，不但让人提神降火，而且还让人品味人生。那一片片槐花瓣漂浮在茶水上面，如同一条条精致的小船，氤氲在香气中，一浮一沉，启迪人生。

山因水的滋润而庄重阳刚，水因山的庇佑而缥缈空灵。我虽然不是一个超然脱俗的贤者智士，也不是"采菊东篱下"的田园诗人，但在内心世界里，一直执着地追寻一份自然与和谐,总觉得槐花峪应该算是一个能让灵魂在山水间安静的地方。

老子说:人法地,地法天,天法道,道法自然。

远离城市喧嚣,在世事的纷扰中偷闲片刻,在原生态的槐花峪中穿行,仿佛进入了祖先远古的梦境,感觉到每一秒都是一种幸福时光。移步异景,清凉而静谧,清新而恬淡。面对群山,深呼吸,顿觉五脏六腑尘埃涤尽,神清气爽,一种淡定从容、超脱恬淡的惬意充满心间。置身山林,呼吸着天然氧吧里的新鲜空气,陶醉于天然绿色中,脚步放慢了速度,时间放慢了速度,似乎连心跳也放慢了速度。让灵魂跟上行走的脚步,享受慢时光,也许诗意不都在远方。静坐于山间树下石头上,欣赏和聆听大自然的天籁,物我两忘,似有参透道法自然的玄机。在这里,敬畏自然、崇尚自然、回归自然,净化了心灵。

在采风中得知,当地党委政府秉承"以人为本、注重生态、崇尚自然"理念,投资 1 亿多元,正在大力实施环山、环湖两大旅游基础和配套设施建设工程,以发展眼光,积极推进生态文明建设进程。我们坚信,文化鲁城的明天一定会更加美好。

走进白家沟湿地

　　5月18日，由兰陵县委宣传部、环保局、文联、作协等单位联合组织兰陵作家环保行采风活动，我有幸忝列其中，深感高兴。

　　采风活动第一站是金信皮革有限公司。当我们沿着阶梯登上高高的平台时，才真切地看到污水处理的场景。只见一台台机器在污水池中运转，发黄发臭的污水在池内不停地翻滚。经过几道工序的处理后，流到"接触池"的水已变得澄澈透明。公司负责人讲，处理后的水虽不能饮用，但可以浇灌农田。环保行采风团一行40余人，又先后来到白家沟湿地、西秦庄湿地、县污水处理厂、山东荣庆集团等地采风。回顾半天的行程，虽有走马观花之嫌，但收获很大。通过与企业的零距离接触，让人真切地感受到政府对环保工作的重视，不但理念超前，而且投入力度大；企业的社会责任感越来越强，老百姓的环保意识也在不断提升……这一切，让我们的生活多了份安心！

　　在几处采风点中，最令人流连忘返的当属白家沟湿地了。10万平方米的湿地原生态风貌，成为白家沟一道亮丽风景线，真是一处风景如画、空气怡人的好去处。一下车，大家拾级而上，放眼望去，眼前空阔的芦苇、菖蒲、水塘，野趣浓郁，让人心胸大开，一股清新的空气扑面而来，精神为之一振，眼睛为之一亮，别有一番景致和情趣。步伐随视觉加快，未至近前，已闻鸟声鸣啭，这里已是鸟的天堂。我们的视野里那些说不上名字的鸟儿们，竞相成趣。鸟与鸟的问候，鸟与人的交流，勾画出一幅天然动感的田园美妙画卷，演奏着如梦如幻的乐章。感谢大自然给了鸟儿们一个舒适美好的家园，让它们自由自在的生活，给人间创造和谐之美。

漫步在湿地河堤，耳畔鸟啾声声，清风袅袅；脚下野花遍地，争奇斗艳，路边金银花招蜂引蝶，浓郁的幽情野趣尽显眼底，让人感受到物我相知、天人合一的心灵和大自然的完美契合，真正体会到生命本身的原始和豁达。看着那些鲜活可爱的大自然精灵鸟儿们，平日里忙碌紧张的心情彻底释然了。蓝天白云下，艳阳和风中，曲桥蜿蜒，芦荡幽深，鹅卵石铺成的小径、翠绿的芦苇、旺盛的菖蒲，甜美的"荷园"以及乡土树种、小河流水相映成趣，令人忘却俗世的烦恼，全身心地融入自然。

看，柳树歪歪扭扭淘气地站在水边，倒垂下来的柳丝扶摇在水面上，随风飘逸，仿佛沐浴少女就着河水梳理长发。小河穿桥而过，水面上映出太阳的七彩光芒，微风轻轻地吹，泛起条条波纹，波光粼粼，似一把碎金洒在河面。草丛中调皮的小草争先恐后地展现自己的美丽，释放出沁人心脾的花香，引来许许多多的蜜蜂、蝴蝶翩翩起舞。湿地里、小河间浮水型的睡莲，错落有致，虽未花开，那片片的绿色，别有风韵。拦河坝流水潺潺，增添了律动的美。长天共流水激情，霞光与群鸟齐飞。闭上眼,有种不知身在何处的陶醉。心中偶有一缕思绪划过,临水而居多好啊,意境清朗,心境透亮,功名淡泊,利益冷却,与世无争,随季节变换,看芦苇青黄,鱼虾戏莲,水韵、荷韵、草韵自然一体,一方脱离喧嚣的清幽之地,真乃悠闲之境。要不是亲历体味,我简直不敢相信,竟然还有这么一方让人寻梦的地方。

站在高高的堤上,蓝天,白云,静静的睡莲,欢快的小鸟,赏景的游人,劳作的农民,流动的小河,组成了一幅人与自然和谐相处的场景。久久地注视着这一切,偶生感慨,我们还有什么理由不热爱生活,不珍爱自然呢?难道我们一定要在一次又一次的破坏之后才会去反思,才会想起去拯救我们赖以生存的家园吗?我们呼唤人与自然和谐,如果人人都能以呵护环境为己任,那么大美兰陵、环保兰陵将不再是一句口号。今天环保采风之行,使我真切地体验了一回人与自然和谐相处的微妙。

白家沟湿地,就是那么的独特,那么的悠闲,那么的迷人,欣赏之间,我对同行的朋友说,如果要有一叶小舟,该多好啊,"摇一叶扁舟,搅一湖碧水,观一岸风光,吟一首古诗。船在水中行,人在画中走"。平日里的喧闹和烦恼准会悄无声息地沉入水底。

这里比我童年家乡的苇塘,不知要大多少倍。这怎不令我神往和回忆呢?我从小就成长在乡村,对于乡村有一种特殊的情愫,如今,岁月带走了童年,岁月消隐了梦幻,却在记忆中镂刻着难以磨灭的记忆。今天,看到白家沟湿地,我知道,我的心又一次回到梦中,记忆走进家乡的"东大洼子"。实话说，家乡的小河算不上河，只是一条排水沟，那片水塘，只是蓄水的大片洼地，童稚的眼光把它放大了。那些年，家乡的东大洼子以它清幽的湿地魅力为故乡增添了许多绿意、活力和安谧，也成为我生命之旅中时不时都会出现的温馨记忆。在我模糊的记忆中，那里鱼儿真多，还有吊在芦苇上做窝的小鸟、丰盛的水草、茂密的树林。我记忆中的"东大洼子"，是儿时记忆中最美的风景。在那个年代，我和小伙伴们可以毫无顾忌的在水中游泳嬉戏，我的童年是和水相生相伴的。可现在，我长大了，那片水塘却没有了。

我家乡那片"水洼子"也算湿地吗？我问道。县环保局的一位领导讲，别小看农村的那些水塘，那些河沟子、水洼子，能蓄水，能灌溉，保护好了也能成为湿地。湿地是地球之肺，沉水型的水生植物和其他藻类一起在水下辛勤劳动，净化水质，湿地的功劳很大。听他这么一说，使我豁然，对白家沟湿地更刮目相看。

湿地之花，开在心的枝头上，愿明天她能开在大家的心头上。

蒹葭苍苍，芦花似梦

上下班途中，每次都要路过东洳河桥，站在高高的桥上远望，弯弯曲曲的河流像玉带般缠绕在芦苇裙下。河水两岸一大片一大片的芦苇绵延不绝，野趣横生，那洁白的芦花如雪似梦，成为冬季里一道美丽的风景，千百年来，许多诗人和画家都在用美妙的诗句，绚丽的色彩赞美梅、兰、竹、菊"植物四君子"。我知道，梅迎雪怒放，枝干苍劲，宁折不弯。兰风姿素雅，幽香清远，超群脱俗。竹挺拔秀丽，虚怀有节，岁寒不凋。菊不畏风霜，清新淡泊，千姿百态。"四君子"一直活在诗人和画家们的意境中。今天，我却独自喜欢上了这朴实无华的芦苇花。

走下转盘桥，近距离欣赏挨挨挤挤的芦苇，心旷神怡。芦苇长得又细又高，密密麻麻，摩肩接踵。芦苇头顶那毛茸茸灰白色的小花，没有诱人的花香，没有美丽的外表，没有鲜艳夺目的色彩，更没有春华秋实的羞涩，却自信地盛开，成团成簇，恢宏而宁静。风起时，成片的芦苇互相搀扶着手拉手似的在风中翩翩起舞，分外潇洒，如痴如醉。站在高处远远望去，芦花随风摇曳，恰似寒冬里的飞雪，自由自在地飘呀，飘呀，仿佛开启了浪漫梦幻之旅。晚秋时节，本是芦苇收获的季节，也许这里的芦苇不成气候，无人收割，却给这万物萧条的冬天带来一丝暖意和风光。这些临水而居的芦苇，恬静，淡雅，洒脱不羁。飞舞中透着灵性，飘逸中隐含傲骨。芦花轻盈似梦，连风儿也跟着醉了。芦花是大自然孕育出的纯朴精灵，散发着天然、清淡、朴素之魅，彰显着自然生命的尊严与品质，俨然一幅幅大自然真情写就的草书，粗犷织柔，耐人品味，更像自然造化的大写意中国画，意态神韵，韵味十足。芦花的美不是一枝花自我个性的宣扬，而是一簇簇盛开着的群体之美。平淡无奇的芦花开得岁月静好，开得潇潇洒洒，既没有自卑的心态，也没有求荣的贪婪，始终以淳朴善良之心，面对生活，生生不息；以豁达的胸襟，面对尘世，与世无争。芦苇飘絮，挥舞着一季浪漫的情怀，满天一片洁白，在阳光下轻盈，在阳光下弄影，令人陶醉。

看到芦苇，突然想起《诗经》中的一句诗来，"蒹葭苍苍，白露为霜。所谓伊人，在水一方"。诗中所说的蒹葭，就是芦苇。柔情万种、青春靓丽的蒹葭之梦，和着芦花之美，成为千古绝唱。在唐诗宋词元曲中也能看到赞美芦花的佳句：李白的"西望白鹭洲，芦花似朝露"白居易的"愁君独向沙头宿，水绕芦花月满船"；秦观的"月色满湖村。枫叶芦花共断魂"；白朴的"燕子东归，鸿宾南下，满眼芦花雪"等等。

站在茫茫芦花荡，随手摘下两三束貌不惊人的芦花，捧在手上，暖烘烘的。望着那一团团毛茸茸、雪白白的芦苇花，不禁勾起我无尽的遐想和感慨。芦苇很平凡，与树木不争，与花草不斗，以顽强的生命力适应着恶劣的环境，出淤泥而不染。芦苇，可入药，可作柴火，也可作建材建房。芦叶包粽子，那股清香可与粽叶相比。芦花，貌不出众，却花色似雪。编草鞋、扎扫帚、填枕头，皆可。用芦苇秆编织成生活用品更为实用。苇箔、帘子、筛子、席子、"席夹子"、折子、席笼子、人工造纸等等，原料都是芦苇。芦苇画作家居装饰，走进了时尚行列。"鞭打芦花，芦衣顺母"的故事至今相传。

睹物相思，突然想起童年故乡的芦苇荡，心头升起一股热乎乎的感觉。记忆中，故乡的东大洼小河滩也有这么一大片茂密的芦苇，那片芦苇就像是追求自由的精灵，远离世俗的淡泊，独守故乡那一方贫瘠的湿地。春天，芦苇发芽冒尖，似打了气一样，长得特快。芦叶轻卷成哨，奏响童年的欢乐。将芦叶轻撕成条，编成小玩具，爱不释手。盛夏，芦苇荡挺拔潇洒，透着灵秀与朴实，成了鸟的天堂。芦苇与菖蒲相间成长，鱼虾、蝌蚪，游来游去，禅了意境。在原生态的芦苇荡里秋游，返璞归真，目光所及，芦花烂漫，飘逸如云，仿佛走进了童话世界。阳光下芦花和着风的节奏，犹如舞动着的精灵。芦苇之美，醉在风中，根不移，秆不折，执手相望，风雨无悔。

时光如白驹过隙，如今家乡的东大洼已干涸，没了水的灵气，稀疏的旱芦已失去当年的繁茂。夏季雨水大时，三三两两的芦苇还在顽强地支撑着，仿佛在向人们诉说，这里曾是我的地盘，曾有过辉煌的过去。

几只水鸟，扑棱棱飞起，把我从回忆中惊醒。一阵寒风吹起，芦苇飞絮，犹如蒲公英的花瓣一般悠悠的飞起来，景象壮观。一粒粒多情的种子，承载着生命的活力，承载着芦苇深情的憧憬，带着我的梦幻和希望飞向远方，醉倒在大自然的梦里水乡。耳边似乎响起那首饱含深情、动人心弦的《芦花》在风中传唱："芦花白，芦花美，花絮满天飞……"

漫步苏堤

　　到杭州，游西湖，漫步苏堤看风景，是多少年前学生时代的梦想。早就熟知了西湖十景：苏堤春晓、曲苑风荷、平湖秋月、断桥残雪、柳浪闻莺、花港观鱼、雷峰夕照、双峰插云、南屏晚钟、三潭印月。可工作了一直没有时间、没有机会亲自看一看，今日终于有幸站在了苏堤之上。

　　坐在通往杭州市区的车上，首先映入眼帘的是车窗外的绿树，枝繁叶茂，绿得那样光亮、纯净，仿佛用水洗过似的，枝叶相拥，透着江南水乡独有的柔和。进入城区，随处可见道路两侧一处处精心设计的花坛、树丛，古老的绿树，高大而又茂密，伴着参差有别的不知名的矮树，相映成景，错落有致。

　　欣赏之间，心驰神往的西子湖畔到了。苏堤石刻，似主人欢迎远道而来的客人一样立在西湖的门前。漫步苏堤，湖边水波潋滟，碧绿的湖水在微风中徐徐涌动。远处，山色空蒙，青黛含翠。站在苏堤，望长堤卧波，古木葱郁，沿湖地带绿荫环抱，杨柳夹岸，山色葱茏，画桥烟柳。看游船慢行，小舟飘荡，给波澜不惊的湖面点缀上如诗如画的风景。三面群山似一道绿色围屏把西湖尽揽怀中，任游人岸边赏心，水中悦目。

　　听说，西湖的美景不是春天独有，夏日里接天莲碧的荷花，秋夜中浸透月光的三潭，冬雪后疏影横斜的红梅，更有那烟柳笼纱中的莺啼，细雨迷蒙中的楼台，无论你在何时来，都会领略到不同寻常的风采。

今天身在西湖，似有"不识庐山真面目"的感觉。时间匆匆，只看到西湖的山、水、树、塔，没有过多时间细读西湖，真是可惜。

西湖不但独擅山水秀丽之美，林壑幽深之胜，而且还有丰富的文物古迹，优美动人的神话传说。

站在苏堤，似在水波荡漾的湖面上泛舟，堤边垂柳倒映，倩影随风。断桥、雷峰塔、白娘子的真情，苏小小的凄婉，梁祝传奇，为这空灵变幻的湖山胜景平添了万种风情，一个个美丽的传说，好一个醉字，把千古柔情和着青山绿水糅成了一道绚丽的彩虹。

杭州这座被风雨浸润了千年的古城，生长着无尽的诗意与闲情。薄冷的梅花，枕着月光的孤独。那曲醉人千回的笛吟，拂开冬夜的静寂，流溢着疏梅的暗香。放鹤亭中，清瘦的诗人，在闲逸里，静守这段心灵的宁静。就如同月色守候西湖，千百年来，沉静若水，却流转着不变的碧波清音。今日碧波泛漪的西湖，如长笛边一曲被沉淀了千年的旧韵。许多古老的记忆已经无法拾起，垂柳下那一叶漂浮的小舟，划过了明净淡泊的人生。远去的还会走近，等待的不再漫长。

"江南忆，最忆是杭州"，至今梦里，还是那抹不去、老不尽的江南。

晨练，登上锦屏山

前几天，在外省工作的女儿打来长途电话，说这次参加公务员遴选考试，考入了河南省宜阳县委某一办公室，我和爱人闻听喜讯，欣喜若狂。俗话说，兵马未动，粮草先行。为了能让女儿按时报到，不影响正常工作，我和爱人连夜乘车从山东赶往洛阳，提前帮她解决吃住的问题。第二天清晨 6 点，我们就走进了宜阳县城。

宜阳县东依千年帝都洛阳市区，南临嵩县，西望洛宁，北接新安，是洛阳"一中心五组团"的重要链条城市。宜阳历史悠久，源远流长。夏属豫州，商属雒西地，西周为召南地，春秋归晋，战国属韩，韩国曾以韩城为都。宜阳的文物古迹及山水名胜众多，其中国家级森林公园花果山就是吴承恩所著《西游记》中花果山的创作原型，中州名刹灵山寺就是洛阳白马寺的姊妹寺。另外，古城址、宫殿、庙堂、亭台、楼阁、祠、庵、寺、观、洞、窟、泉、池以及古驿站、古桥梁、古墓群等文物古迹、遗址，星罗棋布。

当我们走进女儿临时入住的锦山福地小区时，眼睛为之一亮，环境真的优美。锦屏山犹如一堵高大屏风，东西走向坐落在县城南侧。小区公寓楼，依山而建，近在咫尺，透过窗户，一睁开眼就能看到山上的风光。对于 B 型血的我来说，方向感极差，可有锦屏山在，从那小住几日从未迷失过方向。

在女儿的领导和同事们的帮助下，我们顺利办好了入住手续，取到了钥匙，顺利乔迁新居。也许是有贵人相助吧，我们用最有效的时间，先后购置了床铺、热水器、洗衣机、电磁炉以及锅碗瓢盆等生活用品，帮女儿解决了食宿难题。

早就听说，到宜阳县城，望锦屏、登锦屏是人生一件快事。尽管一路车马劳顿，加上搬家劳累，可喜欢运动的我，还是挤出休息时间，随着晨练的人群，登上了小区隔壁的锦屏山，观赏"锦屏奇观"，游老天爷洞，享受大自然的恩赐。

起初山路比较平缓，沿着精美陡峭的台阶而上，感觉既兴奋又舒畅，裸露的山壁，陡如直立，抬望眼，天梯蜿蜒向上，山色苍翠。坐在小广场亭子里石凳上，稍作休息之后，又踏上又窄又陡的石阶，继续向上爬，扶栏向下看去，山势陡峭，让人心惊胆寒，一步一个石阶，两腿发软无力。山路两边是郁郁葱葱的树木，树下野草茂密，叫不上名字的野花竞相开放。途中，有一景点呈现在面前，深山藏古寺，真的很神奇。玉皇庙依山而建，远看庙宇小巧，并不宏伟，走近一看，却很大气，石碑众多而古朴，从碑文上知道，这庙西晋时就有，玉皇庙所在的这个山峰就是玉柱峰。小院天井里面，五六位老年人，正在吃早餐。其中一位老大娘，操着本地口音，热情主动地向我打招呼，问我吃早饭了没有，并向我简单介绍了一些古迹，可以看出他们对家乡的热爱之情如火一般炽热。从玉皇庙折返，再往上走，石阶越来越陡。在半山腰，遇到过许多小朋友，跟着家长上山下山，感觉锻炼不分大小。让我更佩服的是，快到山顶时，还遇到了一位白发苍苍的老太太也在扶着石栏慢慢地登山。相比之下，我比老人年轻多了，顿感来了力量，气喘吁吁地登上了山顶。站在山顶平地上，向南望去，山势平缓，烟云缭绕。回首北望，县城及洛河沿岸山水风光，一览无余，远处洛水若隐若现，尽收眼底。

晨风徐来，豁然开朗，尽管汗水渗透了上衣，可心情却很放松。仰望头顶上的白云，俯视脚下的洛水，犹如进了仙境。有人说，旅行就是从一个你待腻了的地方走到别人待腻的地方，去看风景。目的地并不重要，风景尽在旅途。是啊，登山，也是洗涤灵魂的过程。在这满是绿色，连绵起伏的山野，总有一种拥抱自然的感觉。在这里，心如明镜般的审视自己，静静地享受阳光和生命的快乐，感悟锦屏山清静出尘，如果常住这样的山林中，修身养性，定会超凡脱俗，延年益寿。

经女儿介绍了解到，宜阳锦屏山俗称柏杷（pá）山，坐落在县城南部，洛河中游南岸，东西长两三公里，南北宽500多米，属断裂突起的石灰岩质地壳外貌。锦屏山的南坡山势较缓，而面对洛河、屏护县城的北坡则"体如雕琢，色如翡翠，峭如立壁，峻若岩墙"，极具气势。虽然最高的山峰海拔也就在450米左右，可这里的山峰独具特色，拔地而起，秀丽峻峭，高耸入云，层叠如画屏，蔚为壮观，它是宜阳城的天然屏障，也是历史悠久的旅游胜地。

锦屏山，如一座卧龙，逶迤蜿蜒的石山自东向西依次排列着十二道山峰，分别是桃花峰、奎壁峰、烟霞峰、老人峰、玉柱峰、香山峰、书带峰、栖云峰、文笔峰、双壁峰、左狮峰、夕阳峰等，层叠掩映，美如画屏。登高俯瞰，整个锦屏山，似起伏的波浪，具有韵律之美，放眼望去，宛若十二幅锦缎条屏，凌空垂挂，峻美壮观。因其迤逦似锦绣画屏，当年唐代女皇武则天赐名"锦屏"，并亲笔题写"锦屏奇观"四个大字，刻碑立于最高的玉柱峰之上，历经1000多年的风雨，后被雷雨击毁，只为世人留下一块"奇"字残碑。

锦屏山的名字充满诗情画意，令人过目难忘。因这里风景独好，曾吸引众多文人墨客到此修道，隐居，登高远望，即兴抒怀。相传吕洞宾曾在这里修道成仙，留有三戏白牡丹等神话传说。北宋时，邵雍常与司马光等人结伴到锦屏山游山玩水，因流连锦屏山，便在山下建有家园，还留有著名的诗句："佳树排空岩下圃，好峰环翠县前山。寄言名利差轻者，少辍光阴到此间。"他奉劝人们要把名利看得轻一些，抽时间到锦屏山来享受美好时光。明万历年间的宜阳知县刘敏宽，在《锦屏山歌》诗中写道："瞻彼嵩岳地之轴，西北锦屏当其麓。群峰高并入烟霄，郁郁森森匝万木。俯瞰洛流澄且清，邙山在下如伏鲸。右连伊阙漫逶迤，左盘函谷何峥嵘……"写出了锦屏山的美。清光绪年间宜阳知县郑銮对锦屏山这样描写："日出来，锦屏开；雨蒙蒙，锦屏封。一峰一峰撑芙蓉，十二峰棱侧卧龙，蜿蜒欲走洛川东。""洛阳山色接宜阳，夹道峰峦峙两行。行到宜阳山更好，锦屏十二列青苍。"还曾有人根据各峰风光及所留典故，列出了玉柱青霞、仙楼夜月、学院书声、云亭远眺、雉蝶炊烟、藻沟流云、陶洞秋风、香山梵呗、古柏浮岚、丹台昭晖等十大景观。

晨练归来，在山脚处，我捡到一小块圆润好看的鹅卵石，回到女儿临时居住的"小家"，用清水洗过，静心写上一个福字，送给女儿，一是祝福离开父母孤身一人在外工作的小姑娘"时来运转""时时平安"；二是祝愿小姑娘今后生活幸福快乐，工作顺利。

听女儿说，锦屏山原来是一个很大很大的采石场，因矿山无序开采，留下了千疮百孔，10多年前，才被关停。为打造文化气息浓郁的旅游休闲胜地，县里启动了锦屏山矿山地质环境治理恢复项目，山体绿化、危岩清除、便民休闲等项目正在实施。当我问起，裸露的山壁上为什么有许多排列规律的小洞时，女儿告诉我，那是为了恢复锦屏奇观，当地政府"打孔种树"，将危岩清理后，在山体上每平方米打出一个斜向下45度角、碗口大小的石洞，然后填上含有氮、磷、钾的土壤，再种植黄栌、侧柏、榆树等耐旱的乔木、灌木幼苗，还把水管架上了百米高的峭壁，保障苗木的成活率。

看来，大自然也是很任性的，你破坏了它，再要恢复，是要付出很大代价的。但我相信，宜阳锦屏山经过综合治理，不久的将来，定会再现1300多年前武则天题写的"锦屏奇观"。

金秋重坊采风行

庚子立冬日，应邀参加了临沂作家金秋重坊采风行活动。恰逢交节立冬，天气却无冬意。抬望眼，鲁南郯城，艳阳高照，秋高气爽，正是外出采风的好时光。

相约郯子故里，邂逅银杏重坊

古老的郯城，"好客山东"的南大门，一方承载千年历史、蕴含丰富文化的热土，物华天宝，人杰地灵，名人荟萃，古迹众多，曾孕育了灿烂的古代文明。许许多多的传说故事，魅力诱人，亘古千年，经久不衰。因盛产银杏，被誉为银杏之都，名扬海外。

重坊，郯地西南一乡镇，两省三县市交界于此。一个名不见经传的地方，到底有着怎样的神奇魅力，居然吸引着那么多的专家、学者、游客前去科考、观光、度假呢？是因为那万亩银杏林频繁"上镜"，成为深受"驴友"青睐的网红打卡地吗？还是因为历代文人墨客来此探访古寺、欣赏银杏、追寻郯子故里传统文化精髓呢？……今天，我带着好奇和疑问，开始了采风之旅。

重坊，明·洪武年间建村，有孙坊上、倪坊上、田坊上合并而成，因三村名"坊"字重，故名重坊。明清时期，曾是郯城赴兖州府南路驿站，今天却因银杏产业，闻名遐迩。

一踏进重坊地界，大家就心不由己地喊起来：银杏！银杏！行道绿化是银杏树，大田风光是银杏树，沂河两岸还是银杏树。漫湖遍野的银杏园，形成林，汇成海，引用"林海"一词形容，绝不过分，一眼看不到边际，一眼望不到尽头。此景只应天上有，人间难得几回见。

时光隧道银杏路，满城尽带黄金甲

林徽因说：最美人间四月天。对于郯城重坊来说，秋天里的村落、村落里的"银杏时光隧道"，也许就是这片土地上最美的"人间四月天"。有诗云："一叶飘零而知秋，一叶勃发而见春。"来此看银杏叶黄叶落，感悟生命的真谛，人生一大乐事。

在重坊镇出口社区采风，几乎被眼前的美景惊呆了，难怪被中国林学会推选为"中国最美银杏村落"，的确名副其实。

漫步行走在村内观光步道上，恍若进入了童话世界，一道亮丽的风景线，让人眼睛为之一亮，精神为之一振。村内许多意境深远的老街、小巷，角角落落全是粗大的银杏树。有些树龄超过百年，有些树龄逾越千载，仿佛让人一步一步都在触摸银杏之乡特有的乡村韵味，每时每刻都在感受银杏之乡百年沧桑与岁月的轨迹。弹指数百年，沧海桑田，银杏树依然在，只是一茬一茬的乡亲朱颜改。此时的深秋银杏叶黄，村落里虽然少了几分旖旎，但却多了几分厚重。也许那是丰收的色彩，也许那是成就的辉煌，也许那是上苍赏赐给古村落神奇的黄马褂。

一个四千多人的村子，银杏古树、成年银杏大树过万株，这是上苍的恩典，这是自然的造化，更是祖祖辈辈生活在这里的人们创造的奇迹。千百年来，银杏古树与村落心心相印，形成独特的"人树相依"生态环境。

村内街道两侧绵延的银杏树、微景观不仅成为村庄的标志，而且还延续着一份乡村文化，更为外出的游子留下一种乡愁，烙下一份故乡的印记。

一处处以银杏文化为内容的墙体彩绘，成为新时代振兴乡村建设中又一道亮丽的风景，为传统的村落增添了一份诗意与温馨。似乎让多年来安详稳定、恬淡自足的老村落不再孤单，不再寂寞。一棵棵透着生机与希望的古老银杏树，仿佛无时不再讲述着曾经的风雨与传说。它们守在路边，安静地等待，等待一场千年缘分的邂逅。老银杏，不知不觉地成为原生态的乡愁符号之首，宛如架起了一座横跨古今、沟通心灵的桥梁，诠释着银杏之乡特殊的魅力，"天人合一"的理念在这里没有造作，没有虚伪，一切源于自然，"适者生存"的法则，在这里得到体验。

穿过"云溪"门楼，一溪如瀑秋水顺坡而下，汩汩有声，流入园内谷底池塘中。采风团一行顺台阶而下，立交式观光步行栈道天桥景观呈现在眼前。复又拾级而上，登至高处平台，银杏秋色尽收眼底，这里没有层林尽染，满眼却是深秋季银杏叶的金黄。以银杏叶为造型的摄影宣传栏，置于栈道两侧，将当地人文历史文化以及银杏风光展示出来。观光栈道制高点，是偌大的玻璃栈道观景天台，人行其上，犹如在"树梢"间穿行、漫步。

沿着木栈道继续前行，曲径通幽，过眼尽是银杏叶的金黄色。铺天盖地的银杏树，不为人知的美丽，悄悄地将秋色秋韵渲染到极致。这里没有大都市的喧闹与繁华，没有川流不息人群的匆忙与劳碌，一切显得那么宁静，那么祥和，那么闲适。

信步来到不远处的"银杏时光隧道"，自然奇观，堪称一绝。

马路两侧的老银杏树，犹如列队受阅的军人，高大挺拔、体魄苍劲，形体优美、华贵典雅，更如同一对对热恋中的爱人，在爱的时空，手牵着手，肩并着肩，头对着头，执着地信守着"执子之手，与子偕老"的千古承诺。参天银杏树，隔路相拥，粗壮的枝干相互交织，"天然隧道"，自然天成。树下铺满一层层厚厚的黄叶，暖色基调，如诗如画，有人美其名曰："时光隧道"。

在披了"金衣袈裟"的"时光隧道"里漫步，脚步放慢了速度，时间放慢了速度，似乎连心跳也放慢了速度。深邃幽远的空间，斑驳陆离的光影，构成了"时光隧道"静美、淡然、禅意的视觉之效果，穿越时空，令人遐思、令人神往。一阵秋风吹来，银杏叶儿，像一只只美丽的蝴蝶在空中翩翩飞舞，宛如"仙女散花"。一片一片的叶子，时不时调皮地划过游人的脸颊，挑逗着游人那根兴奋的神经。刹那间，一条金光大道，奇迹般地铺就在你的面前，变戏法儿似的，满地黄金扇，震撼游人心。陶醉在金色的世界里，我们的心灵似乎也得到了洗礼。

游人不知不觉地融入在"时光隧道"画面中，与风景同框，与时光同醉，陶醉在迷人的秋色里。这里的风景不论是一棵树，还是一片林，不论是全景，还是特写，哪怕随意一拍，都可构图成画，都可充当桌面背景。无数拍客沉醉其中，那一抹金黄印记，在脑海中一辈子也抹不掉！游人会心一笑，似乎成为忘不掉的风景，永远定格在拍客捕捉的镜头里。在光与影的交织中，"时光隧道"由近及远，由宽到窄，无限延伸，画面透视感极强，一直通向远方，一直通向游人的梦里。

中华银杏园，见证慢时光

来到村东，沂河岸边，就是中华银杏园，山东郯城国家银杏公园中心区，国家 4A 级生态旅游景区。该园是由附近十几个村的银杏园相依相连构成的"万亩银杏园"，集千年银杏嫁接工艺于一身，现已发展成为全国独树一帜的银杏优良品种园、观光园、文旅基地。

"出门无所见，满目银杏园。风动白果雨，雁鸣金沙滩。"也许是对中华银杏园最好的注释。

早就听一位导游朋友说过，国内有两大"最黄"的景点，"西有内蒙胡杨林，东有中华银杏园"。别误会，这"黄"字，不是儿童不宜。百闻不如一见，中华银杏园的的确确称得上"最黄"的两大秋景之一。

一方水土养一方人，秀丽的沂河，沂蒙母亲河，自北蜿蜒而来，特别眷顾重坊这方百姓。奔流至此，突然平坦开来，在重坊地界上，造就广阔的冲积平原，为银杏的生长繁盛提供了得天独厚的条件，形成银杏园林、湿地码头、游鱼飞鸟、百舸争流的人文景观。中华银杏园与村落自然融为一体，人与自然和谐共存，百里沂河为景区增添了灵动的一笔色彩。

中华银杏园内，有的银杏树在这里生长了几百年，甚至上千年。其中"百年好合""千年银杏怀抱柏""凤树"等奇观银杏树龄都在千年以上。

中华银杏园内雁泊湾，著名的银杏观光景点，是天然氧吧，也是鸿雁栖息的天堂。千株古银杏树，绵延数十里，沿河而生，雄树如塔，雌树高耸，景象壮观。登上观景台，沂河岸亲水码头、观鸟平台、阳光沙滩以及满园的银杏景色，尽收眼底。

在这里，既可拥抱沂河美景，尽情感受沂河的灵动与神秘，远离尘世，怡然自得；又可尽情享受银杏园的优美与恬静，树下休憩，坐享幽静；还可尽情聆听大自然的心跳，回归自然，忘却烦恼。这里，一个离秋天最近的地方，一个接受大自然洗涤心灵的地方，也是一处见证爱情、见证慢时光的银杏童话世界。在这里与大自然亲密接触，呼吸着夹带泥土芳香的空气，顿觉五脏六腑尘埃涤尽，一种淡定从容、超脱恬淡的惬意充满心间。在这里，有看不尽的银杏风光，有道不完的银杏情怀，更有悟不透的秋色神韵。

秋季的暖阳从金黄的银杏叶子中间照下来，恰似一斗碎金，洒在林间步行道上，洒在树下落叶上。树上那一丛丛银杏黄叶，像一支支燃烧的火炬，照亮了景点，热闹了林间，给开放的银杏园林增添了几分暖意。一枚枚银杏落叶，带着浓浓的黄金色彩，从空中划过，成为秋天日记里美丽的邂逅，将秋季的宽度扯得越来越宽。

园内以雕塑或小品微景观构成的现代造景与原生态绿植相辅相成，古朴野趣，巧夺天工；郯子夜读、银杏仙子等奇石、石刻惟妙惟肖、质朴清新；用造型艺术文化展示的各类人偶造型，美轮美奂、亲切自然，在欣赏银杏的同时，让人享受着多角度立体化顶级造型的饕餮盛宴！

园内，一对对婚纱恋人，或牵手信步，或摆着 pose，在摄影师的镜头里彰显出浓浓的爱意。那些扭动着优美身姿的模特儿，身着红装，红唇间漾着清淡浅笑，表达着自然与美的结合，成为大家镜头里的焦点。

没在秋天欣赏过银杏园林的人，也许贴不上谈秋色的标签。如果说秋天的郯城是它最美的季节，那么重坊银杏园的秋色，一定是每年最为刷屏的风景。叶落知秋，重坊银杏也许就是阳光下最绚烂的那一叶。

文友大冰告诉我，在重坊附近，新村官竹寺遗址还有一棵三千年历史的老神树，为全国雄性银杏树之冠，值得一看。我说，好啊，这个秋天，你在郯城重坊等我。

千年古树、千年古刹，似乎就是天生的绝配搭档，春去秋来，每一寸风景，仿佛都有着禅意和唯美的故事。

树如人生，人生如树。银杏树，植物界的"活化石"，立足大地，风雨千年，不卑不亢。乐于奉献、高雅圣洁的品格，值得学习。

独具匠心"木匠坊"

5月27日，我与来自沂蒙老区的文朋诗友一行40余人参加了首届木匠坊"匠心传承"主题采风活动，共同见证了山东吉美乐木业集团"传承中国文化、弘扬工匠精神"的执着与坚守。

执着是一种精神，坚守是一种境界。

在吉美乐国际家具广场偌大的展厅里，错落有致地展示着该公司潜心研发、匠心制造的"水韵""榆豐""檀香木语""罗马邂逅"四大系列300余种实木家具产品，几乎涵盖了客厅、卧房、餐厅、书房四大类别。这里的确是家具的世界，"一木一器，一器一形"，每件家具各具特色。天然、环保、健康、时尚的实木家具，天然本色，色泽亮洁，高贵典雅，自然纹理，清新脱俗，让人感悟到返璞归真、回归自然、崇尚自然的亲切。仿佛每一件家具，都透露出自然与原始之美，简直就是一件不可多得的艺术品，让人心动；似乎每一件家具都是精品，值得收藏。

身在其中，大开眼界，移步易景，情随景生。心灵深处不知不觉地产生一种对美好生活的向往：如果有条件，一定要拥有一套这样的实木家具，每天都可陶醉在木色生香的环境中，聆听来自远古大森林的天籁，也算享受生活简静、恬淡人生了。

　　也许，在每个人的心中都有实木情怀。因为实木家具不仅是一种生活的必需品，也是一种生活态度、一种情怀，更是一种对自然健康生活的追求与向往，让心灵有一种自然的归宿。这种情怀，源于大自然的恩赐、时间的沉淀；源于中国匠人的匠心工艺；更源于源远流长的中国传统文化与现代时尚元素的结合。

　　近距离端详"木匠坊"的家具，用手轻轻地抚摸，用心静静地感受，内心总有一种美油然而生，心情似乎也被时光雕琢过似的。

　　看，"木匠坊"非洲黑檀木的书柜、书桌，金丝檀木（TER）的茶几、茶台，敦厚结实，木纹清晰可见，造型设计朴实大气，给人最坚实的支撑。"木匠坊"一件件金丝檀木都是生长于非洲热带雨林地区的名贵木材，百年成材。木料行业一贯叫红斑木，学名简称鞋豆木。在其板面有美丽的斑马状纹理，又被称作"斑马木"。其木质厚重而细腻，含金属质感，让人感受到独有的祥和之气。早期多用于欧美宫殿、豪华游轮，近几年才流入中国市场。静心欣赏木纹的华美，暗红与金黄，丝丝交错，行云流水，犹如书画家一幅浩然大气的画卷，动感十足。取材于非洲黑檀木的桌、椅、橱、柜，造型典雅，氤氲着宁静致远的红木文化气息，自然之美、文化之美、技艺之美，无不体现着独特的匠心精神。

　　看，"木匠坊"俄罗斯黄榆木餐桌、坐椅、酒柜等产品，做工考究，典雅大方，清秀隽逸。既保留了明清家私的造型，又收分有致不虚饰，方中带圆，自然得体，刚柔相济。有人说，好家具是一幅画。榆木质地硬朗，纹理直而粗犷豪爽，刨面光滑，弦面花纹美丽，近似"鸡翅木"。它特有的质朴天然色彩和韵致，通达清晰的自然纹理真的像一幅幅山水风景画，大自然田园气息扑面而来，让人瞬间感觉远离喧嚣的闹市进入了世外桃源之境。也许，它代表的不仅是一种传统，一种文化，更是一种品味，一种格调。作为工薪阶层的我们，能拥有一两件榆木家具，足以让居室蓬荜生辉了。

再看，"木匠坊"俄罗斯水曲柳沙发、床、斗柜等产品，用料丰厚、粗壮坚实、线条流畅，充分展现出水曲柳材质坚韧、纹理美观、优雅不俗的特点。拉近人和材料、人和自然的距离，给人一种亲切之感。

在"木匠坊"家具中，我见到了吉美乐集团新研发的新中式实木家具，让人眼睛为之一亮，精神为之一振。新中式家具是对传统中式家具的高度概括与升华。伴随着国力增强，民族意识复苏和中国文化风靡全球，山东"吉美乐"的顺势而出充满了国际化的韵味。在传承古法工艺和"匠心精神"之际，对中国家居文化理念深挖、求索、理解和创新。立足中国传统文化，用东方审美去打造品质生活，用工匠精神，潜心创新研发的新中式风格实木家具，既保留了中式家具的意境、精神象征和神情气韵，又抛弃了传统的烦琐复杂，演绎出对中国传统文化意境的充分理解，给人以古朴大方、优雅温馨、自然脱俗的感觉。特别是以阴阳平衡概念调和室内生态，营造出禅宗式的理性和宁静环境，同时也展现出中式家居的层次之美。比如一款"木匠坊"博古架，灵秀典雅，禅之意境，清雅幽远。再如精致实用的"木匠坊"储物柜，简约时尚，自由空间，完美收纳，呈现新旧碰撞的艺术之美。

在山东吉美乐（集团）公司生产车间，与工匠师傅们近距离接触，目睹了"百年不成材"的木料华丽蜕变成一件耐人寻味"艺术品"的全过程。在木匠眼里，木头与人一样，是活的，都有灵魂和脾气。在制作流程中，锯、切、拼、开槽、打孔等工艺，都由智能化机械生产代替，然而在细节打磨、面漆、擦色、修色等工艺中，依然保留着传统的生产工艺，几十道工序，独具匠心。手工打磨圆滑处理，呈现镜光效果，有效避免了直角带来的隐形伤害，独特的弧度，完美优雅，闪烁着实木特有的光芒。在这里，我们真正见识了"敬业、精益、专注、创新"工匠精神的传承与中国工匠的智慧。

古语云："艺痴者技必良"。作为中国这样一个有着五千年历史根基和深厚文化底蕴的国度，需要越来越多敬业、精益、专注、创新的"艺痴者"，吉美乐集团董事长杜新彦便是其中之一。在当今，许多企业老板心浮气躁，追求"短、平、快"，忽略了产品的品质灵魂。而在吉美乐，董事长杜新彦始终倡导"原始、生态、自然、绿色、环保"的用材理念，坚持匠心传承，不断雕琢自己的产品，不断改善自己的工艺，不断享受产品在手里升华的过程，享受在行动中体悟修行的乐趣，成为实木家具行业中的骄傲。

在采风座谈中得知，山东吉美乐木业（集团）有限公司，是一家集家具设计、居家装饰、研发、生产加工、销售于一体的综合性企业集团，产品远销美国、英国、德国、法国、意大利、西班牙、比利时、瑞典等 60 多个国家和地区。"木匠坊"系列实木家具先后获得"中国优秀绿色环保产品""十大实木家具品牌""中国知名品牌"等称号。多次应邀参加德国科隆家具展会、新加坡家具展会和香港家具展会。木匠坊"檀香木语"系列成功亮相第 30 届深圳国际家具博览会,并荣获"产品设计金汐奖"和"质量环保金奖"。

因为热爱,所以专注;因此热爱,所以传承!我们有理由相信,山东吉美乐木业(集团)有限公司未来的道路将越走越宽阔。

亮美嘉走笔

6月23日，"诗意亮美嘉"文学采风活动，在临沂灯具城山东亮美嘉灯饰总部七楼会议厅成功举行。

近几年来，我因文学活动，曾多次造访亮美嘉公司，可每次来，总感觉时间不够用的，眼睛不够用的，心思也不够用的。这一次，我专门提前一个多小时来到这里，静心聆听灯光与时光的传奇故事，身心感受灯饰与家居的百年好合，用心体验实景生活的精致与真实，感悟企业文化与禅意人生的真谛。

刚一踏进亮美嘉总部迎宾门台阶，就被楼前停车区典雅、时尚、艺术、人性化的环境所吸引。那一池荷花，恰似一幅活的画，绿叶间朵朵荷花竞相绽放，荷香流溢，为酷暑夏日送来一抹清凉。水是人类心灵的向往，水的风韵、水的气势和水的声响，都给人以美的享受，引起人们无尽的遐想。

一滴水珠可以折射太阳的光辉，一片绿叶可以显示大地的生机。单是这充满诗情画意、亲近自然的门脸，就彰显着亮美嘉人对美好生活向往和对人生品位的追求。

灯是家的窗户，灯饰是家居的眼睛。从古代的火把到蜡烛，从油灯到电灯，再从灯的生活实用到艺术亮化，无疑不再演绎着社会的进步与蜕变。

灯饰作为家居生活的必需品，不仅仅局限于照明，更是在装饰着环境。以其优美的造型、色彩、图案及艺术效果与家居融为一体，给家庭生活带来祥和、舒适、温馨之感。

亮美嘉灯饰总部一楼至六楼，精心设有"家居照明体验馆""欧美主题风格生活馆"、中式经典以及新式中国风灯饰、软包区、现代家居饰品等等经营区和展示区，用名品灯饰、家具和不同风格的软、硬饰品进行真实的家居生活场景实景展示，形成了典雅、时尚的艺术化家居生活方式。这里的灯饰与家居和谐统一，书香茶韵，古典情怀，异域风情，田园气息，让人目不暇接，耳目一新。部分灯饰还融入了许多世界级艺术大师的名作与设计理念，技艺精湛，美轮美奂，令人绝口称赞。其中一个楼层里全是中式和新中式灯饰与家居，将中国福、中国结、红灯笼、红梅瓶插、红木书案、文房四宝、京戏脸谱、琴棋书画、根雕、盆景、水墨、祥云、彩陶、瓷器、丝绸、刺绣等等中国文化元素，巧妙搭配，精心布局，营造出气质恬淡舒适、高贵典雅、宁静致远、中庸大度的人间烟火空间。移步异景，呈现在人们面前的都是一场场无与伦比的视觉盛宴。

道家老子曰："天下大事，必作于细。"也许亮美嘉决策者和管理者们深刻领会了此言的内涵，才把这里布局得如此完美。

"把眼前的事情做到极致，下一步的美好自然就会呈现。"这句话是我在亮美嘉电梯里读到的，无声地见证了亮美嘉人的工作态度。

这里所有的灯饰与家居，总是给人一种家的感觉，犹如温暖的符号，让人心动；每一个精致的灯饰，似乎都有一种说不出的意境，透着家的温馨与对光明的祈盼，回归到一种惬意舒适的生活。

不论是叫上名字的吸顶灯、落地灯、吊扇灯、壁灯、射灯，还是叫不上名字的灯饰，应有尽有；不论是水晶灯、蜡烛灯、云石灯、红木灯，还是陶瓷灯、铁艺灯、铜灯饰，总是让人心生羡慕；无论是复古的、现代的、烦琐的、简约的，还是实用的、艺术的，都是匠心制作，别有情趣。下至不足百元的小台灯，上至过百万元的大吊灯，色彩纷呈，气质不凡，让人走进一个流光溢彩的艺术世界和梦幻家园。

近距离观赏，沉稳、宁静、质朴的新中式吊灯，不仅体现着匠人对传统文化的深刻理解，更是将传统元素与现代设计手法巧妙融合。既具有中国传统文化的神韵，又具备新时代创新的理念，静谧柔和之美，尽显人文情怀。

看，中式风格的铁艺灯，造型各异，安全牢固，有的似灯笼，有的似荷塘，有的似如意，还有的似时钟；祥云图案、龙凤纹样、鲤鱼牡丹雕刻其间，自带复古感的魅力，独具历史岁月的痕迹，给人以一种厚重的感觉，充满着中式文化的神韵与禅意。身临其境，不由得让人静下心来品尝生活，用心体味在蓝天、白云、流水间追寻自由与休闲的乐趣。优雅隽永的气度仿佛代表了主人追求卓越的生活品位。看似低调却不失高贵与雅致，提升着人居环境的品质。

看，这款新中式的铜质吸顶灯饰，图案是以铜艺雕刻"梅花"和"小鸟"构成，将传统中梅花和喜鹊搭配，象征着喜上眉梢，幸福吉祥。以红梅高洁、坚强、谦虚的品格，给人立志奋发向上的激励，诠释了东方优雅照明的特色。耐心品味铜灯饰意境生活真谛，总感觉它就是一种意境，一种生活态度。

再看，这些欧美风格的铜质系列灯饰，色彩浓烈，造型精美，将云石、水晶、铜材等意境组合，伴着景泰蓝、玉雕、铜艺等技法，既有古典韵味又有现代奢华，营造出惬意、浪漫、温馨、舒适、雍容华贵的效果，工艺考究，匠心独具，就像一件件精美的工艺品、收藏品，风格和造型简约、大方，注重古典情怀，更注重休闲和舒适。简约而不失简单，感性而不缺个性。异域随意不羁的生活方式，不经意中成就了一种休闲的浪漫。用手慢慢触摸，用心静静感受，光滑、圆润，透出铜材特有的凉沁感觉。原来，铜灯的表面经过细致的抛光打磨处理，没有一点儿毛刺。用手轻轻叩击，铜质声响，浑厚、深沉，清澈、悦耳。

惬意时光，唯美绽放。一款款田园风格的灯饰引起了我的好奇，运用天然木、石、藤、竹等材质质朴的纹理设计而成，抛弃复杂，崇尚自然，表现出一种田园牧歌的沉稳与豁达，乡村味十足。让人看一眼，一种浓郁的乡村气息和朴素的亲近感扑面而来，一种安逸、悠闲、舒畅、自然的田园生活情趣油然而生，感觉浮躁的心灵顿时在这里平静了许多。

在亮美嘉七楼办公区，楚风汉韵的中式建筑、禅意空间设计装修，完美地诠释了中式文化的魅力和质朴中的禅意人生。别具一格的楼顶天台景观让人眼睛为之一亮，精神为之一振。孔子说，"仁者乐山，智者乐水。"老子说，"上善若水。水善利万物而不争，处众人之所恶，故几于道。"可见，水中有哲理，水中有道意，水中更有禅味人生。

穿过七楼会议厅门前的厅堂，首先映入眼帘的是水景。动静结合、弯曲有度、质朴自然的水景设计，将水巧妙地融入建筑，成为亮美嘉七楼天台建筑的延续，有效地展示了水的灵气与生机。站在曲桥边，一池碧水，彰显出一种轻松与平和。细细的涟漪，衬托出一种动感的朦胧美。水景边的修竹、绿植、小品建筑，连同蓝天白云一起倒映在水中，变一为二，上下交映，不但增加了景深，而且还扩大了园林的空间感，给人以清新、柔和、惬意之感，似乎让我读出了亮美嘉主人的修养与品位。

水池西侧，从外观看，恰似一座悠闲庭院。顺着曲桥，踏过仿古门楼，园内景致与趣味令人震撼，一种慢时光在这里呈现。楚风汉韵的木质结构四合院，造型各异的灯饰与人文景观相得益彰。在城市密集化的今天，一座带花园的房子已经成为一种奢望，这组"绿色景观"，衬托出了亮美嘉楼顶建筑的壮观与美丽。天井中央，是一方修剪整齐的草坪，这种绿色的"生物地毯"虽不单独成景，可与放置在草坪里的一张长桌、几把休闲座椅，加上简约造型的盆栽，叠石迭景，和着温暖的阳光，构成一种"天人合一"的风格。灯柱与绿植下面都有圆形池或盆相聚相伴，不同色彩的小鹅卵石放置其中，散发着一种野趣。庭院四周许许多多木质结构房间，如办公区、书房、会客厅、写字间、茶艺馆等等，门窗或圆或方，窗明几净。笔墨纸砚置于红木书案之上，古色古香的屏风，惟妙惟肖的根雕、独具匠心的博古架、中国元素的灯饰，禅意茶桌，将恬适娴静的空间气氛表达得淋漓尽致，犹如走进了一方世外桃源，让人驻足陶醉，流连忘返。

水景东侧，是生活区，简约、禅意、自然，"少即多"的意境，让人尽享自然的美好。生活于现代都市的喧嚣之中，忙忙碌碌的人们都在寻找一份宁静，在俯仰之间感受东方意境空灵之美，也许这里就是一处文人雅士聚会的好地方。

禅心不浊，清心静气。

有人说，外圆内方是人生的最高境界，仁者见仁，智者见智，这里的动与静，方与圆，让我感受到亮美嘉企业老板虚怀若谷、大智若愚的禅境和人格魅力。

他们依托中华传统文化底蕴，将办公区、生活区设计成禅意空间，以其自然和谐、古朴简约、清净雅致的风格，营造出宁静却不失净雅，远离喧嚣而不离城市的理想空间，让高层管理者在感知中回归自然，使内心达到平和、放松，不但能修身养性，更能助推企业繁荣兴旺，这是亮美嘉决策者的智慧啊！

在采风中得知，临沂亮美嘉创建于 2004 年，系欧普照明山东、苏北运营中心，中国灯饰行业首家设立超级大卖场的灯饰运营商。现已发展为涵盖名品灯饰、软装配饰、高端家具、家居饰品、家装创意设计等在内的家居用品综合营销平台，成功跻身于"国内灯饰连锁十强"。

小企业做事，大企业做人。在这里，我切切实实地目睹并感受到亮美嘉企业文化的氛围。企业文化是企业进步的灵魂，是企业活力的源泉，更是推动企业健康发展的巨大无形力量。

我相信，亮美嘉有这种优秀的企业文化作支撑，与光明同行，一定会照亮未来，照亮千万家。

城投开元采风行

5月31日，应邀参加了由兰山区作协、青藤文学网、山东城投开元置业集团联合组织的"发现生活之美"采风活动。

采风团一行先后参观了傅屯嘉园、城开·东岸、城开·首府等项目，这些楼盘既有品牌高度，又有产品深度，更有生活温度，对建筑美学、园林设计和居所环境的解读与表达达到新的层次。

城投开元，美在环境

城开·东岸的居所环境震撼了我，每到一处，眼睛总是为之一亮。该项目位于临沂河东商圈、东城新区的核心地段，毗邻沂河盛景黄金水岸、滨河湿地公园，一街之隔是在建占地1700亩的沂州古城，附近还有高尔夫练习场、新四军军部旧址纪念馆（公园）、温泉度假村、500亩教育配套等，无形中给东岸时光SOLO配套了超大的后花园。

沂河，临沂的母亲河，环山绕岗，款款南行，两岸芳草绿树，天光云影，尽显旖旎风光，得天独厚的自然景观、人文景观，激活了沂河水畔，更是提升了隐贵阶层对品质生活的追求。

千年沂州城，一席桃源梦。忙碌在城市的人们，几乎心中都有世外桃源梦，那是精神家园。如今的城开·东岸，繁华与宁静兼得，奢华与低调相应，缔造了一座城的传奇。

城投开元以"让生活更美好"为宗旨，以敏锐的眼光，为城市做"纪"，为时代做"纪"，融名校、生态、智能、宜居于一体，匠心筑家，业主每时每刻都在享受城市珍稀资源的礼遇。

选择一个圈子，就是选择一种生活。城投开元引商业街入圈，富有文化韵味和生活情趣的门面、尺度适宜的街区聚散空间，漫步其中，内心得到闲散与释放。

城投开元，美在园林

现代人骨子里的家园情怀在城投开元项目里得到呈现。和煦斑驳的光影投射在绿荫下的橡胶步道上，宛若洒下一地碎金。清新的园林气息与不可抗拒的盎然生机令人目不暇接，给人一种返璞归真的享受。

水是人类心灵的向往。择水而居，千年之梦。水的风韵、气势、声音，给人美的享受与联想。"风水之法，得水为上，藏风次之"，不论你是走进城开·东岸，还是走进城开·首府，居住风水已回归到骨子里。通透的园林造景，巧妙的连廊设计，威仪的景观布局，每一条步行小道、每一层水景平台、每一处活动场地，采光与通风兼备，让人叹为观止。

城开·首府经典的大门，门内景观廊道，步移景异，多种元素相得益彰，无不展示着城市的魅力。一汪水池，石磨流水、曲桥莲花、菖蒲野苇、廊榭建筑等，连同蓝天白云一起倒映水中，上下交映，不仅增加了景深，更是扩大了空间，让人顿生禅味。多重水景在园中肆意流动，绿植奇石，微景小品，或雅或趣，美得出人意料。每一处造景似乎都是一个世界、一种春秋，恰似大自然的神来之笔，散逸着天地的神秘与灵气。大到核心景观，小至节点景观，皆依地形的起伏之势，打造灵动的立体生态，赋予园林更多的生机活力，美得让人赞不绝口。生活被水环绕，从身体休憩到心灵放松得到解放，养生之道在这里体现。将房产财富、修身养性变成生命延续的另一种方式，让人从中看到自己的坐标与未来。

城投开元，美在匠心

建筑是凝固的音乐，更是凝固的文化，城投开元总能在不经意间，触动人的心弦。城开·东岸，诗意的居所，以不凡的格局，无限的视野，匠心的品质，重新定义城市生活观。将尊崇自由空间作为前提，依托自然而造，脱去斧凿的刻板，融情于山水中，建设出一种带有诗意的住宅，花园里的城市居所。

房价疯涨的临沂楼市让购房者望而却步，而东岸时光SOLO河景小面积公寓，成为人们梦寐以求的新品，在这里不缺少对大自然的真实触摸。站在窗前，俯瞰临沂新城的笑颜，欣赏水岸盛景，享受天然氧吧的恩赐……放纵自己的感官，在恬静中静享时光曼妙、生活的美。这里见证人居进化，更是引领一座城市的审美觉醒，诠释了新时代产品的美学理念。

城投开元，美在物业

城投开元不仅是在"造房子"，更是在"造生活"。

城投开元人秉持匠心，精心筑家。在建筑设计上追求一流，在材料选择上务求一流，就连物业服务也力求一流。以公寓为代表的新型产品，服务性、安全性、高体验度、品牌保障等多重优势尽显，让有梦想的人同样拥有"住有所居"。让每一次回家成为穿越公园的美妙旅行，延伸着生活的梦。

城投开元所有项目，全部实行星级物业管理，将智能管理融入在人性化服务中，每次归家，业主都能享受尊荣礼遇。

城投开元，美在内涵

"一叶落而知天下秋"。在建筑领域中，世界化的冲击，正推动着时代的进步。而在临沂，城投开元是当之无愧的佼佼驱动者，每一天都在创新城市生活，每一步都在推动城市进步。从城投开元的项目，让我得以窥见这座城市对美好生活的向往。

也许这里就是我"向往的生活"，一座城的居住观因你而从此改变。

走进茶艺馆，静享慢时光

近日，在兰陵县城水岸金街东岸的莲心缘茶艺馆，应邀参加了首个文学沙龙。对兰陵文化情有独钟的茶馆经营者赵女士居然也加入到我们的团队中，一起探讨文学发展，共同品读文化人生，感悟茶文化的魅力。

水岸金街，位于兰陵县城东浉河与浉河古道双龙戏珠交汇处，依水成街，以街为市，被当地人称为"千年浉河古道，一条财富金街"，拥有"小秦淮风情商业街"的美誉。

"坐看河边云卷云舒，运筹帷幄天地间"。临河而居，涉水而活，带着诗意人生的追求，享受"慢"时光，是现代很多人梦寐以求的居住状态。

在莲心缘茶艺馆，与阳光清风为伴，不为人潮而扰，犹如一处世外桃源。面朝河水，春暖花开，进享繁华，退享自然。水的柔情，如梦如幻，给人一种心情放松的抚慰与心灵深处的召唤。回归自然，重温那份久别了的感觉，体悟上苍赐给的那份最高礼遇。在悠然的时光里，推窗而望，自然风光，悠悠河水，尽收眼底。倘若静坐窗前，眯着眼睛即可尽情享受透过玻璃窗洒下的冬日暖阳。手持一杯香茗，远眺波光粼粼的河水，如痴如醉。在这里，真的寻到了一处古朴典雅、宁静别致、清静和美、上风上水、读书品茶的好去处。

我与莲心缘茶艺馆相识，也许真的是文学缘分所致。

最初了解莲心缘茶艺馆，是在作协组织的一次赴鲁城采风活动中，茶艺馆老总赵女士一路同行，并向采风团成员每人赠送了一份精致的手绘"三才碗"纪念品。这是一套上有盖、下有托、中有碗的"三才合一"盖碗，绘有莲心缘标志图案，可收藏，可实用。在采风座谈中，我第一次感受到赵女士自强不息、厚德载物的人生境界。

第一次走进莲心缘茶艺馆，是巧合，也是救场。莲心缘茶艺馆为传承传统文化艺术，弘扬和挖掘兰陵民间曲艺，专门开设了老戏台、"小雅茶空间"，无偿为民间艺人表演提供舞台、茶水，许多贴近百姓、乡土气息浓郁、古老而珍稀的剧种在这里得到展示。其中，有一个晚上，应县民间曲艺团团长、非物质文化遗产渔鼓传承人陈志昆先生之邀，友情客串了一次主持人。在这里，真正见识了沂蒙大地上面临失传的渔鼓、坠琴、莲花落、山东大鼓等曲目，让我也见识了茶馆经营者的仁义之心和传统文化情结。

第二次走进莲心缘茶艺馆，是受老同学之邀，破天荒地品尝了一回养生茶宴。茶艺馆三楼精心打造了以茶入菜的养生茶餐，利用茶叶的营养价值，将中国传统美食与茶文化有机结合，运用五谷杂粮创新制作的养生汤品、养生茶菜、养生主食茶宴，绿色健康，独具特色。品尝过茶宴的人，对"吃茶"有了一份浓浓的兴趣。不由得让我对茶馆经营者高雅的茶餐理念、纯朴的养生文化刮目相看。

今天，是第三次走进莲心缘茶艺馆，在"旬子学堂"参加文学沙龙。活动之余，我专门参观了这座被中华茶馆联盟吸收为临沂首家成员、被中国茶馆专业委员会授予兰陵唯一茶艺师培训基地的指定茶馆，对"兰陵茶馆的故事"有了新的认识。

茶，通往心灵的饮料。茶，大自然的精灵，质朴无华，自然天成。品茶，既可健身清心，又可雅志怡情。我们围桌而坐，纷纷放下一些尘念，与书香为伍，与茶香相伴。在这寒冷的冬天，品一杯茉莉红茶，暖心暖胃。一盏泥陶，一杯香茗，一片冰心；一本书，一缕阳光，一份惬意。一曲琴音伴着时光，悠扬灵动，洒脱飘逸。古朴的茶桌上，茶韵袅袅，茶香悠悠，和着阳光照射进来，扑鼻倾心。一抹绿意在柔光中律动着，让喧嚣浮躁的心境顿时平静了下来，不由得让人重拾一份平和而美好的情绪。

"平生于物原无取，消受山中一杯茶"，品茶一直被文人当成一种高雅的艺术享受。茶带给文人的是净化，是纯洁的心灵与山水自然融为一体，是天人合一的"大美"境界。

禅一念，茶一味，人间最美是清欢。缕缕轻烟透过杯口，轻轻撩拨时光空间，一缕阳光，莲心自开，氤氲了有书香的日子。

茶艺馆一楼大厅产品展示区，汇聚全国各地名茶、茶具、茶玩、名家瓷器艺术品，多而不乱，彰显个性，圆梦生活。特别是那些茶宠，让我顿生好感。栩栩如生的一片枯叶，寓意一叶知秋，珍惜岁月。惟妙惟肖的三颗仿真花生，寓意三生有幸。"口吐金钱"的三足金蟾，造型生动可爱。活灵活现的鲤鱼跳龙门、端庄大气的"麒麟送子"，慈悲的大肚弥勒，悟禅的达摩，仿佛将人带入大彻大悟的境界。莲子造型各异，形态不一，印证了佛家的一句话"莲由心生，心生万相"。蓄势待发的竹笋，生机勃发；"福禄"葫芦，平安是福。这些茶人在喝茶时放在茶具上作点缀的小玩意，寓意深刻，带有对美好生活的期望，体现着生活的情趣与雅兴。大自然的巧夺天工，匠人的温暖手作，一件心物，一缕情怀，给一间茶室、一张茶桌、一方茶席带来诸多的灵气。

在一楼茶艺室，观看茶艺表演，感受古韵古风。身着古典茶艺服的美女茶艺师，双膝跪坐在莲花座上，布好席子，放好茶具，以清水净手，以平静的心情进入茶境……举手投足顺应音乐的起承转合，娴熟而又温婉，把茶艺雅韵至极的美感展现得淋漓尽致，给人以美与静的享受。

二楼品茶区，角角落落错落有致地摆放着各种图书，令人陶醉于袅袅茶香和淡淡墨香中。成套的小郭泥塑、古老的石雕石刻、时尚的小品造景，仿佛让人穿越在历史与未来之间，感悟到岁月静好。

三楼茶宴区，兰陵传统文化，融入在各个雅间中。楚风汉韵的门楼造型，犹如进入了乡村胡同。以兰陵剪纸和沂蒙蓝印花布作为饰品和装饰，到处弥漫着朴拙幽雅的文化韵味，散发着东方文化魅力的芳香，透视着"青出于蓝而胜于蓝"的传奇。

莲心缘，一个亲切而温暖的名字，一道清新而雅致的风景。诠释着红尘、喧嚣中的宁静，演绎着人生跋涉中的甘苦。

有人说，品茶有三乐：独品得神、对品得趣、众品得慧。中国茶道正是吸收了儒、道思想精华，注入了"天人合一"的哲学思想，使人们崇尚自然、崇尚朴素，重生、贵生、养生。

我不是茶专家，也不是茶学者，更不懂茶道，对凤凰三点头、慧心悟茶香等茶道名词知之甚少，但我知道客来敬茶自古以来就是我国人民重情好客的礼俗。待客以酒，酒要满，茶要浅，在一深一浅中，感悟人生。只要用心去品，就一定能从淡淡的茶香中品出天地间至清、至醇、至真、至美的韵味来。犹如郑板桥所言："白菜青盐糁子饭，瓦壶天水菊花茶。"

泡茶可修身养性，品茶如品味人生。一杯茶水中"酸、甜、苦、辣、涩、香、味"俱全，如同人生的轨迹。走进茶，亲身去感受它、品味它，你就会发现，无限风光在其中。

一壶好茶，是每一片茶叶共同创造的净土。茶，注入无华的水，生活有了意境，人的一生就可以在一杯茶里修行。一片茶叶放到壶里，就像融入了这个世界，很快就被遗忘，喝的人即使喜欢一壶茶，也不会单独地去赞美哪一片茶叶。茶是一片片的，慢慢地在杯中散开，叶片有大小，也有卷缩，在清纯的世界，与世无争。就这样，一片茶叶，不求功德，不求福报，默默无闻地贡献着自己的芳香。

茶无贵贱，养心为主、养身为辅，"柴米油盐酱醋茶"，养身的需求，贴近生活；"琴棋书画诗酒茶"，养心的需求，禅茶茶一味。茶，既是自然生态的展示，又是精神生态的延伸。在茶香里，有青山的秀，白云的净，清泉的甘；在茶香里，有阳光的暖，清风的柔，雨露的冽；在茶香里，还有诗情画意的香、佛禅自在的香、仙道逍遥的香。

茶有两种姿态，浮与沉。只有浮沉，才能氤氲出茶叶清香。

喝茶也就是两个动作，拿起和放下，却透着一叶一世界，一壶
一人生。人生如茶，水是沸的，心是静的。在一杯茶面前，心
静了，世界也就静了。喝什么茶不重要，适合自己的茶才是好茶。

当代人，工作忙、压力大，让生活中的速度与节奏，在
一杯茶的时光里慢下来。

尊重教育，善待自己

前些日子，在古镇神山集市上，我偶遇几位已退休的老教师，一阵寒暄过后，便提起涨工资的事，他们纷纷向我诉说心中的苦衷。现在他们退休在家，都不敢出门，一上街走走，就有好事者开玩笑地说：等死的又出来了？一个月四五千花不了吧？还有人说，老师最清闲，每年两个长假，一周还歇2天，算起来，一年上不了半年的班！占着茅子不拉屎，误人子弟。

"家有半碗粮，不当孩子王"，教师的社会地位，从旧社会"臭老九"的尴尬，到现在"教师待遇要与公务员相当"，充分体现了社会发展进步和尊师重教的好政策。在社会对教育期望值越来越高的今天，教师头上的压力也随之越来越大。教师教书大半辈子，退休了，还受到歧视，确实令人心寒。

三百六十行，行行出状元，行行有苦衷。不知从何时起，教育似乎成了众矢之的，出现点问题，就会被炒得沸沸扬扬，教师曾一度在风口浪尖上过日子。"教师是太阳底下最光辉的职业""教师是人类灵魂的工程师"，备受社会关注很正常。可老师也是普普通通的人，非圣贤，也有血有肉，也有父母儿女，也面临婚姻、住房、子女升学、就业等一系列问题和困惑。每天要起早贪黑奔波于学校，苦苦耕耘，终日一支粉笔，两袖清风，三尺讲台，四季晴雨。人生事万宗，宗宗辛酸泪。人在世上，做任何工作都会有酸甜苦辣，可教师这个职业的苦衷，只有真正做过老师的人才知道。

　　人在红尘，心在青山，也许乡村小学教师永远做不到。来自学校、学生、家长、考核、晋级带来的苦衷暂且不提，仅社会流言给教师带来的苦衷就难以言表。到菜市场买菜，遇到熟人，不敢讲价，"当老师的就是小气！"一句话赏你一个大红脸。我们教师的收入低，要养家糊口，要穿衣吃饭，只能靠精打细算过日子，"抠"一点，却成了别人取笑的把柄，成了教师永远抬不起头、直不起腰的"紧箍咒"，这也许是人们对老师工作的不理解。台上一分钟，台下十年功。下课后，教师的心理负担很沉重，这是其他任何一个职业所不具备的。一节课背后的辛苦无人知晓，要用超出一节课几倍的时间来备课、批改作业、研究学生、做家访，参与结亲连心走访活动……话多劳神、身心疲惫，不言而喻。据一项调查，中国人的平均寿命是 72 岁，教师的平均寿命只有 59.3 岁，教师的亚健康超出常人的 3 倍多！

　　"国将兴，必贵师而重傅；贵师而重傅，则法度存。"善待乡村教师，就是善待乡村教育。让乡村教师有尊严，基层教育才有尊严。乡村教师是乡村生活的灵魂，是希望种子的守护者。改善乡村教师的待遇，才能让教师有信心撑起乡村教育的一片蓝天。百年大计，教育为本。教育之基，在于教师。社会要善待教师，以正常的心态评价老师，尊重教育，理解教师，切实提高教师的收入和社会地位，营造宽松的教育教学环境，为教师提供广阔的发展舞台，让教师更有尊严地活着，有尊严地工作。

尊严来自自己，尊严来自内心。诸葛亮在《诫子书》中谆谆告诫其子：非宁静无以致远，非淡泊无以明志。职业决定了教师抒写黑白人生、爱洒桃李，过一种平和淡泊的生活，所以，教师改变自己的唯有内心，转变心态，笑对人生。

善待自己就是善待生命。我们是父母的孩子，也是孩子的父母，更是爱人的寄托，纵使肩膀再柔弱，脊梁再单薄也要托起一片爱的蓝天，给家人一个最温暖和最安全的港湾，没有理由被流言打倒。领着一份不多不少正好养家糊口的工资，无法跟别人相比，也不用跟别人比。"桃源至今不可得，自种桃花在堂前。"从自己做起，从现在做起，心宽门前，自有桃花绚丽开放，热爱生命，生活就会充满生机和乐趣。

心宽无处不桃源。呼吁教师心态放宽，善待自己，善待学生。多一份善待，多一份包容，拥有健康的心态，每天的太阳都是新的，每一天都会充满阳光和希望。心中充满阳光，路过的一草一木都是风景。就像有人说的"你若盛开，清风自来，心若浮沉，浅笑安然"。

魅力神山，我的家

在千年古县、文化兰陵的东部，有一处钟灵毓秀、物华天宝的鲁南重镇——神山镇，那是"山东南菜园""山东洋菜园"的大门，也是我的家乡。

一条蜿蜒曲折的老剡子河（又名燕子河）静静地流淌了上千年，见证着神山这片水土由原始到文明的嬗变。

神山之美，美在底蕴。

神山，古老而又美丽，几千年的历史沉淀，文化底蕴深厚，卓尔不群。众多的人文古迹、传统文化，为神山增添了无限风采与神秘。

神山镇以村命名，神山村，因山得名。镇驻地北偏西1公里有神山，海拔 150.9 米。俯视神山，恰似凤凰展翅，东、西剡子河犹如两条巨龙腾飞。境内有燕柱山、三峰山柞国铁蜂铜燕"部队"和柞王宠儿击鼓戏铁燕亡国之传说；有神山脚下不老泉千古神话；有《响马传》跑马场遗迹；有《隋唐演义》石大奈将军石像和将军桥三百（碑）六十（石）一孔桥遗址。神山脚下还有商墓群、西沙行、红土门、王子坑、玉皇楼、娘娘庙、金碓、铁神、石鼓、月牙桥、九街十八巷七十二胡同等名胜古迹。商墓群遗址的发现，更是承载了神山厚重的历史和灿烂的文化。

神山古寺始创于唐，原有戏台、泰山奶奶祠、玉皇殿、大佛殿、泰山行宫等庞大的庙宇建筑，古朴典雅，气势雄伟，香火不断。每逢秋高气爽，登山望海，所见景象如同泰山观日。后历代兵燹，所有建筑全部倾覆，遗址尚存。"文革"后，遗址周边数百棵古松古木遭到彻底破坏，知名古迹变残碑断碣。山上曾经的林荫小道，松柏掩映下的佛殿、道观、僧舍、碑林，庙堂中的神像、香炉、青烟、诵经、膜拜以及川流不息的信男信女，成为人们永远的记忆。现存明清"重修庙记"等碑刻23通，成为研究鲁南宗教文化发展史的重要实物资料。

神山，原名凤凰山。重修玉皇庙碑记："郯西北九十里有凤凰山。势雄伟，高入云，花果满山。"清·乾隆四年，重修泰山娘娘行宫殿碑记称：郯邑西北九十里有凤凰山焉，会忽改为神山易音乎神山也，盖亓岱岳神灵所有。因此岱岳之灵赋予神山之名。据史料记载，郯国初，郯国君在神山高处设拜天台，建郯祠、女娲殿，郯君数次拜祠。

神山之美，美在传说。

相传，神山之名，经历了灵山——凤凰山——神山，三次演变。

传说远古时神山原为一座红土山，俗称灵山。距今一万年前的旧石器时代晚期，神山东临大海，山巅凌云，红土覆盖。东坡海边有一石柱高数丈，阻挡海水上岸，俗称石影子。山上苍松翠柏，云雾缭绕；山间果木花香，彩虹飞架；山下溪流潺潺，祥云飘逸；林中珍禽异兽，物阜民丰。原始部落在石影子附近磨制石器，狩猎采集，繁衍生息。海市蜃楼时常出现，一度引来仙人携神牛下界，路石上留下仙人脚印和神牛蹄印，至今清晰可见。

　　新石器时代中期，灵山经历了一次特大地震，灵山移位，山顶瞬间裸露出数亩青石平台，成为先人的拜天台，俗称凤凰顶。山巅红土西倾，凹陷数百丈，一股八印锅口大小的泉水喷薄而出，高数十丈，形成一片汪洋汹涌南下。从山巅倒下来的红土被大水冲出数丈宽的深沟，两壁直立，形似大门，俗称红土门。历经数载，红土泥沙顺流南下，形成一条数里长，高丈余的沙丘，俗称西沙行。日月轮回，便冲积成良田数千顷，俗称红土原。震后地壳变动，神山之南出现多座土岭，其中北岭较小，俗称小西岭；南岭较大，俗称南山；向南至青竹，还有几座土岭。

　　传说王母娘娘乘双凤巡游人间，落脚神山，观此地人心向善，便点化海水东撤，露出良田万顷，点化南山为米山，点化南小岭为面山，点化西侧泉水甘洌清澈。点化完毕，王母便乘凤凰升天，而另一只随从因贪食人间美味，触犯天条，化为人间凤凰山。

　　传说清帝玄烨派王大人在状元之家花氏之婿陪同下巡察凤凰山时说：前有凤凰来，后有麒麟送，妙也神也。从此，凤凰山更名为神山。《郯城县志》载：古郯西北有神山，有碧霞元君行宫，香火日盛，人皆言有神，故曰"神山"。

　　神山之美，美在物产。

　　神山，一片充满活力与朝气的土地，"天下第一蒜"驰名中外。

相传玉皇大帝幸临神山。口渴，掘一泉，并植一草于泉边，生九叶，迅而繁衍遍山。后郯地瘟疫滥行，百姓苦不得医，偶食"九叶仙草"，病乃祛。如今，这山泉还在，无论旱涝，不溢不涸，饮之甘洌，人称"不老泉"。这仙草，百姓大受其益后，广种遍植，培育为"苍山大蒜"。

神山镇是苍山大蒜的发源地和主产区，自汉代传入已有2000年的栽培历史，神山四六瓣大蒜是在特定的生态环境条件下，经过长期的自然选择和人为定向培育而形成的特有品种，为山东省传统名特蔬菜之一。目前全镇大蒜种植面积3万多亩，年产蒜薹、蒜头5万吨，所产蒜薹粗、脆、鲜、辣，耐贮存；大蒜头大、皮薄、色白、瓣整、清白似玉，黏辣郁香，有很高的食用和药用价值，因所含大蒜素明显高于其他产区而被誉为"天下第一蒜"，素有"神州大蒜看苍山，苍山大蒜数神山"之说。

因大蒜产业惠及百姓，为寄托山水故土之情，1996年有识之士筹资36.9万元，建大蒜牌坊一处。牌坊设计突出民族风格，再现东方艺术，古朴典雅，庄严恢宏。顶部双龙戏珠，飞檐轻展，寄寓腾飞之意。正额由中国书协主席沈鹏先生题写"天下第一蒜"，展示神山大蒜名冠天下之地位，且有民歌《大蒜谣》为之颂。

神山之美，美在正气。

神山，是一方红色热土，演绎过血与火的革命传奇。著名的"神山教案""苍山暴动""老屯惨案"等都发生在这里；

　　在神山走出了众多的革命志士，如，黄埔一期革命先驱冷相佑，周恩来总理称之为"黄埔硬骨头"。早期共产党人陈信亭、李华源等出生在这里，并在这里战斗过。神山还是刘之言早期建党活动的主要阵地之一，我县第一个中共支部就在这里建立。据县革命烈士英名录载，在著名的淮海、孟良崮等战役中，神山镇共涌现出革命烈士 97 位，神山曾在山东党史上拥有光辉的一页。

　　神山之美，美在和谐。

　　站在新的历史节点，实现中国梦的宏伟蓝图，再一次让神山人民热血沸腾，满怀希望与憧憬，又开始了共建美丽神山的追梦之旅……

　　神山镇先后荣获了"全国农产品加工业示范基地""山东省一村一品示范乡镇"、临沂市园林小城镇和城镇管理明星乡镇等称号。2013 年，被山东省政府列为全省第二批百镇建设示范镇。

　　一张蓝图，从容运笔。当地政府围绕以打造富裕、宜居、秀美、和谐、活力乡村为目标，大力实施"美丽乡村"建设，神山变得清晰而亲切。

　　一山一世界，一水一天堂。神山镇紧紧围绕"两条燕子河一座凤凰山"，大做"二龙戏珠"规划文章，并顺利通过省专家组评审。自 2014 年起，高规格、大手笔分步实施小城镇建设，一幅饱蘸时代气息的美丽画卷在神山徐徐展开。

　　尊重历史，留住乡愁，神山赋予美丽乡村深刻的内涵。历经沧桑的古村落没有被人遗忘，散落在乡村的古树、古宅也没有被人遗忘。一条沟，一片林，一条道，一片绿，一个村庄，一道风景。其中，西庄银杏树已成为家门口的景点。富足的心灵，悠长的余韵，恬淡而温馨的乡村文化广场，浪漫而潇洒的乡村公园，不仅让诗意的栖居成为现实，也让祖辈种地为生的老百姓拥有了田园牧歌式的生活向往，住上了洋楼，开上了轿车，用上了高科技。如诗如画的乡村，心灵栖息的精神家园，如梦之花自然绽放。

乡土，乡情，永远是褪不掉的底色。魅力神山，我的家，美丽神山，我深爱的土地。

科学发展，绿色崛起。神山，在路上。

教室"变脸"见证时代变迁

中国，五千年灿烂文明孕育、滋养的国度。

翻读她厚重的历史，似乎每一页，都在求索与抗争、奋斗与崛起的交织辉映中坚韧前行，磅礴不息。凝视中国，如同欣赏一幅精心创作的画卷，无论局部还是整体，总有着升腾不屈的气势。在这气势的背后，是驰而不息的奋斗，是代代相传的复兴梦。

今年，是我国改革开放40周年。40年沧桑巨变，40年光辉历程。改革开放40年，使中国迅速成长跃升为世界第二大经济体，综合国力显著提高，人民生活极大改善，中国特色社会主义充满生机与活力。40年来，我们是改革开放的实践者、参与者、亲历者，我们也是改革开放的见证者、受益者和分享者。

我出生于20世纪60年代末，亲历改革开放40年，见证了祖国发展辉煌成就，时刻感受到新时代大国情怀。大的方面不说，单是说农村小学教室的"变脸"，就彰显了时代的变迁、社会的发展和文明的进步。

个人记忆，家国情怀。20世纪70年代中期，我从老家村内小学校上小学。说是"学校"，其实也就只有10多间破旧房子、几位挣工分的代课老师和几十口子大大小小的孩子而已。"黑屋子、土台子、坐着一群泥孩子",是那时学校教育的真实写照。我上一年级时,我们的教室是两间狭窄的东屋,厚厚的土墙,裂着许多道缝儿,屋顶上的高粱把子发着霉,窗棂已腐烂,用木条无规则地钉着。教室里的课桌凳都是学生自带的,高低不一,五花八门,有四条腿、四边框的"坐床子",有三条腿的小长凳,还有没有腿的高木墩,最后一排竟然还是用半个破门板搭在大石头上的活动三人"桌"。土坯垒成的讲台,外皮已脱落;一块挂在土墙上的旧门板,老师用锅底灰刷过,当成了黑板。用得时间长了,黑灰擦掉了,斑斑点点的旧门板现出了原形。简易的黑板,虽然其貌不扬,但她却哺育了一代又一代知识与文化的追寻者。挂在教室门前树上的一块废旧犁铧,是学校唯一的信号——"钟""铃",早到校的老师手拿小铁锤,踮起脚跟,有节奏地用力敲,铛、铛、铛的铃声几乎传遍大半个村子。早晨起床铃要敲击100下,成为记忆中永远抹不去的战斗号角。教室低矮,老式的门窗很小,采光不好,又没有电,夏天闷热,冬天透风。晴天还好,雨天时,外面下大雨,屋里下小雨。一到阴天,就无法上课,老师偶尔在室内给我们讲故事,大部分时间都是学生自由打皮猴子的时间。

等上到四年级时,教室换成了北屋2间房,土坯垒成的土台子当课桌、杨树解板染上黑漆做黑板,不知从谁家借来的一张老式破旧二抽桌当讲台,的确让我们高兴了一阵子。可是由于学生辍学多,三、四年级合在一起上课,长大了才知道,那叫复式班。

1978年,党的十一届三中全会作出了实行改革开放的重大决策。我的家乡在20世纪80年代初,开始实施农村家庭联产承包责任制，推动了农业农村的发展，家乡村办小学教室也得到改观。

1988 年，我师范毕业后被分配到家乡，在乡镇中心小学做了一名人民教师，从事太阳底下最光辉的职业。18 岁的天空，开始留下亮丽的青春与激情。老家村小从村内搬迁到村外，新建了一处比较像样的完全小学，直到 21 世纪初期，村小撤并。

我所任教的乡镇中心小学，也发生了较大变化。尽管校园低洼，一下大雨，操场就变成了"海"，可比其他村小办学条件先进得多。学校统一配备了木课桌，三间屋一排教室，非常宽敞，焊制的铁窗户，很大，很大，安装着明亮的玻璃，采光特别好，还用上了明亮的日光灯、幻灯机……让我们看到了教育的希望。

到了 1992 年，我们的学校进行了升级改造，教室里换上了水泥黑板，这种黑板是用细砂、水泥、猪血等均匀搅拌后抹在水泥墙上，再涂上黑板漆而成。窗户变得越来越大，木质课桌也进行了更新换代。90 年代末期，教学条件和教学环境得到了进一步的改善，教室里不仅装上了电扇，还安装了投影仪，配备了录音机等教学设备。

教育兴则国兴，教育强则国强。改革开放 40 年，我们党始终把教育摆在优先发展的战略位置上，始终不忘"百年大计，教育为本"的宗旨，促进了乡村教育的快速发展。

如今，随着时代发展，科技进步，我们乡镇中心小学发生了翻天覆地的变化，教育均衡发展得到进一步提升。合并了多处村级小学，多姿多彩的中心小学校园就像一个美丽的大花园，一座座宽敞明亮的教学楼、多功能综合楼拔地而起，完备了微机室、语音室、录播室、美术室、音乐室、舞蹈房、科学实验室和多媒体教室等等多功能教室，网络中心、图书室、阅览室、仪器室和器材室等配套齐全。特别是教室里，当年的"土台子"换成了多媒体操作台，安装了班班通、电视、空调和太阳能等设备。

教室内原有的黑板消失了，逐步从水泥黑板、金属黑板、玻璃黑板到电子白板、触摸屏一体机、人性化的新型"黑板"，一路走来，让乡村教室实现了大"变脸"。特别是近几年，自实施远程教育进课堂以来，教室内的计算机集文字、图形、图像、声音、视频、动画等多种信息形式的编辑、控制和传递于一身，熔古今中外地域民俗文化、人文景观于一炉，为学生学习营造了资源丰富、形象生动逼真、知识表征多元化的模拟与仿真情境，极大地优化了学习环境，结束了一支粉笔、一张嘴的乡村化教学历史。

光阴如水，岁月如梭。40 年，光辉岁月弹指一挥间，40 年，中华大地沧桑巨变。一滴水珠可以折射太阳的光辉，一片绿叶可以显示大地的生机，一株小草可以见证森林的成长。农村小学教室的变化只是社会变化的一个小小的印证与缩影。教室的变化不仅说明了办学条件的改善和提高，更体现了改革开放 40 年，祖国经济日益繁荣，教育事业空前发展。

历史车轮滚滚向前，时代潮流浩浩荡荡。未来，还有更多的 40 年，需要我们去憧憬、去拼搏、去开拓、去践行、去实现，让我们携手并肩，去开启下一个辉煌的 40 年！

兰陵村名标志独成景

　　有人说，每一个人的家乡都会有一个独特的标志。比如，巴黎人把卢浮宫中的蒙娜丽莎看作家乡的标志，埃及人把狮身人面像看作家乡的标志。现如今，在乡村振兴的进程中，大美兰陵，美丽乡村，也逐步建起了属于自己的家乡标志。

　　今年暑假，我到兰陵县神山、磨山等乡镇采风，一到村口就让人眼睛为之一亮，精神为之一振。不知从何时起，许多村庄犹如雨后春笋一般，纷纷在入村主路口竖起了醒目的村名标志石，有的建起了村口微景观，有的地方还设置了许许多多的景观小品。

　　远远望去，众多村名标志，形式上虽有雷同，但形态各异，风格千秋。走近细瞧，你会发现每个村口景观皆有自己的 style，各展风采。有的村是用巨型的天然奇石雕刻村名，既有传统文化的魅力，又不失现代艺术的风格，高端大气，独具神韵；有的村是用白墙黑瓦砌成的仿古"门脸"或牌坊，运用江南水乡"借景为虚，造景为实"的建筑风格，彰显出质朴清新、平静悠远的意境；还有的村是以雕塑或小品微景观构成的现代造景，古朴野趣，巧夺天工。这些村名标志，独立成景，自然成画，给人们带来神奇的视觉效果，为往日只见其貌不知其名的村庄配上了"身份证",成为进入村庄递上的第一张"新名片",恰似门童替它的主人笑迎八方来客。

有人把村名标志称为"外地人的眼、当地人的脸",琢磨琢磨,真的有道理。村口景观不仅是村庄的标志,还延续着一份乡村文化,更为外出的游子留下一种乡愁,烙下一份故乡的印记。这些标志景观,不但提升了乡村形象,丰富了人民精神文化生活,还进一步推进了当地区域文化和旅游文化的发展。

特别是景观中的小品,皆是景观中的点睛之笔,对空间起到点缀作用。精美、灵巧的设计,起到了"景到随机,不拘一格"的艺术效果,在有限空间,得其天趣。你看,一块块新颖的指示牌,一组组精美的隔断,一座座构思独特的雕塑,以及湖边的座椅、小桥,公路两侧的车站牌、街灯、防护栏、道路标志等等,不仅具有简单的实用功能和装饰作用,更是艺术与自然的结合,既是情感的另类表达,又让陌生人来到兰陵,感觉到人情味十足。有人称它们为室外环境艺术品,在地方传统和历史文脉中饱含了记忆、想象、体验和价值等因素,使人不由得产生对美好生活的向往,勾起游子的情感节点。

从筑牢民族精神的历史深度、继承优秀传统文明的文化角度、建设社会主义核心价值观的政治高度,当地政府倡导设置兰陵农村地名标志,已成为农村面貌改造提升行动的重要内容之一。有些标志,体现着兰陵山水风光,体现着儒学文化;有的体现着特产名品,旅游品牌,有的体现着民风民俗、红色兰陵,有效提高了兰陵的美誉度和文化内涵。

走进村子,乡村文化墙彩绘,成为美丽乡村建设中又一道亮丽的风景，为传统的乡村文化增添了一份诗意与温馨，似乎也让多年来安详稳定、恬淡自足的古老乡村不再孤单，不再寂寞。这里街道宽了，仿佛让人心也跟着亮堂起来，就连乡亲们遇到客人打招呼都多了一份热情与宽容。

尽管街道拓宽拆迁，沿街房屋参差不齐，新旧不一，但是爬满墙头的爬山虎、何首乌、紫藤，盛开着的木香花、蔷薇、凌霄，以及墙根狭窄的空地上几畦绿油油的韭菜，几架丝瓜和米豆，透着生机与希望，仿佛讲述着每一条老巷子和街道曾经的故事，它们守在路边角落，安静地等待着，等待一场缘分的邂逅。在村内走一走，转一转，深深地感觉到文化广场聚人气，健身广场练朝气，文化墙上树正气，一股股新时代的文明新风正扑面而来。

久居钢筋混凝土的樊笼里，生活总是一个味道，也许内心早已渴望着与乡村自然的零距离接触。今天，时光正好，微风不燥，正是享受乡村太平盛世之美的好日子。

乡村之美，美在自然，美在生态。

兰陵乡村，一个自然、朴素、和谐的家园；兰陵乡村，一个让人魂牵梦萦的地方。回归乡里、落叶归根逐渐成为许许多多在外"打拼"累了之后，让心灵回归的选择和期望。

在乡村，有许多质朴的民风、自然的美景，还有原生态的乡愁符号之一方言，宛如架起了一座横跨古今、沟通心灵的桥梁，乡村这种特殊的美是在繁华的城市所看不到的。这里没有城市的烦恼与造作，没有城市的紧张和压力，一切皆源于自然，日出而作，日落而息，"天人合一"的理念在这里得到进一步诠释。吸一口新鲜的空气，看一看蓝天白云下已闲置多年的石磨、石碓和牛槽；听一听鸡鸣犬吠、鸟鸣啾啾；看一看叫不上名字的古树名木；品一品最原汁原味的乡村吃喝，让人绷紧的那根弦顿时有了放松。

乡村之美，美在"四德"，美在正气。

所到之处，大型系列宣传画"中国梦""名言名句""二十四孝"图、"诚、孝、俭、勤、和"墙体彩绘以及"四德"工程、社会主义核心价值观等亮点频频引人驻足，潜移默化地陶冶着人们的情操。

中国自古以来就是礼仪之邦，中华民族自古以来也是一个讲究品德教育和个人修养的民族。古有"五礼"之说，还有专门写礼仪的书，譬如《仪礼》《礼记》《周礼》等等。文明，早已成为做人的基本道德底线。《二十四孝》中的"七孝"就发生在我们沂蒙山区。那些图文并茂的画儿，就像发生在我们身边的故事，细雨润物，默默地影响了走过路过的人们。

古老的兰陵大地，人杰地灵，名人荟萃，曾孕育了灿烂的古代文明。兰陵是荀卿治邑，《劝学》之地；兰陵是仓颉造字、邱颖造律之乡，最初的文字和律条从这里诞生；兰陵还是左丘明著《左传》《国语》，季文子推行"初税亩"之所。当年，荀子曾两度出任兰陵令，在孔子核心思想"仁"，孟子核心思想"义"的基础上又提出了"礼""法"的思想。荀子《修身》《劝学》等名篇脍炙人口，流传至今。《左传》有云："忠信礼之器也，卑让礼之宗也。""礼，天之经也，民之行也。""让，德之主也，让之谓懿德。""礼""让"作为中国传统美德的一部分，在建设美丽乡村的今天正成为一种时尚。在兰陵这块土地上，抓"四德"工程教育，有着得天独厚的条件和厚重的历史文化底蕴。我想，道德的最高境界，一定是可以通达审美的。

俗话说："百善孝为先""孝为德之本""积善成德"。行善与修德，听起来，是简单而熟悉的字眼，淳朴而高尚的词语。做起来，行善容易，修德却难。在践行社会主义核心价值观、实现中国梦的今天，树立社会新风，弘扬社会正气，与文明同行，显得尤为重要。

山山有树，给人类撑起浓浓绿荫；人人有德，为世间造就悠悠和谐。乡村文明是一种品质，是一种修养，是一种人类进步的标尺，更是人类和谐共处的金钥匙。生活里多一次理解的宽容，道德赞歌上就会多出一串动听和谐的音符。明天的文明，始于今天的奉献。孔子的"不学礼，无以立"；孟子的"敬人者，人恒敬之"；李白的"土扶可城墙，积德为厚地"；诸葛亮的"静以修身，俭以养德"……这些名言名句，无不诉说着礼与德的重要性。这也正像古人所言：格物、致知、诚意、正心、修身。

"人无德不立，国无德不兴。"我坚信，人人都坚持以德修身、以德服人，人人都乐于展示自己的大爱、大诚、大孝和大仁，大美兰陵将不再是一句宣传口号。明天的兰陵，我的家乡，一定会呈现"一城道德风，满目和谐情"的良好局面。

我的入党故事：不忘初心牢记宗旨

在人的一生中，总有一件亲身经历的大事令人刻骨铭心，也总有一个幸福动人的时刻让人难以忘怀。是啊，加入中国共产党就是我生命中的一件大事，站在党旗下举起右手宣誓的那一刻，就是我最幸福动人的时刻。尽管时间会冲淡记忆，但是入党这件事，却是历久弥新，任时光流逝也无法抹去灵魂深处的记忆……

我生长在农村，童年时代，是物质比较匮乏的年代，整个村没有电，更没有电视，听大人们讲的是革命故事，特别是地下党的故事；偶尔看一次电影，也是革命电影。刘胡兰、黄继光、邱少云等人物，是我最早知道的英雄形象。电影《南征北战》《铁道游击队》《永不消失的电波》《江姐》《红色娘子军》等电影，共产党人的形象深深地烙印在我的脑海中。上了小学、中学，知道了中国共产党的主要创始人之一、中国共产主义的先驱、伟大的马克思主义者李大钊同志的事迹；1949年新中国成立，一大批有志青年在共产党的领导下成为新中国发展的中坚力量。1978年改革开放，拉开了中国对内改革的大幕，也是许多共产党员冲在了前面。从1921年起，在社会主义金光大道上，处处都有无私奉献的共产党人。因此，我少年时代的理想，就是做一名光荣的中国共产党员。

1988 年 7 月，我师范毕业，被分配到农村小学，做了一名人民教师，从事太阳底下最光辉的职业。爱岗敬业的我吃住在学校，认真备课、上课，关心学生身心发展，无私奉献，教书育人。酷爱文字与写作的我，经常带领学生一起观察生活，一起走进大自然采风，一同健康成长。在十八岁的天空，开始留下亮丽的青春与激情。

每逢有同事入党，听到庄严的国歌和国际歌响起，我总会热血沸腾。于是在工作之余，借来《中国共产党章程》和有关党的基本理论知识的书籍认真研读，了解了党的发展历史和光辉历程。从中懂得了一个道理：信仰与生命同在，人活着就要用生命去解释自己的信仰。随着教龄的增长，更加坚定了我要成为一名共产党员的信念。

2000 年 7 月，因工作需要，我被借调到乡镇党政办公室工作。基层是一个大舞台，更是一个大课堂。在机关大院，我目睹了许许多多的共产党员立足本职岗位，时刻牢记全心全意为人民服务的根本宗旨，时刻把党和人民的利益放在首位，事事处处把人民群众放在心上，高标准、严要求开展每一项工作，办好每一件事又让我明白了做人要为他人而活、为社会而活的道理。于是，向党组织递交了我的入党申请书。

2004 年 3 月，在当时的镇党委副书记许应龙和党委宣传委员徐启超两位同志的介绍、推荐下，我光荣地加入了中国共产党。无论是做党委秘书、党政办公室主任，还是担任纪委副书记，我一直恪守入党誓言，将"全心全意为人民服务"的宗旨和坚持初心始终贯穿、融合在平凡而实在的工作中。一路走来，风雨兼程，有付出就有收获，年年都被评为机关先进工作者或者优秀共产党员，县级的荣誉也是年年获得，忠实履行了一个共产党员的庄严承诺！

如今，我离开乡镇机关，又投身到了乡村教育事业中来，不止一位老师问过我，你觉得教育工作和在机关大院工作有什么不同，我一直都答：没有什么不同，都是为了信仰，为了初心。

我骄傲，我是一名中国共产党党员；我无悔，我是一名中国共产党党员。在"七一"党的生日来临前夕，我想再次重温入党誓言：我志愿加入中国共产党，拥护党的章程，履行党员义务……为共产主义奋斗终身，随时准备为党和人民牺牲一切，永不叛党。

绿色交通自行车

周末逛街时，竟发现兰陵县城一下子涌现出多处公共自行车租赁站点，成为县城一道亮丽的风景线。看着这些崭新的自行车，心里的波澜不经意地缥缈起来，那一段抹不掉的记忆不知不觉地润湿了眼前的阳光。

20 世纪 70 年代初期，在老家农村，谁要是有一部自行车那是很风光的事。那个年代，乡亲们把自行车当作宝贝，曾流传过"宁借老婆不借车"的故事。那时，买自行车要凭票，步行到县城百货楼凭票买，大约花 150 元，没有购车票的只能到"黑市"上多花一倍的冤枉钱买高价自行车。

如今，自行车在我心里慢慢地变成了一个符号，一种回忆。

记得第一次见到的自行车是大金鹿牌子的，虽然笨重，可载重货物最棒。那时，我家就有一辆二手的大金鹿牌的自行车。

在寒假里学自行车，小手冻得通红，满身是汗，依然乐呵呵的。当时骑大金鹿，其实并不算是骑，应该说是"溜"，将左脚放在脚蹬子上，右脚放在后方猛得一蹬地，自行车就会带着人往前走。"溜"过一段时间，胆子也就大起来，由于个子还没长高，不能跨到大梁上骑，就用左脚放在脚蹬子上，将右腿从大梁下面三角架里伸过去踩另一只脚蹬子，身子偏在车的左侧，一圈一圈地骑，尽管姿势不雅，像玩杂技，可也会骑车了。当时还有的家长怕孩子学车时摔坏了心爱的自行车，就在自行车的车把上和后货架上各绑上一根长长的推磨棍，即使人摔下来，自行车也不会摔倒。那时自行车金贵，好多人把新车买回来后，要用塑料带把一切可能露在外面的地方缠得严严实实的，掩盖了美丽的本色。巧手的姑娘会给车座做一个座套，有的是用花布简单缝制的，有的是用毛线编织的，还有的是用"纳鞋垫"的方法一针一线"纳"出来的。我以为是为了美观，后来才知道，是为了保护，怕磕掉了自行车的漆，还怕磨破了骑车人的裤子。

　　时间的年轮飞快地旋转，车犹如走马灯似的变换。许多人从自行车、小木兰、雅马哈、轻骑、幸福250（摩托车）、电动车到轿车，随着时代的发展不停地更换着。而我依然爱骑自行车，也曾有过由自行车换轿车的想法，说实话临时还真换不起，只能自欺欺人地说骑自行车安全，绿色交通，低碳出行，优哉游哉。

　　曾无数次梦想，等有了时间，就骑自行车载着心爱的人去远游，到陌生的地方看风景，回味曾经浪漫的时光，重温"下坡、顺风、带老婆"的经典记忆，让多年漂泊的心再次飞翔。

品味年俗里的美好向往

春节，中国的年，年俗是人间美的符号。

尽管我们炎黄子孙的年俗大同小异，都离不开祭祀、祈福和休整这三点，但在悠久的历史长河中，各地又形成了自己独特的年俗文化。

老家临沂，东夷文化，民风古朴，春节带有浓厚的乡土气息和地方特色，一切年俗都有美好的寓意。

乡村过年，讲究的是"一元复始，万象更新"。乡下过年，年味最浓。

小时候，在乡下老家过年，虽然那时生活拮据，没有多少闲钱买年货，但是忙年的活儿依然应接不暇。过了腊月二十，母亲就忙碌起来。换水淘洗生豆芽、磨豆煮浆做豆腐、天井内外大扫除、推石磨烙煎饼、镂萝卜炸丸子，小年辞灶、除夕守岁，初一敬天，接年纳福迎财神，全是道道。母亲把所有的情感寄托、美好向往、生活的希望与祈盼，全部糅合在忙年的各个细节中。就连说话也在图吉利、讨口彩，句句讲究。尽管我们那时小，一知半解，依然照着学，默默地记在心里。如今母亲已是耄耋之年，可过年的各种传统习俗仍然传承着。

百节年为首，四季春最先。以除夕和春节为中心的过年，是中华民族一年中最重大的岁时节日，也是中国人最浓郁、最美丽的乡愁。春节，是传统节日中时间跨度最长的节日，整个春节活动并非正月初一这一天。

老话说得好，过了腊八就是年。腊八，拉开了春节的序幕。忙年，从农历"小年"开始，一直到年后正月十五闹元宵结束。二十三祭灶官、二十四扫房子、二十五做豆腐、二十六去割肉、二十七宰公鸡、二十八把面发、二十九蒸馒头、大年三十熬一宿、正月初一扭一扭。这些年俗，作为一种文化，一直流传在民间，像一串串美妙的音符，深深地烙印在我们心上，成为永远抹不去的快乐时光记忆。

腊月二十三辞灶过小年，奏响春节的前奏。大年三十，是年根儿最忙、最热闹的一天。白天要"忙年"，晚上要"守岁"，常常忙得像没有三十似的。

不管穷富，过年祈求财富、平安、团圆、快乐是共同的理念。

中国人最喜欢红色，因为红色象征着平安吉祥、喜庆福禄、康寿尊贵、和谐团圆、兴旺与发达、温暖和希望、逢凶化吉、弃恶扬善……作为文化图腾和精神皈依的中国红，吸纳了朝阳最富生命力的元素，蕴藏着积极入世的追日情结和光明烈火的热情。在老家过年，处处看到的是红色的春联、红色的窗花和红色的福字。大小柜橱、盆盆罐罐贴"酉"字，粮囤、粮缸贴"丰"字，就连鸡舍、猪圈也贴上"金鸡报喜""六畜兴旺"，以此来祈盼来年五谷丰登、经济富有、生活兴旺。

贴挂门笺，沂蒙人民由来已久的习俗。大年三十这一天，几乎家家户户都会在自家门楣上贴一排五彩缤纷的门笺。迎风飘动的门笺、春联和门神年画交相辉映，成为过年一道亮丽的风景。"挂门笺"又称"挂门钱""门吊子"，是民间剪纸艺术之一，图案花纹和色彩多以谐音、象征、寓意等手法，表达着劳动人民对未来生活的向往和审美情趣。

"千门万户瞳瞳日，总把新桃换旧符。"流传千古的过年画卷，依然保留在乡间。在门框的两边插一把桃条子，也是临沂民间的年俗之一，表达辟邪防害、平安幸福的心愿。

老家过年，多数人家都会买几棵青竹插在磨眼里，或插在门口两侧。有钱的买粗点的竹子，钱少的买细点的竹子，实在没钱买的，就向竹园人家讨几根竹枝也能凑合。在寒冬腊月里，竹叶青青，那是农家人心中的"摇钱树"，象征着"竹报平安"，寓意新的一年财运旺盛。老家过年，要买一套新的碗筷，寓意添碗添丁，人丁旺盛。

老家过年，最为讲究的一顿饭，也许当属年夜饭吃饺子了。这是一家人团圆在一起吃的除夕晚餐，家庭盛宴。有时路远实在赶不回家，也要为他留一个座位，留一副碗筷，权当团圆了。再穷、再寒酸，哪怕是包的素馅饺子，甚至不是白面的，也要尽量多煮，必须有余。饭后，把剩余的饺子放在锅内篦子上压锅用，意在年年有余。表达着仓里有粮，心里不慌的道理。晚餐后，在大门外横放一根桃木棍挡在门前，没有桃木的，就用推磨棍或其他木杠子替代，挡灾避难，驱除邪魔鬼祟，挡住财气不外流。

"一夜连双岁，五更分二年"，"守岁"是辞旧迎新最古朴、最温存的守望。

"爆竹声中一岁除，春风送暖入屠苏。"鲜活的春节意境，俨然一幅乡风民俗的画卷，流传千古。

在老家，大年初一一大早开门放爆竹，响亮响亮，人财两旺，在火红的年味里，犹如雄鸡报晓，以粗犷高亢的韵律奏响春的序曲。一串爆竹响起，在乡亲们心中，那是象征辞旧迎新，接年接福，开门大吉，兴旺发达。红色的鞭皮如同一地碎金，呈现出满堂红、福满门、紫气东来、喜气洋洋的景象。

放过开门炮仗之后，大人们便在自家或家外春树上取下早就准备好的棉花柴和芝麻秸，顺便扯几把豆秸放在一起抱回家，称作"进财"。把平时不舍得烧的豆秸、棉花柴和芝麻秸等农家人心目中最好的柴，放在铁盆或土坑里生旺火、烧火盆。有"点豆秸，燃豆秸，辈辈出秀才""芝麻秸做大官，豆秸棒年年旺""豆秸棒、棉花柴，金银财宝一起来"之说，表达旺气冲天、兴旺发达、芝麻开花节节高的寓意，盼望来年平安吉祥、步步高升。旺火，代表的不仅是文明步履和生活画卷，还有更高层面的精神写意，那就是"柴燎告天"，憧憬着红红火火的光景！

故乡过年，讲究多。正月初一不动用扫帚、不倒垃圾、不借货、不动刀、不吃荤。倘若非要扫地不可，也必须是从外头扫到里边，暂且堆在一起，称为"聚财"。

拜年给压岁钱，寄托着长辈对晚辈的祝福和希望。大人们喜欢提前到银行兑换小面额、号码相连的新票子给孩子"压岁"，预示着后代"连连发财""连连高升"。

正月初二叫亲戚，出嫁的女儿走娘家，是年俗里最崇高、最甜蜜的事儿，是一个巨大的人伦美丽，是人世间最美的温情。它让人生阳光，让生活温馨，让时代温暖，让社会和谐。正月初三也要包饺子，"初三捏一捏，打的粮食没处搁"，美好的愿望，彰显着人们精神的寄托和生活的追求。正月十五元宵节捏面灯，让吉祥之光，驱妖辟邪祛病，点亮祈盼来年五谷丰登的淳朴心愿。

老家过年，再穷也要让孩子们穿上一件像样的新衣服。还要在小孩子头顶戴的棉帽上，缝上一对鲜艳的布公鸡，俗称"打春鸡"。一只公鸡的嘴下坠着几颗黄豆，另一只公鸡的嘴下坠着一串辣椒种，即是期盼孩子无病无灾茁壮成长，又是浸透着伟大的母爱与祝福。给婴儿穿虎头鞋、戴虎头帽，彰显着人们质朴的生活信念。

老家过年，饭桌上一定要有一只公鸡、一条鲤鱼，意味着"大吉大利""吉祥如意""年年有余""鱼跃龙门"之意，寄托着人们对来年好年景的无限憧憬。传说公鸡为"五德之禽"，文、武、勇、义、信，众所皆知。春节吃公鸡，正是阳气上升时，让雄性那股子强力带给人们期盼和向往。

老家过年，还有一个非常有意思的年俗，那就是宴请未过门的和刚结婚的"媳妇"。趁着过年，集中将未出五服的"新媳妇"请到家里来吃顿饭，认关系。这一活动，充满人情味的色彩，透着古朴的民风。

老家过年，应说吉利话。利用"讨口彩"，祈盼辟邪去灾，祈求福寿安宁，饱含了乡亲们对世间美好的期盼，承载着人们精神和情感的归属，展现了乡亲们特有的智慧。豆腐寓意"多福"，年糕寓意"年年高"，葫芦窗花寓意"福禄"，莲藕鲤鱼年画寓意"连年有鱼"。水饺煮破了，说"挣了"；馍馍蒸裂了，说"笑了"；就连过年不小心打碎了杯子、盘子之类，也用"岁岁平安"的口彩挡过去。

生活是一部教科书，过年生活中许许多多的小事，都包含着丰富的民俗文化内涵。

"年年岁岁花相似，岁岁年年人不同"。

时代在进步，社会在发展，年俗在变，年味在变，可不变的依然是亲情，不变的依然是人们对美好生活的向往和祈盼。正如冯骥才所说："人情味是最深的年味。"

年俗，鲜活地体现在大雅大俗的民俗文化中，雅俗共赏。年俗文化，不仅是民族历史的记忆，更是人们无尽的欢乐和永恒的向往。品味年俗文化里的美好向往，用心去体验传统的精神与情感，不由得让人崇尚自然、敬畏自然、享受自然、感恩自然。

但愿今生今世，岁月静好，现世安稳。

年俗里的人间烟火

一

春节，中华民族隆重的节日，自上古时代岁首祈年祭祀演变而来。

老家临沂，民风古朴，春节习俗带有浓厚的地方特色和乡土气息。年俗恰似人间最美的符号，表达着劳动人民美好的祈盼，寓意吉祥。大红的春联，辟邪防害，祈求来年福运安康，寄托着人们对未来的希望；五彩缤纷的挂门笺，表达着劳动人民对美好未来的向往和审美情趣；烤旺火，旺气冲天、兴旺发达，憧憬着红红火火的好光景……年俗里的"红火"，作为一种文化，一直流传在民间，像一串串美妙的音符，灵动地飘荡在人们的脑海中，成为我们快乐时光里永远抹不去的记忆。

春节，是传统节日中时间跨度最长的节日，在整个春节活动中，"火"起到了至关重要的作用。

火是人类的一种信仰与追求。中国人喜欢"火"，因为火的颜色是红色的，代表着吉祥、喜气、热烈、奔放、激情、斗志；红色象征着平安富贵、喜庆福禄、和谐团圆、逢凶化吉、兴旺与发达、温暖与希望、继承与发展……作为文化图腾和精神皈依的中国红，吸纳了朝阳最富生命力的元素，蕴藏着积极入世的追日情结和光明烈火的热情。

流传在乡间民俗中的火文化，也可以说是人类的根源性文化。从古至今，"火"的习俗活动生生不息，代代传承。劳动人民把"火"看作一种神圣的力量，表达着人们对自然的敬畏之情。

自从燧人氏发明人工取火，便开启了人类文明的新纪元，结束了人类茹毛饮血的时代。在人类历史长河中，火的作用功不可没，火不但促成了人类的进化，而且火的利用还标志着人类由愚昧走向文明。

东汉许慎《说文解字》火部开篇即云："火，毁也，南方之行，炎而上，象形。"我国古人将火的概念与方位、五行相结合，大概是因为南方气候较为炎热的缘故。《淮南子·天文训》中记载："南方，火也，其帝炎帝，其佐东明，执衡而治夏，其神为荧惑，其兽朱鸟，其音徵，其曰丙丁"，详细地说明南方"火"的方位概念。

二

人们对美好生活的向往，大多彰显在红红火火的年俗中。

童年歌谣唱得好："小孩小孩你别馋，过了腊八就是年。"腊八，拉开了春节的序幕，不同形式的年俗活动纷纷闪亮登场。"腊"是古代中国的一种祭祀仪式，腊八节起源于古代的"腊祭"。早在先秦以前就已存在，那时的先民在一年的最后一个月，去野外猎取各种野兽，祭祀百神，以祈求来年五谷丰登，家人平安吉祥，到了南北朝时期成为固定的节日。

过了腊月二十，记忆中的乡村们，便忙碌起来。就连平时不舍得烧炉子的穷苦人家，也生起了炉灶，一是为了严寒取暖，二是为了用热水方便，老是用地锅烧水，仿佛已经赶不上新年的脚步。为了赶趟儿，所以就把好钢用在刀刃上了，象征性地烧一些时日火炉，生豆芽、做豆腐、推石磨烙煎饼、锼萝卜炸丸子，用火很方便。乡亲们将美好的向往、生活的祈盼，糅合在忙年的各个细节中，寄托在人间烟火的日子里。

辞灶，辞送灶王，有一套朴素的讲究。谚语云："官辞三，民辞四。"辞灶分级别，当官人家，在农历腊月二十三辞灶，平民百姓在农历腊月二十四辞灶。当然也有一些本分的"官"，为了表示与民同乐，也推迟一天送灶王。

据《临沂县志》载："二十四日，设糖饼果菜辞灶。"在"糖饼果菜"中，"糖饼"用麦芽糖做的，一是甜，二是黏，让灶王爷该说的，就多说甜言蜜语；不该说的，就让黏糖粘住灶王爷的嘴。在寒冬季节，在那个物资匮乏的年代，能端上一盘新鲜的"果菜"足以看出百姓敬畏自然天地的虔诚。焚香祀送，将奉祀经年的灶君旧纸画像从灶上揭下，连同金纸等一起焚化，以示灶神上天。燃完纸，再燃放一挂小爆竹，希望灶王爷"上天言好事，回宫降吉祥"。古人祭祀活动的背后，是以强化家族观及民族观为目的，也许这也是中华民族星火相传、团结进取、生生不息的奥秘所在。

我们是"炎黄子孙"。因炎帝、黄帝对火十分崇视，炎帝族就是以火为图腾的。史书载："神农，炎帝也，姜姓，以火德王。"《日知录之余·刊误》记载："改火以春，是一岁之首，既日就新，即去其旧。"可知改火的仪式是熄灭旧火，重取新火。

三

"一夜连双岁，五更分二年"，"守岁"是辞旧迎新最古朴最温存的守望。除夕夜明灯旺火，照亮希望与前程。明灯旺火意味着来年红红火火，阖家兴旺，其实这是对火的崇拜。除夕燃火的习俗早在唐代已经遍及城市与乡村。张悦《岳州守岁》中的"除夜清樽满，寒庭燎火多"，丁芝《京中守岁》中的"守岁多燃烛，通宵莫掩扉"，储光羲《秦中守岁》"阖门守初夜，燎火到清晨"都反映了除夕夜明灯旺火的习俗。

围着火炉吃年夜饭，体现着"家和万事兴"的家风。一桌丰盛的年夜饭，凝聚着长辈的心愿，家人的情感，一盘盘菜肴包容了一年四季的酸甜苦辣，一切尽在理解中，这就是中华民族传统节日的魅力所在。

"大年初一烧花柴，越过越发财。""爆竹声中一岁除，春风送暖入屠苏。"鲜活的春节意境，俨然一幅乡风民俗的画卷，流传千古。春节一大早，先点火放爆竹，寓意开门大吉。"开门炮仗"在乡亲们心中，表达着响亮响亮，人财两旺的美好寓意。爆竹响后，紫气东来，红色的鞭皮飘落下来，犹如一地碎金，宛若铺在家门口的红毯，灿若云锦，昭示"满堂红"、喜洋洋。

"柴燎告天"，祈盼兴旺发达。放过开门炮仗之后，大人们便在自家或家外春树上取下冬至时放好的棉花柴和芝麻秸，顺便扯几把豆秸放在一起抱回家，美其名曰"新年进财"。把平时不舍得烧的豆秸、棉花柴和芝麻秸等农家人心目中最好的柴火，放在铁盆里生旺火，一家人围着火堆，烤一烤。"点豆秸，燃豆秸，辈辈出秀才""芝麻秸做大官，豆秸棒年年旺""豆秸棒、棉花柴，金银财宝一起来"，表达旺气冲天、兴旺发达、蒸蒸日上、芝麻开花节节高的寓意。母亲常讲，过年烤火，不得病，不头痛，还能治晕疯。如今，耄耋之年的老母亲，依然传承着这种习俗，至于治晕疯是真是假，无从考究。可大年初一，用豆秸、芝麻秸或棉花秆当作柴火，旺火烧锅煮饭，是我小时候经历过的，表达来年平安吉祥、步步高升。旺火，代表的不仅是文明步履和生活画卷，还有更高层面的精神写意，那就是"柴燎告天"。

旺火照亮了农家小院，跳动的火焰映照着门上的春联，红得更加溢彩！旺火的光芒，将家里、家外的雪晕染。各家旺火散发的红光，在老家乡村的上空汇集，照亮那片希望的土地，勤劳善良的乡亲们在旺火和爆竹的光芒中，迎来新年第一缕曙光。祈福禳灾，在无形中让人们得到心理上极大的安慰与满足。

民谚说"三十的火，十五的灯"。

元宵夜，有钱人家的孩子，挑着灯笼，放着"滴滴锦""二腿脚"……我们这些没钱人家的孩子，便相约来到空旷的田野麦田里，进行一年一度的"甩流星"活动。在正月十五月光如水的夜晚，将平时收拾的扫帚头点上火，系上一条牢靠的绳子，抡圆了甩，在清风明月下，圈圈火光为田野画上了浓彩，犹如一幅神秘的写意画卷。有的小伙伴干脆解开绳子，直截了当地将燃着火的扫把抛上天空，就像一颗颗流星在空中划过，划出漂亮的弧线。互相追逐的"皮孩子"随同飞舞的火星、旋转的火龙，蹦啊，跳啊，阵阵笑声几乎要撑破童年的天空。

"年年岁岁花相似，岁岁年年人不同"。

时代在进步，社会在发展，年俗在变，年味在变，可不变的依然是亲情，依然是人们对美好生活的向往和祈盼。

但愿年俗里的人间烟火，永远红红火火，照亮农家人幸福的未来生活。

有一种生活叫田园

一

自从迈进不惑之年的门槛，常常梦回乡村老家。记忆中，孩童时代的老家小院，有古朴的老屋、敦实的石磨、低矮的影壁，有木格子小窗透过灿烂的阳光，还有爬满何首乌的石头院墙，透着生机，传来阵阵清香。

也许梦是人们心中最深的情感沉淀，只要有梦，就有希望，记忆就能穿越时空。

国庆小长假，我和爱人一起回老家看娘。漫步在故乡里，一条路，一河水，一座桥，一块石，无不展现着乡村原汁原味的古朴和独特的乡村风韵。秋天不为人知的美丽，悄悄地将秋色秋韵渲染，默默地绽放着大自然的色彩。我心中蓦然升起一股强烈的愿望：等条件允许，一定回老家建房，过田园生活。

我从小在农村长大，目睹着父老乡亲在故乡老剡子河（燕子河）畔那片贫瘠土地上劳作的辛苦，立志要走出村庄，过理想的生活。为了跳出农门，我加倍学习，终于在金榜题名后离开了故乡。在外工作、打拼大半辈子，官不入品，文不入流，却成天云里雾里地忙，一颗纯朴的心，被时光折腾得沧海桑田。

如今，望峰息心，只愿脱下一身疲惫，远离世俗繁杂，返璞归真。多年来，一直向往依山而建，临水而居，茅舍几间，柴扉小院，瓜果飘香，蔬菜成畦，用一种平和恬淡的心境，过悠闲的田园生活。

田园生活也许是城市生活后的一种最佳选择。在每个人的心中，都有一座田园，都有一个田园的归隐梦。远离城市的喧嚣与诱惑，到乡村去，建设一方庭院，独享一份宁静，让心灵沉淀，让灵魂安放，这也许是许多在都市奔波、职场打拼的人们寻求精神家园的一种渴望、一种向往。

红尘纷扰，俗世喧嚣，人到中年，在外工作打拼，累了，倦了，每个人都不约而同的渴望一份宁馨，向往一片恬静。心若没有栖息的地方，到哪里都是在流浪。只有让心静下来，才能享受慢生活。于是，与爱人商量，等儿女们工作了，趁着我们年轻体健，趁着梦想还在，趁着手头宽裕，我们就到乡下老家去，建一方属于自己的庭院，属于自己的田园。

家中有天井，心中有山水。

如果时间允许，就与心爱的人在一起用勤劳的双手将粗糙的乡村石头架起低矮的院墙，用大小不一的石片铺建当天井，大门前再铺就一条曲径通幽的石头路，让生态、自然、朴实的小巷，记住当初错落有致的乡愁。

我们中国的哲学讲究天人合一，久居在城市钢筋水泥的格子楼里，成天为买一套房而苦恼。能在乡村建一方庭院，建一方与自然拉近、宽敞明亮、清新不俗的天井，抬头能仰望天高云淡的天空，低头能嗅到院内充满大自然的田园气息，是我多年的向往。在天井里，可放置一些自制的花花草草小盆景，看树桩盘根错节，赏假石奇峰罗列，品盆竹亭亭翠绿。每处小品置石"寸石生情"，富有野趣，让田园风情和乡土时光充满小院的角角落落。居住在安静的乡村小院里，卸下疲惫的伪装，撕掉虚伪的面纱，脱去一身负担，返璞归真。在阳光下，守着流年，守着一份温暖，与爱人一起过平淡的日子。让生活多一份坦然，多一份真诚，在人间烟火中修篱种菊，淡守清欢。理想中的乡村小院，最好位于村庄的边缘，与广阔的农田为邻，与小河流水相伴，花啊，草啊，庄稼啊，植物的颜色成为房前屋后最美的春天。以淡看世俗的心境，守着一片净土，守着一份安宁，守着一份清逸，恬淡一份雅静。抛开烦恼，用心感受自然的魅力和生命的意义，守望那份云卷云舒的从容和花开花落的清淡，与知心爱人相濡以沫，慢慢变老，兑现当年"执子之手，与子偕老"的诺言。

如果可以，在天井里搭建一个秋千，闲暇之余，陪同爱人坐在秋千上荡出童年的歌谣，回味一路走来的过往。夏夜星河灿烂时，荡着秋千，数着星星，执着恪守那份纯真静好。月光下漫步，听虫和鸣，片片蛙声，偶尔狗吠，享受乡村夜晚特有的静谧与空旷。但愿阳光暖一点，再暖一点；日子慢一点，再慢一点。天井里，有我，有你，有笑声；有树，有花，有秋千，崇尚知足常乐，随缘自由自在。在那里养花种菜，晨耕暮读，煮茶抚琴，颐养天年。人生夕阳，不求高官荣华，但愿闲心一片，过俭朴的生活，回到最本真的生活状态。人生苦短，天涯很远，善待生命，善待自然。在平平淡淡中感受生命的美好。不理尘嚣，只顾田园，不谈悲喜，只闻花香，在粗茶淡饭中过出一丝诗意，过出岁月静好的模样。

二

如果可以，就在房前空地上，开垦一方小小的果园与菜园，种上柿树、杏树与板栗，栽上石榴、核桃和榆钱，还要栽植甜枣、山楂与仙桃，剪枝施肥，期盼果实累累，事事如意，子嗣兴旺，富贵满堂。

如果可以，就在果树下，搭建鸡窝鸭栏、鹅棚狗舍，养一只小猫，养一条小狗，养上一群和平鸽，再养一池莲花和鱼虾，让小动物们自由地在果园里分享那份和平的空间。可以想象，闲观鸡鸭树下自由觅食，看家狗在阳光下摇尾撒欢，小猫儿心有猛虎，细嗅蔷薇，怡然相欢。

如果可以，在墙角处，栽一架葡萄与紫藤，再植几株金银花和秋菊，让桂花入盆，蔷薇上架，看青藤缠绕，赏金银花开，品清浅岁月。

如果可以，在菜园里，跟随时令的节拍，种几畦绿色蔬菜，点几垄绿豆芝麻，再种几墩向日葵，菜和植物一起种，体味"你挑水我浇园"的浪漫，像葵花那样在希望的早晨迎着第一缕阳光快乐成长，活出最灿烂的模样。鲜花用来欣赏，蔬菜用来食用，把小小的菜园打造出美观而又实用的"可食地景"，美景与美食和谐成趣。春花夏荷，秋菊冬梅，大自然赋予的季节色彩，凝天工神韵，纳自然芳华，菜园里浓缩着岁月的四季更替，也演绎着生命的轮回。

如果可以，假期里把孙子与外孙接到乡村来，陪孩子们一起，疏花除草，摘虫浇水，体味"粒粒皆辛苦"的农耕劳作。春天来了，从菜园里拔一篮荠菜，做农家野味；夏天到了，掐几把银子菜、马齿苋，采摘几片紫苏、薄荷，品尝野菜的清凉；秋天，辣椒、豆角，葱绿相间，黄瓜带刺，丝瓜顶花，南瓜滚圆；冬天，拱棚韭菜、蒜黄，口口生津，提前感觉春的味道。

过自然淳朴的田园生活，生活可以简单再简单，卷上一张自家烙的煎饼，随手采摘菜园里的新鲜食材，就着黄瓜、豆角、辣椒……美美地吃上一份大自然的恩赐美餐，找回童年的欢乐与记忆。可以烀一锅金黄的玉米饼子，炖一锅小鸡蘑菇，炸一盘知了猴、蜂蛹或蝎子……每一种野味，都成为城里人难以品尝的美食。

在自己的田园里，在鸟叫声中迎接清晨的第一缕阳光。一觉醒来，阳光洒在脸上，不用推窗就能看见大自然。家园内花花草草，一切充满希望。深呼吸，闻到泥土的气息、花草的芬芳，这是在任何一个城市里都无法实现的。到小院里走一走，弥漫着浓郁的花香，沁人心脾；到院子外转一转，闲看丝瓜花开，品读葵花向阳，大小葫芦爬满院墙，满眼绿色，令人陶醉。听一听，公鸡打鸣，母鸡下蛋，小鸟树上啁啾，蜂蝶枝头嬉闹，享受一种放松的感觉。到菜园里转一转，黄瓜顶着花儿，挂着晶莹的露珠，竞相开放。豆角已上架，散发着淡淡的清香。向日葵惹人喜爱，朵朵向阳，一派闲适和生机，诱惑着人的双眸。

走出家门，欣赏一年四季的自然。与爱人携手晨练，同花鸟为邻，与田园为伴。步行在乡间阡陌、河堤两岸，野花遍地，争奇斗艳，浓郁的幽情野趣尽在眼底。秋天收获的季节，捡拾一地金黄，冬天乡村的原野，在严寒中透着生机与希望，有雪的乡村依然坚守着原生态的野性之美。到河边垂钓，顺便把乡间好看的野花野草、奇根怪石带回家，让野趣与庭院同在，也是一种情趣。趁着耳不聋、眼不花，思维还清晰，陪伴心爱的人一步一步走到繁花似锦中，直到青丝变白发。让人感受物我相知、天人合一的心灵和大自然的完美契合，体会生命本身的原始与豁达。

三

"生活不止眼前的苟且，还有诗和远方的田野。"有趣才有诗意，眼界就是远方。做一个热爱自然的人，以一朵花的姿态随四季更替，以一片叶的形式守望冬去春来。岁月老去的是年龄，心理健康依然是最美的风景。

劳作之余，坐在乡间一方庭院藤架下，就着地上斑驳的阳光，沏一壶清茶，润泽一份心境，涤尽世事尘埃；读一本闲书，平静烦躁的心灵；在心中云水禅境里与时光对话，充盈一份闲情。即使阴天下雨，也可听风赏雨，或围棋对弈，或丝竹同乐。雅兴来时，掬一抹禅意入墨，以风的潇洒、云的飘逸，信手涂鸦，书写一纸墨香。闲暇里，在葫芦丝的乐曲中，慢敲键盘，放飞梦想，将心思变成文字，用文字抒写心情，用日记记录清浅时光，在文字里找寻曾经失落的美丽，打捞生活的沉淀。

　　心是一块田，快乐自己种。人生无常，心态最重要。得与失，成和败，聚或散，都是人生的一种成长。人的成熟不是年龄，而是心态，懂得放弃，学会圆融，心中装满快乐，烦恼自然少。心若年轻，则岁月不老，顺其自然，淡泊宁静也是一种超脱的生活态度。到乡下去，接通地气，脚踏实地，立于平凡，在柴米油盐的人间烟火中，让生活慢下来，感悟生命最本真的恬静。

　　淡品清欢，给心灵一份豁达。在这里，没有车水马龙，没有灯红酒绿，没有人来人往，尽享时光静好。没有风的日子，有云朵可以守望，没有梦的日子，景色不会荒凉。庭院之美，醉了时光，美了流年，修身养性，韵味悠长。享受健康阳光自然人生，体悟人与自然和谐共生，道法自然的境界。给自己一份执着，给生命一份从容，心静，自有桃花源。

　　静下心来想一想，理想很丰满，现实很骨感，处在上有老，下有小的年纪，现在悠闲早了点。为了生活，为了乡村田园，善待生命，善待生活，好好地工作，我相信面包会有的。